THE PERIPHERAL

邊緣世界 下

WILLIAM GIBSON

威廉·吉布森——著　黃彥霖、白之衡——譯

CONTENTS

65 通往現時的後門

永恆列印所位在街邊商場的邊間，比較靠近鎮上的那端，商場的另一端是壽司糧倉，兩者之間隔了三間空店鋪。在漆彈機器人還很熱門的時候，列印所旁邊那間店的生意也曾相當不錯。再過去那間以前是美甲兼接髮店，而它和壽司糧倉中間夾著的那間始終都是空的，她不記得開過任何店家。

柏頓把租來的車子駛進商場的停車處，在以前是迷你漆彈場的那家店前面停了下來。店家窗戶內側貼上了一層灰色塑膠貼，角落的地方已經開始脫落。「這裡現在是我們的了。」他說。

「什麼東西是我們的？」

「這裡。」他筆直地指向前方。

「租來的？」

「買的。」

「誰買的？」

「冷鐵。」

「他們買了那間店？」

「他們買下了整座商場。」他說。「今天早上這個地方就收掉了。」

「什麼叫『收掉了』？」

「意思是它是我們的了。現在正在跑文件。」

想像自己有錢到可以把這地方買下來，跟想像自己居然會想要買這地方，芙林搞不清楚到底哪種比較難。「要拿來幹麼？」

「梅肯需要有個地方放那些列印機，我們也需要能夠工作的場所，光靠莎琳那間小密室塞不下，所以她已經把公司賣給冷鐵——」

「她這麼做了？」

「她上次和妳開了會，又看到梅肯列印的那些東西，馬上就主動插上一腳。而且我們也沒辦法在河邊的那輛拖車裡面做我們的工作，所以就轉移陣地，把這裡當成總部。也可以讓媽離戰場遠一點。」

「這樣說倒是沒錯。」她說。

「這裡已經有一些我們的無人機，之後還會送更多過來，卡洛斯會負責處理。自己成立公司的話，我們就可以不用再讓律師帶著幾袋錢從克蘭頓大老遠開車跑來，那方法太蠢。而且之前那樣拿到的大概都是藥師的錢，沒辦法進銀行、沒辦法用來繳稅，每次過水還要再被拔掉幾撮毛。如果我們在這裡成立美國冷鐵，為它工作，那我們拿的就是薪水——薪水和股份。而這就是我們的企業總部。」

「所以美國冷鐵是做什麼的？」

「房地產開發，」他說。「今天立案。律師那邊有文件需要妳簽名。」

「什麼律師？」

「我們的律師。」

「什麼文件？」

「公司註冊之類的東西，總之就是把商場買下來，還有聘妳擔任美國冷鐵奇蹟公司ＣＣＯ的合約。」
「幹，我才不要。什麼是ＣＣＯ？」
「企業傳播長，就是妳，只是妳還沒簽名而已。」
「誰決定的？想必不是我。」
「我在倫敦的時候艾許告訴我的。」
「所以如果我是ＣＣＯ，你是什麼？」
「ＣＥＯ。」他說。
「你知道那聽起來有多蠢嗎？」
「有問題去跟艾許講。妳是ＣＣＯ，負責溝通。」
「柏頓，我們連跟自己人都做不到適時溝通了。」她說。「你什麼都沒先問我，就一直答應要去做那些屁事。」
「事情進展太快。」他說。
康諾的狼蛛咆嘯著從外頭轉進空曠的停車場，停在他們旁邊，在他熄火之前不斷咳出炸雞的味道。
她低頭，看到他仰頭對她露齒而笑。
「他們把他放在什麼東西裡面？」柏頓問她。
「芭蕾舞者跟屠夫的混合體，」她說，此時康諾正瞇著眼向上看著她。「武術教練。」
「我敢打賭他一定愛死了。」柏頓說。
「愛慘了。」她說，打開她那側的門。柏頓從他自己那邊下來，繞到了前面。

康諾扭過頭，看向芙林。「我們回去那個我所有手指都還在的地方吧。」他說。

她用指節在他那顆幾乎要剃光的大平頭上用力敲了一下。「別忘記是誰帶你過去的。我哥現在還以為自己是那邊的人，弄了一個創業公司之類的東西，把自己捧成CEO。你可別變成那樣。」

「我只要有手指和腳之類的東西就夠了。我帶了導尿管，在三輪機車後面，放在夾鏈袋裡。」

「這才像話。」她說。

柏頓幫他解開狼蛛的束帶。

「女士、各位先生，」梅肯從店裡面打開一扇全灰的玻璃門。「向您介紹，我們的北美旗艦店兼公司總部！」他穿著藍色的正式襯衫，繫了一條幾近全黑的條紋領帶。襯衫上的每顆釦子都扣得整整齊齊，但發皺的下襬卻沒塞進他滿是破洞的舊牛仔褲裡。

「都星期五了還不能穿便服嗎？」芙林說。她看到莎琳出現在柏頓身後，穿著一身海軍藍西裝裙套裝，還在整理她那一頭誇張的頭髮，不過整個人看起來意外有辦公室女郎的模樣。

「嘿，莎琳。」柏頓說。他彎腰抱起康諾，就像在抱一個走不動的十歲小孩。康諾把他的左手臂滑到柏頓脖子後方。那是他僅剩的手臂，攬住柏頓的方式像是已習以為常。

「最近如何呀，康諾？」莎琳說。芙林不知道她做了什麼，但她看起來完全不一樣了。

「還沒死。」康諾勾起手臂把自己往柏頓身上拉過去，挪成一個根本可以親得柏頓滿臉口水的位置。

「別害我把某個混蛋摔到水泥地上。」柏頓說著，語氣像真的一樣。

「好了，我們去隱密一點的地方吧。」康諾說。梅肯退開，讓出門口的通道。柏頓把康諾抱了進去，芙林跟在他們後面，最後是莎琳。莎琳在芙林身後把門關上。那是個巨大的房間，被燈光照得閃閃發亮，光源來自那些用乾淨的黃色電纜連接的嶄新ＬＥＤ工作燈。霉味四溢，石膏岩的牆面隨意塗上幾塊油漆補丁，看得出位置正好就是本來櫃檯和隔間的位置。有人在牆上鋸了一道出入口，直通列印所密室，並在列印所那邊擋了一條藍色的防水布，但那其實就只是一個門狀的粗糙洞口。一旁的地板上躺著幾把新的電鋸。

房間另一端放了三張全新的醫院病床，工廠用來包裝的氣泡紙還沒全部拆完，露出了光溜溜的白色床墊和三支點滴架，一旁堆了許多白色發泡箱，疊得跟芙林一樣高。「這些是幹麼的？」她問。

「艾許只跟我說我們需要什麼，所以我就訂了。」梅肯說。

「感覺像是你在蓋病房。」芙林說。「但以醫院來說這裡也太臭了。」

「已經叫修水管的來處理了。」莎琳說。「電路一切正常，都能夠用，之前那個賣迷你漆彈的傢伙裝了一大堆插座。我會想辦法把地方整理一下，不管我們最後決定要拿這邊來做什麼，應該都有辦法應付。」

「那些床應該是幫我們準備的，」芙林對柏頓說。「所以我們要一起回去嗎？」

「康諾先。」柏頓說。他把他抱到最近的那張床旁，放在上面。

「我才剛印好一支手機給他。」梅肯說。「就跟妳的手機一樣，芙林。艾許想要他盡可能地適應那具身體，做體能鍛鍊，他們可以透過擴充亞體的雲端ＡＩ幫他跑測試用的調校序列。」

芙林看著梅肯。「你聽起來對這些事情挺熟的。」她說。

「這份工作最重要的部分就是去熟悉這些東西。」梅肯說。「我通常都能看出事情的脈絡跟邏輯，但有時做著做著就會發現，某件事似乎不可能達成，或者看起來根本完全不對，這時她要麼會跟我解釋原因，要麼會叫我直接忽略。」

她回頭看到柏頓和莎琳正在說話，聽不見內容，但莎琳心裡對柏頓的那些糾結似乎已經解開。

「她要把列印所賣給他們？」她問梅肯。

「已經賣了。」他說。「我不知道她可以得到什麼好處，不過她整個人的注意力都陷了進來。這樣其實不錯，因為我太忙，沒那個功夫去跟廠商吵為什麼有貨還沒送到，但這方面她很拿手。」

「她跟柏頓相處得來嗎？」

「還不錯。」

「一、兩天前還很尷尬的。」芙林說。

「我知道。」梅肯說。「但在發生這些事之前，她也靠著這一間公司養活了她自己和鎮上一票人，不靠海夫提、不靠製造毒品，而且公司業務至少有一部分跟製造仿冒品沒關係。就這點來說，我覺得她其實沒怎麼變，單純變得更專注而已。」

「我只是沒料到她有辦法跨過心裡對柏頓的那個檻。」

「真正改變的是這裡的經濟狀況。」他說。梅肯臉上的表情，讓她想起他們一起在公民課上研究選舉人團的樣子。那時他是班上唯一聽懂的人。她記得那時他在椅子上挺直了背，向其他人解釋那是什麼東西，臉上就是一模一樣的表情。

「怎麼說？」

「經濟結構有分總體和個體，」他說。「用個體的角度來看我們這裡，皮克已經不再是這個郡裡最大的金主。」他挑高了兩道眉毛。「但以總體的角度來說嘛，就非常奇怪了。每個地方的市場狀況都在暴走，所有人都緊張兮兮，徽章一天到晚響個不停，一大堆亂七八糟的謠言，而這些都是從柏頓由戴維司維爾回來後開始的。造成這些情況的人就是我們——應該說我們，和他們。」

「他們？」她想起他對數學有多在行，比任何人都強，但到最後，所有人都畢業，他卻因為不得不照顧家裡，只能把上大學這件事劃出選項之外。在她認識的所有人中，他的頭腦是數一數二的好，但他也很擅長保持低調，讓你根本忘記他有多聰明。

「艾許告訴我，他們那裡還有其他人也能跟這裡接觸。妳知道這件事嗎？」

她點頭。「對方僱了人來殺我們。」

「嗯哼。艾許說，市場上正在發生兩種次秒級的極端異常增長現象，分別屬於我們和他們。妳懂次秒級金融是在講什麼嗎？」

「不懂。」

「市場上充斥著掠奪性交易演算法，它們已經進化到會成群結隊地出獵。艾許手下有人能用工具把這些狩獵群導向對冷鐵有利的方向，神不知鬼不覺。但是另一方，不管他們真實身分是誰，他們不只擁有能通往這個時代的後門，還擁有同樣的工具，就算不是完全一樣，也夠像了。」

「所以這是什麼意思？」

「我覺得，這就像一場由彼此看不見的兩方發動的世界大戰。只不過目前為止，這場大戰還停留在經濟層面。」

「梅肯，親愛的，」躺在病床上的康諾叫道，床邊圍滿破破爛爛的發泡紙。「幫受傷的戰士拿導尿管過來好嗎？就放在三輪機車後面，要是被某個癟三偷走就糟糕囉。」

「但這也有可能只是我自己在發神經。」梅肯說，轉身走了出去。

芙林走到整個房間的最後面，到病床和點滴架後方，站在那兒，看著那些被封起來後就不曾清洗過的窗戶，窗口邊角上全是布滿灰塵的蜘蛛網，掛著死掉的蒼蠅和蜘蛛蛋。她想像當初店家設置的那個巨大沙坑就在自己身後，孩子們占據其中，用漆彈攻擊著彼此的迷你機器人和坦克車。感覺像是上輩子的事。對現在的她來說，兩天就算很久很久以前了。她想像那些蜘蛛卵孵化的樣子，除了蜘蛛之外，還有些別的東西跑了出來，但她不曉得它們是什麼。「掠奪性演算法。」她說。

「什麼東西？」康諾問。

「不知道，完全不懂。」她說。

66 食人無尾熊

「她會打給你。」艾許說著，將一片U型無色透明塑膠遞給他，看起來像少女用來把頭髮往後箍的那種東西。「戴上去。」

奈瑟頓看著那玩意兒，再看看艾許。「戴在哪兒？」

「你的前額。沒吃東西吧？希望沒有。」

「她要我等等。」

艾許進來時帶著一只亮晃晃的鋼製廢紙簍，讓他產生不祥的預感。他記得那東西在芙林初次光臨時也在，此時那個簍就擺在瞭望臺上最長的那塊灰色家具旁。

洛比爾的印記出現。「怎樣？」印記還沒開始跳動，他就先發問。

「麻煩戴好自律神經斷流器。」洛比爾說。

他看見艾許拾階而下，每走一步，緊繃的支撐繩索都隨之顫動。他小心翼翼地將輕薄的頭帶套上前額，比起眉毛，靠得離髮際線的位置更近些。

「最好整個人躺下。」洛比爾說。她的語氣讓他想起牙醫技師。

奈瑟頓不甘不願地躺下。鋪了軟墊的長凳過於急切地調整形狀，讓自己能更貼合支撐奈瑟頓的頭，但不管怎麼樣都無法再更舒適了。

「眼睛閉上。」

「我討厭這樣。」奈瑟頓說，但還是閉了。此時眼前除了印記，別無他物。

「維持閉眼，」洛比爾說。「倒數十五秒，再張開。」

奈瑟頓閉著眼，連數都懶得數，什麼事都沒發生……接著就來了，雖然只有一瞬間，他看見洛比爾的印記好像出現古早攝影技術的那種負片效果。他張開眼。

整個世界顛倒了，他彷彿被摔在地上。

他躺在某個灰白一片的地方，身體蜷縮著側向一邊。這裡的光線微弱，和所有看得見的東西一樣，都是灰的。他所在的地方很低矮，要站起來是不可能的，連坐都有困難。

「這裡。」洛比爾說。奈瑟頓伸長脖子，看見某種難以置信的東西擠成一團，幾乎貼上他的臉。他聽見一聲短暫的哀鳴，不過馬上意識到那是自己發出的。「澳洲軍人都叫它們食人無尾熊。」洛比爾說。那傢伙的口鼻部位扁平如無尾熊，在她說話時動也不動，就只是微微張著，露出滿口哺乳類動物不會有的結晶狀尖細牙齒。「這是偵察兵，」她說。「體型小，可消耗。這兩隻是搭軍機靠高空跳傘下到這裡，再被引導到這兒。你感覺還好嗎？」它空洞的灰色雙眼渾圓，毫無個性，就像兩顆鈕釦，顏色和那張無毛的臉一樣。那對凹型耳朵有著機械的外觀，很難說是不是耳朵，總之它在斷斷續續旋轉著，各自做著獨立的動作。

「告訴我妳沒這麼做。」奈瑟頓說。「別來這裡，拜託。」

「我的確做了。」洛比爾說。「你會想吐嗎？」

「我已經不爽到吐不出來了。」奈瑟頓說。說完發現這是事實。

「跟我來。」那個東西迅速爬走，向著某處光源靠去，頭低擺著，避開那不確定是不是天花板的天花板。由於害怕被拋在後頭，奈瑟頓跟著爬過去，瞥見自己的前爪時感到有些反胃。他的兩爪上各有兩根相反方向的拇指。

通過那道也許是屋簷（或任何東西）的地方後，洛比爾的擴充亞體用它那短短的雙腿直起身來。「站起來吧。」

奈瑟頓發現自己站了起來，卻不知道是怎麼做到的。他回頭一望，看到他們顯然是從一處壁凹中的椅凳下爬出來。這個地方完全裹著乳白，呈現一股透明的灰色質地。他猜想，前方的光線應該是月光，這座令人作嘔的建築物的無數層薄膜正好將光層層篩濾。

「島上的裝配工也準備要啃食掉這些偵察兵了。」洛比爾說。「不管是漂在海上的聚合物碎屑，或是更複雜的外來物，那些裝配工會吞噬掉所有不是它們打造出來的東西。由於我們目前也是正在被吃的對象，所以沒辦法在這裡待太久。」

「我根本就不想待在這好嗎。」

「那當然。」洛比爾說。「可是麻煩你記得，不久前你還受雇於一項計畫，利用這塊地方獲利。也許你打從心裡不喜歡這裡，但這裡跟你本人一樣，都是真實的存在。或許可以說比你還要真實，畢竟現在沒人想用計在你身上牟利。跟我來。」接著，這頭無尾熊外貌的形體突然四肢著地，朝遠方光源的方向躍出去。奈瑟頓跟上，瞬間發現這麼做意外敏捷。在洛比爾的指引下，他們穿過了一片空洞而令人反感的地景，或者應該說「樓景」，因為此時他們所在的地方，似乎是一座比黛卓的語音信箱大廳還大的封閉式建築。在這個浩大空間裡，兩側有許多圓柱物體不規則排列，右邊那側靠他們更近些。他們跨足奔跑的地面不怎麼平坦，像浪般微微起伏。

「希望妳做這件事的理由可以說服我。」奈瑟頓跟上她後這麼說。不過他也知道，不管是安排安妮・庫芮吉搭上飛往巴西的白鯨，還是把他帶來這裡，洛比爾這類人做起事來都不需要理由。

「心血來潮吧，可以這麼說。」她說，而這也證實了他的想法。兩頭熊賣力狂奔，不過好像絲毫不影響她或他說話的能力。「我覺得這麼做可能會幫助你記得我在這裡跟你說的話，比方說，近來我發現，我的調查方向似乎都指向了某項協議。」

「協議？」

「在攻擊事件中，」她說。「如果都沒有人去移動哈比的屍體，只讓他倒在原地，那從協議來看怎麼樣都不合理。特別是對美國低軌道攻擊系統的協議來說尤其如此。」

「怎麼說？」奈瑟頓問。他以意志力努力扣緊這串對話，彷彿溺水的人緊緊抓住救生圈。

「一個以黛卓的安全為優先的系統，應該會立即消滅他死後仍造成威脅的所有可能性。」

「『他』是指誰？」奈瑟頓問。

「哈比。」她說。「舉個例子好了，他有可能在體內植入炸彈，考慮到他的壯碩體格，炸彈的威力可能非常強大。或者，若是從這點去想，就算植入蟲群武器也不無可能。系統會推敲任一種狀況。」奈瑟頓想起那隻斷手飛舞起來的剪影。「根據協議規定，系統應該要以同樣的方式處理掉他，卻沒有，這當中肯定存在什麼策略上的理由。速度放慢點。」她提起堅韌的灰色前爪，輕抵他的胸口，利爪展露無遺。「他們就在附近。」

音樂響起。如果不提他和洛比爾的腳掌來回摩擦地面的聲音，這是他到達此處後聽見的第一個非外來聲響。那曲調就像風動仿生獸發出的聲音，但再低沉些，且更有條理，節奏沉悶。「那是什麼？」奈瑟頓整個人裹足不前。

「可能是為哈比送葬的輓歌吧。」她也停了下來，雙耳開始旋轉，搜尋方向。「這邊。」她指示他往右走。他們向距離最近的圓柱體靠近，沿著柱體基座比較長的那邊繼續往前。靠近轉角時，她四腳落地，一面躡足前行，一面定睛搜索著附近。童書裡的角色如果整個走鐘可能就是這樣子。「他們在那裡。」

奈瑟頓將右爪撐在圓柱上，傾身靠上洛比爾的熊身，直到他也能看見轉角之外的景象。不出所料，那裡聚集了一大群灰兮兮的矮小醜八怪，他們蹲坐在島族首領的屍體周圍，屍體筆直豎起。奈瑟頓發現他的身軀已被掏空，薄得像膜，一如這座島上的建築。他沒了雙眼，口腔張大如洞穴，整副身體架在漆成銀色的細長漂流木上。

「他們正在將他和這個地方的結構融為一體，」洛比爾說。「但不是什麼神祕的物質，就是塑膠而已。他身上的每個細胞都被代換成微量的再生聚合物了。你懂吧，他逃脫成功了。」

「逃脫成功？」

「逃到倫敦。」洛比爾說。「是美國人讓他走的，因為他們沒有摧毀他留下的軀殼。說起來，我們這位哈米德本來就算是位逃脫大師。他來自波斯灣地區一個比較小的政治竊賊家族，杜拜人，家族裡的第五子。他很早年就在家族裡黑掉了，黑得很徹底，所以十幾快二十歲就開始逃亡，躲避追殺令。沙烏地人尤其想殺他。姨媽當然找得到他，這不用說，但我自己也差不多快忘記這個人就是了。我們當然不會向沙烏地人通報，除非這麼做對我們有好處。順帶一提，他母親是瑞士人，是位文化人類學者，專門研究新原始主義者，所以那應該是他建立垃圾島族群的基礎，至少我是這麼認為。」

「意思是他假死？」那音樂幾乎像把次音速螺旋鑽，不斷鑽進他腦袋，如果那還稱得上是音樂的話。他直起身子，退離洛比爾和圓柱。「我待不下去了。」他說。

「他用最複雜的手法偽造了自己的死亡。雖然我們可以查到非常多關於那具擴充亞體過去生活的紀錄，不過它的DNA基本上其實是個假想出來的人。這樣說起來，我猜想哈米德的DNA目前應該也差不多都是編造出來的，目的是為了讓沙烏地人難以追查。我看這次就先饒過你吧，奈瑟頓先生。我看得出這些對你來說有多麼難接受。閉上眼睛。」

奈瑟頓照做。

67 這黑色的、美麗的小東西

他們的律師來自邁阿密的克萊茵．庫茲．沃麥特事務所。在海夫提大賣場的小吃吧和他們碰面的那三人，其中之一就姓沃麥特，名字叫布蘭，但不是事務所名稱上的那個沃麥特。他是那位掛名律師的兒子，還沒成為真正的合夥人。

說要在那裡簽署文件的人是梅肯。不然他們就得在列印所，或列印所隔壁，或湯米的警車上簽這些東西了。湯米到美式足球場去接那些律師。他們從克蘭頓租直升機飛過來時就降落在那裡，邁阿密到克蘭頓這一段則是搭自家的噴射機。他們的態度很好。真的很好，好到她覺得冷鐵肯定付了他們一筆嚇死人的錢，因為他們表現得像是眼前的事情一點都不奇怪。她、柏頓和梅肯成立公司，準備買下一整排的街邊商場，這件事明明怎麼看怎麼怪。不過他們的良好態度確實也讓事情順利很多。那個布蘭身上的日晒成果看起來比皮克的還貴上不少，當他收拾掉一盤豬肉雜碎，另外兩個還在喝海夫提的拿鐵。

她陪著他們從停車場走到室內，她這時只有一點時間跟湯米打個照面，還沒機會跟他說上話。她猜想，開車和擔任保全現在大概也是他職責的一部分了，或者說是傑克曼和皮克談好條件的一部分。

他在轉頭走向車子時對她點了個頭，而她則回以微笑。

她本來覺得叫湯米載著律師到海夫提大賣場會面未免太明顯，但現在又想到，他和這座小鎮的關係一直以來就是這麼奇怪。絕大多數的人肯定都認識傑克曼和皮克，儘管她不喜歡，而且錢從來不會直接流向他們，但是大家肯定想像得到他們靠製毒賺錢。所以，要是你見到湯米把幾個穿西裝的人載到海夫提，又在那些人關在門裡開會時坐在停車場等著，你多半視而不見。或者，你可能會走上去打聲招呼，接過一杯湯米用瓊斯咖啡的機器煮出來的咖啡，至於他在幹麼，你不會多問。

小吃吧此時只剩下她和梅肯，柏頓和湯米一起帶律師們回去搭直升機，她幫自己點了半份雞肉雜碎。有時候她也喜歡吃這玩意兒，雖然她不太承認。

「我看就算我們都長了兩顆頭，」梅肯說。「他們多半也會裝傻。」他戴起微視，她猜他又開始注意各方新聞跟市場動向了，所謂的「見微知著」應該就是這意思。

「不過他們人真的很好。」

「妳才不會想看到他們態度不得體的時候是什麼樣子。」

「所以你當上技術長了是嘛？」她問道。

「沒錯。」

「莎琳沒有入夥？這是柏頓的意思嗎？」

「我不覺得他能下這種決定。我猜他們是在看誰才是那個不可或缺的人，這個人得讓他們這整趟行動有價值才行。妳是不可或缺的人，柏頓是，顯然我也是，還有康諾。」

「康諾？」

「他是沒進董事會啦，不過看起來應該也算滿不可或缺。」

「怎麼說？」

「他吞掉一顆這東西了。」他從那件嶄新藍色襯衫的胸前口袋中掏出一個小小的塑膠方塊，擺在他倆中間的桌上。那東西透明、扁平、方正，內裡的白色泡棉中間切出一個凹槽，大小剛好可放進一顆表面光滑的黑色藥丸。「最好要配點水吞。」

「這是什麼？」她看著他。

「追蹤器。不過不是妳表面上看到的這個。它周圍包了一層凝膠，才比較不容易弄掉，而且好吞嚥。追蹤器本身的大小用肉眼只能勉強看見。這是艾許從比利時訂的貨，它會黏在你胃裡的內壁，效果維持六個月，然後自行分解、自然排出。製造這玩意兒的公司有一大批的自家低軌衛星，並且不斷將這些衛星發射升空。不是因為衛星有問題，而是這個產品的特色，他們會持續變動衛星上的固線式加密。」

「這能追蹤我所在的位置？」

「差不多哪裡都找得到，除非有人把妳關在法拉第籠❶裡，或埋在礦坑底下。這比持章者地圖還可靠一點，」他笑了——「這樣就算妳掉手機都不怕。要配水嗎？」

她打開方塊，搖了搖，把裡面的東西晃出來。看起來和其他藥丸沒有什麼兩樣，深邃潤澤的黑色表面上反射著小吃吧的點點燈光。「不用了。」她說，將藥丸放在舌頭上，用柏頓剩下一半在桌上的小杯黑咖啡沖進肚裡。「但願這玩意兒在我肚子裡消化剩下的東西……」她說。「可以讓某個在比利時的人知道我他媽的人在哪裡。」

---

❶ Faraday cage。一種可阻絕電磁波干擾的屏障。

「知道什麼叫『附帶性傷害』嗎？」

「是說某人之所以會受傷，是因為別人想讓某件事發生時，他剛好靠得太近嗎？」

「我覺得這就是在說我們。」他說。「這一切會發生，不是因為我們之中哪個人的個性或身分造成。這些都是意外，或因別的事件而連帶發生，結果就是我們有人順勢變得能違反基本物理法則或攬和經濟，然後開始做他們本來就在做的事，無論那些事和這麼做的理由是什麼。我們可能因此致富，也可能因此被幹掉，但總而言之，這一切都只是附帶影響。」

「聽起來很有一回事。既然如此，你說我們該怎麼辦？」

「就盡量不要受傷害吧。要不然也只能讓事情自然發展，反正也阻止不了。再說了，這整件事其實也很有意思。我很高興妳把那東西吞了，要是妳不見，那東西能幫我們找到妳。」

「但要是我自己想不見呢？」

「他們並不是想殺妳的那些人，對吧？」他脫下微視，直視她的雙眼。「妳見過他們了。妳覺得他們會因為妳把他們扯進某些爛透的鳥事，或害他們損失一大筆錢，就開始追殺妳嗎？」

「不會，但我說不出為什麼。但就算他們什麼正事也不幹，光是在我們這邊閒晃，還是有可能把整個世界搞得翻天覆地，沒錯吧？」

那一團糾纏不清的嚴密銀光細絲在他的手指周圍聚攏，她往下瞧，看見微視投射出的光線正在裡頭竄動。她抬頭看他。

他點頭。

68 抗體

奈瑟頓揪緊雙眼。他是發自內心懼怕垃圾島上的灰亮光線，但感覺鼻中慢慢傳來一股蜜般的溫暖氣味，其中摻雜著些許微弱的金屬氣息。

「很抱歉，奈瑟頓先生。」洛比爾的聲音從身旁傳來。「我想那些東西真的讓你很不舒服，更別提對你來說根本沒必要走這一趟。」

「除非確定我們真的離開那裡，」他說。「不然我絕不睜開雙眼。」他躺著，略微睜開右眼，她就坐在正對面。

「我們現在位於快艇轎車的圓頂閣樓裡，」她說。「已經離開擴充亞體了。」

他打開雙眼，發現她點了蠟燭。「妳剛剛都在這嗎？」

「我之前在艾許的帳篷裡。」她說。「要是我提早進來，你就會問我們要去哪裡，十之八九會拒絕提議。」

「那地方令人反胃。」他指的是那座島，雖然對他來說，艾許的帳篷也差不多讓人倒胃口。他坐起身，原本支撐他的頭的軟墊隨之下縮。

「說到艾許，」洛比爾伸長著十指包著燭火，彷彿在取暖。「她認為你比較老派。」

「她這麼覺得？」

「或者浪漫主義者，應該吧。她認為你對這個時代的厭惡，源自覺得一切事物都墮落了，失去往日的光輝。而過去因為存在某種秩序——或說缺乏秩序——反而更能讓你感受到自己真實的存在。」

自律神經斷流器從奈瑟頓的額頭滑到眼睛上，他乾脆扯下來，忍住將它一把折斷的衝動，單純放在一旁。「她才是那個每天哀悼物種大滅絕的人好嗎？我只是覺得以前的世界整體來說不那麼讓人厭煩罷了。」

「我個人還記得那個只能依賴想像去認識的世界，那個世界的確比現在更討人喜歡。」她說。「用『年代』來標記時間實在方便，尤其對從未經歷過那些日子的人來說更是如此。我們從一大段超出自己理解的整體時間中切割出某段歷史，像安裝零件似地在切割出來的結果上貼標籤，把它當成門把，然後對著門把高談闊論，彷彿在討論的是真正的整體本身。」

「我實在想不出事情還能往什麼方向發展，」他說。「我只是不喜歡現在的模樣。看來艾許也跟我一樣。」

「我知道。」她說。「你的個人檔案裡都有寫。」

「寫什麼？」

「說你長期以來是個不滿現狀的人，還好你的不滿通常不存在實質對象，不然的話，我們可能會提早認識對方。」那一刻，她眼裡的常春花色變得銳利。

「所以，妳到底為什麼認為哈比在這裡？」奈瑟頓問。他突然覺得在此換個話題也無妨。

「那具被黛卓用拇指戳刺而死的身體，只是一具擴充亞體。」她說。「好幾年來，他都是透過擴充亞體的方式出現在當地，只不過不是你和瑞妮看到那一具。你們看見的那具屍體是訂製款，非常昂貴，當時才剛送到那裡沒幾天。它有完整的基因組，全套的器官和指紋，還有經過法醫鑑定的法定死亡證明，就只等著簽署通過。整座島的歷史就這樣指派給了這個假想出來的人物。他的上一具擴充亞體很有可能已經加上重量，投進水層中，被他們自己的裝配工銷毀掉。他目前的同夥裡沒有一個參與過這項密謀，也沒有人知道他的真實身分，而現在，感謝好心的美國人，他們全死光了，連煩惱都不必。不過，我們這不是看見那些活下來的人了嗎？他們還把他砌到建築的結構裡，紀念他假冒的身分。」

「所以他本人從來沒出現在那裡過嗎？」

「一開始當然還是有出現，參與了最初的第一支船隊之類的隊伍，有可能也參與了那時的食人文化。哈米這個人絕非善類，只不過很擅長偽裝成好人。」

「他都裝成什麼？」他問。

「裝成先知，裝成巫醫。他先假裝自己深深受到感動，再用高超的手法去煽動別人。他為他的族人供應藥物，自己也吃那些藥……不過想當然耳，不會真的吃進去。如果你想對世上任何教人厭煩的事物表達不滿，那我建議你去找這種在特定目的下組織起來的意識社群，尤其是號稱由超凡領袖所領導的那一類。」

「所以你相信他在搞那些事的同時，其實人就在這裡？」

「不，不是這裡，是日內瓦。」

「日內瓦？」

「當作他用來等待最佳時機的根據地，讓他能好好拿那座島當成交易籌碼，其實任何地方都可以。另外還有一個想當然的理由：他的母親是瑞士人。」

「那他的兩根陽具和青蛙頭是怎麼回事？」

「那些都能輕易穿脫。」洛比爾捻熄燭火。「他沒待在日內瓦其實是個失誤。他不該逃到倫敦的，這個耐不住氣的傢伙。」

「怎麼說？」

「因為他又重新引起我的注意。」她說。那副神情馬上讓奈瑟頓又想要改變話題。

「反正妳已經激起我的好奇心，」奈瑟頓問。「妳到底給了列夫什麼東西？」

「協助他經營他的嗜好。」

「妳在騙我嗎？」

「假如有迫切需要的話，」她說。「我會。」

「所以妳是說，妳在協助他管理斷根？」

「畢竟我對那個年代的歷史有一套大略的概念。我手上有一些情報，這些情報通常在這邊拿不到，在另外那個世界，或者應該說『那個年代』，也拿不到。你也曉得，那邊有些人因此就被滅口了。這就是真實與表面看似真實的遊戲規則，互相碰撞後必然產生的結果。對所有參與其中的人來說，不論背後有沒有國家在支撐都是如此。像艾許和歐辛，你只要看他們需要知道些什麼，適當地餵一點情報給他們，他們能獲得的權限就相當可觀了。我開始覺得這件事會讓我全神貫注，這點連我自己都感到訝異。」

「那邊還有別的什麼人想殺芙林和她哥哥？這妳知道嗎？」

「還不知道，」她說。「不過我有在懷疑。」她從衣襟內側的胸前口袋抽出一條發皺的白色手帕，擦拭拇指與食指。「奈瑟頓先生，哈比這樁事件的真相就跟事件本身裝模作樣的異國情調一樣，非常隱晦不明。我們對這件事的看法相同，房地產、回收塑膠、金錢，不管是誰，只要拿到列夫的斷根的入場券，都很可能牽涉其中。而這之中更值得追究的問題是，他們到底是怎麼獲得進入許可的。」

「是這樣嗎？」

「當然，因為那個開啟了這一切事端的超神祕伺服器至今仍是團謎。」她說。

「我想請教一下，妳的任務到底是什麼？」

「你不知道自己的雇主是誰，並以不知道這一點自豪，你寧可慢別人一步。要是可以的話，我也可能選擇以不知道自己的任務究竟為何而自豪。」

「妳認真的嗎？」

「如果你心態夠開放，那當然了。一開始工作的時候，我是一名情報員。某種程度上，我認為我現在仍是，不過現在的我能在有需要時，放手調查這些應被視為國家安全事務的案件。同時，先不管我的職位在我們這個坦白來講就是竊盜政體的政府中，到底代表什麼意思，總之我也還是個執法人員。我有時都覺得自己像是抗體，奈瑟頓先生，一種保護疾病的抗體。」

她給了他一個耐人尋味的蒼白笑容，他隨即想起，他和瑞妮租來的吳一起搭乘她的車時，她曾說過，她刻意壓抑了自己的某些記憶。她一定有更多未經壓抑的記憶，他想，因為就在剛剛，他很確定自己感覺到了那些記憶的重量。

69 這樣講很難聽

她本來還以為里斯手上拿的是手電筒，但當他對著她的脖子電擊，她才注意到，柏頓桌上沒一樣東西是擺放整齊的。被電擊很痛，很快她就失去意識，不知道自己身在何處。

跟梅肯聊過之後，她悠悠哉哉地騎車回家，試著不去注意之前那幾個死掉的傢伙開車掉進去的壕溝，也不去尋找周遭是否有無人機，假裝一切如常。

到家時母親已經睡了，蘿松妮亞來和珍妮絲換了班，說是里昂從列印所載她過來的。芙林上樓，在自己床上躺平，並沒有要睡的意思，但依舊夢到了倫敦。從空中往下看，每條街都像切普賽街那樣擁擠，只不過街上的不是馬匹和馬車，而是汽車、卡車和公車。到處是人群，但那些街道實際上不是倫敦，而是她住的小鎮，變大了，變富有，還因此多了一條泰晤士河大小的河流讓她誤認。醒來後，她下樓，發現母親還在睡，蘿松妮亞則透過微視看著什麼。她爬下坡走去拖車，想知道柏頓會否在那裡，但又懶得刷持章者地圖。

「幹，里斯！」此時她只能出言表達不滿，一邊拉扯著綑在兩腕上的束線帶。

里斯開著車，什麼話也沒說，就只是轉頭看了她一眼，而這不禁讓她由衷覺得恐懼。原因不在他電擊她，還用束線帶將她綁在車座上，而在他看向她時，她發現他根本害怕得魂都飛了。

她兩隻手腕上各纏著一條束線帶，還有一條將這兩條緊緊捆住，這全部又都穿在一條更長的束線帶上，往下綁在座位前緣。她可以將兩腕提起，放在大腿間讓手稍稍放鬆，但最多只能這樣。

她看不出他開的是什麼車，總之不是紙板車，也不是電動車。

「被逼的。」他說。「我他媽別無選擇。」

「誰逼你？」

「皮克。」

「開慢一點。」

「他會來找我們。」他說。

「皮克嗎？」

「柏頓。」

「老天……」這條是肅嚴路嗎？她本來以為是，但馬上改變想法。她往外看到路邊的灌木叢不斷拍打車身，呼嘯而過。

「他說他們會殺了我的家人，而且一定會殺。」他說。「只不過我根本沒家人，所以等死的只有我。」

「為什麼？你做了什麼事？」

「我他媽啥也沒做，總之要是我沒把妳帶過去，他們就會殺我。他在國安部有人，國安部誰都找得到，他們會找到我，派人來幹掉我。」

「你應該跟我們說的。」

「當然，然後他們還是會找過來、幹掉我。要是現在不帶妳過去，我不管做什麼都會被幹掉。」

她轉頭望向他，看到他下巴的邊緣有條肌肉正自顧自地搏動，彷彿只要把它接上什麼裝置，它就能把他整個人生經歷過的所有故事用程式碼傳送出去，連同所有他說不出口或甚至自己都不曉得的部分，全盤托出。

「我不想這樣。」他說。「可是我根本沒辦法選擇要不要相信他們，他們就是那種人，就是會幹那種事。」

她感覺著牛仔褲兩邊的口袋：手機不在裡面。也不在她腕上，更不在屁股下。「我的手機呢？」

「放在他們給我的銅線網袋裡。」

她看向窗外，再看著副駕座位前置物箱蓋上的塑膠鍍鉻字體。「你開這是什麼車？」

「吉普的辯護者。」

「喜歡嗎？」

「妳是瘋了嗎？」

「聊個天也不壞。」她說。

「這可不是紙板做的，」他說。「這是美國車。」

「不是說大部分都是在墨西哥製造的嗎？」

「妳現在只想著要取笑我開什麼車嗎？」

「你是說這輛你他媽用來綁架我的車嗎？」

「不要講這種話！」

「為何不？」

「這樣講很難聽。」他從牙縫擠出這句話。她知道他只差那個縫的大小就要哭出來了。

70 人馬

列夫正在煎布利尼的餅皮，整個廚房都是那香味。「她在幫你經營斷根。」奈瑟頓說。「這是她說的。」雨正下著，降在花園裡，打在玉簪的人造葉片上。袋狼是不是不喜歡雨？因為高登和恬娜都不見蹤影。

列夫的視線從分格鑄鐵鍋移開，抬起頭來。「我不期望你能理解。」

「理解什麼？」

「連續體的作用，或者和她合作帶來的作用。她已經幫我們打通白宮的門路了。」

「那是哪個年代？岡札雷斯第一任時的政府嗎？」

「我們還沒有直接接觸，但也快了。在我認識的人裡面，還沒聽過有誰能夠如此有效地滲透斷根。她知道運作的樞紐在哪裡，哪些部分會跟著連動。她知道所有事情會怎麼運作。」

「所以這就是你們第一次碰面後她提供給你的條件嗎？」

「這是椿互利交易。」列夫將爐具上的鍋移開。「她協助我，我們一起保護柏頓和他妹妹，你則幫她處理艾葉莉塔的事件，還有黛卓，與其他有的沒的。」他用小鏟子將布利尼鏟到兩個還空著的餐盤上。「鮭魚，還是魚子醬？」

「魚子醬是真的嗎？」

「要吃鱘魚的魚子醬就要找我祖父。」

「其實沒有很想。」

「我吃過，」列夫說。「我分不出真假。這種跟真的完全一樣。」

「那就吃吃看吧，謝謝你。」

列夫整齊劃一地在兩塊還熱著的薄餅皮上平均放上酸奶油和魚子醬。

「歐辛收到一輛賓利，」奈瑟頓說。「車子自己從里奇蒙丘開過來，看起來像銀灰色的蒸汽熨斗，沒有車窗，而且有六個輪子，醜死了。現在就停在艾許的印地安帳篷旁邊。那是怎麼回事？」

「那是任務執勤車，」列夫說。「來自開獎時代早期。他們得拆解某樣東西，要在車子裡完成，因為裝配工可能會被放出來。」

「那架嬰兒推車嗎？」

列夫的眼睛從布利尼移開，抬起頭來。「誰跟你說的？」

「歐辛在和我一起等你哥哥的擴充亞體送來時指給我看的。他沒有說要拆了它，但之後我就看到他把推車推進車庫。洛比爾也說過她需要上面的武器。」

「你一開始看到推車時他還不知道要拆。你從那家俱樂部回來之後，洛比爾才說她需要那推車……呃，正確來說並不是需要，她是問我有沒有任何武器可以給她用。我不會留武器在身邊，但隨後就想起那架推車。」

「裝配工呢？」

「短效型的，」列夫說。「完成工作會自行除役。要是發生意外，那輛賓利應該能困住它們。」

「歐辛說多米妮卡並不想要那架推車。」

「我也不想要。祖父用意良好，但他是上一代人了。你還沒遇上過俄羅斯的聯邦政府，對吧？」

「沒有。」奈瑟頓說。

「說起來怕你不相信，但我自己也一直在避開這件事。」

「多米妮卡是在英國出生的嗎？」

「對，而且就是在諾丁丘。」列夫說。

世界上有一種人，他們的婚姻適合遵循某些基本的原則，而列夫就是這類人之一。那是奈瑟頓怎麼都無法想像的狀態，但在這個世界上，這類人似乎越來越多。「洛比爾為什麼要推車上的武器？」列夫遞給他溫熱的餐盤時，他問道。

「她沒說。考慮到她以前對艾許和歐辛提出的那些建議，我才不想去揣測她的想法。」

「你不知道還有誰在你的斷根裡嗎？」

「不知道，但他們的礦工顯然跟艾許的一樣優秀。」他們在松木餐桌旁坐下，列夫手上的叉子突然懸在布利尼上停住。他皺起眉來。「喂？」他說。「什麼時候？他們知道是誰嗎？」他看著奈瑟頓，但那眼神更像把他當空氣。「到時再通知我。」他放下叉子。

「什麼事？」

「芙林的手機信號，她離開家裡兩英里後消失了。」

「你們不知道她在哪嗎？」

「我們知道。」列夫說。「她胃裡有追蹤器，會在她離開我們設定的範圍後發出警報，就像現在這樣。她的追蹤器和手機同時開車往距離最近的城鎮前進，這符合她平常的習慣，但之後又轉向北走。就在轉向的時候，手機信號不見了，如果不是她自己關掉，就是被人封鎖，但她從來沒關過手機。信號消失後不久，她人就離開了指定範圍，車子從這裡就開始超速，而且是在非常顛簸的路上。」

「她正在那輛車上嗎？」

「對，不過車子一直在接近那個藥物合成商的營運基地，就是控制著她的郡的那個人。」

「她這是被綁架了？」奈瑟頓問。

「艾許說，洛比爾很火大。」

「那你要怎麼辦？」

「洛比爾在斷根裡有安插自己的人力——或者說大票人馬。」列夫說。「艾許說這些人已經出動，芙林的哥哥和梅肯當然也是。」

「人馬，什麼樣的人馬？」

「她不說，這讓艾許和歐辛不太高興。總之我猜這些人一定能夠進出岡札雷斯的白宮，雖然她從來沒有透露到這個地步。」他又拿起叉子。「趁著食物還熱先吃吧，等等我們下樓找艾許。」

71 速食豪宅

儘管才只看到一點點，皮克家和她想像中的樣子還是完全不同。

里斯開車帶著她經過大門旁的白色警衛室，牆上開了幾道縫般的長窗。他沒向警衛室報備任何事就直接往裡頭開，經過一段漫長的白色塑膠圍籬，圍籬是列印出來的，看起來像有人故意要弄成「舊日農園」那幅畫裡的景象。里斯把車轉進另一道外觀比較低調的門裡，大門已然敞開，裡頭站著兩名男子，身穿迷彩服、戴著頭盔，正等在一輛高爾夫球車旁。兩人都拿著步槍。里斯下車，和其中一個人說了些什麼，此時另一人正在和耳機裡的人說話。兩人都沒看她。

幾英里前她就放棄跟里斯說話了。她看得出來，她越說，里斯的車開得越是亂七八糟，就算是在走投無路的情況下，讓自己死在一片漆黑偏遠的三流公路上，實在也沒什麼意義。他們一路上不斷經過各種陳年交通事故的殘骸，它們被丟在那兒不管，是因為不但郡政府沒錢，連州政府也窮得束手無策。她暗自想著，車禍發生時，那些殘骸裡的人是不是也正在和里斯這樣的人說話。接著她想起自己在海夫提小吃吧裡吞下的那顆黑色膠囊，不知道它有沒有發揮應有的效用。里斯不曉得這件事，所以才把她的手機放進了法拉第袋裡。

里斯隨後走回了吉普車旁，打開她那側的車門，他從褲子側口袋拿出斜口鉗，剪斷那條將她和座椅綁在一起的長束線帶，叫她下車。

她下車的時候，他把手放在她頭上護著，就像影集裡面的警察那樣。這讓她意識到，在她記憶中他從來沒有碰過她，連握手也沒有。而他們自從認識，會彼此聊天說話的時間已是三年前。

「等妳看到柏頓，」他說。「告訴他，我實在沒別的辦法。」

「我知道你沒有。」她說。這讓她心痛，因為她知道這是事實。皮克這種人只會給里斯兩個選擇：要麼照做，要麼就等他們找上門來殺了自己。這就是皮克的典型作風。

他關上吉普車的車門，把裝有她手機的袋子交給站得離他最近的男人，轉身繞過車子後方，從駕駛座那側上車、關門、倒車撤回路上，開走了。

她手腕上那兩條束線帶依舊被第三條綁在一起，拿著裝了她手機的法拉第袋的那個男人，用一條繩子扣住了那條束線帶。她覺得那應該是拿來訓練狗用的牽繩。另外一個男人正看著大門緩緩關起。門關上後，他們把她帶上高爾夫球車，車身上寫著「柯貝爾・皮克特斯拉車行」。握著牽繩的男人跟她一起坐在後座，另一個人開車，在開往皮克大屋的路上全都不發一語。車子走在一條鋪得頗不整齊的礫面單線道上，應該是通向後門的小路。

在許多泛光燈的照射之下，皮克的主屋亮如白晝，醜得像屎，而且這還只是背面。整棟房子全漆成了白色，芙林猜想，這是為了讓一切看起來比較有整體感，但顯然一敗塗地。它看起來像是有人把某間工廠（或者該說某間汽車經銷商）當成補丁，拼貼到某幢速食豪宅上，再硬黏上一間州際連鎖餐廳跟兩座游泳池。礫石小路兩旁和更遠的地方不時散落幾間棚子，還有一些遮在防水布下的機具，讓她不禁懷疑皮克是不是真的在這裡製造毒品。她覺得他應該不會，但有可能他根本不在乎這事。又或者，搞不好他根本也不住在這裡。

高爾夫球車開到屋子像是工廠的那面，在一道波浪狀的白色捲門前停下來，坐在她旁邊的男人稍微扯了一下牽繩，她便跟著下了車。他看著她，但避開視線。另一個人碰了碰腰帶上的某個東西，捲門便喀啦喀啦捲了上去。他們帶她走了進去，裡頭是一片幾乎全黑的巨大空間。他們經過兩側成排的白色塑膠水槽，水槽比她還高，像是用來儲雨的水塔。

他們走到一面混凝土毛坯牆前，她猜這應該是屋子最初建造時的地基。牆上有道門，是海夫提就買得到的普通款式，但上頭裝了老式的搭釦門鎖，鏽蝕的巨大門閂穿過U字型的扣環，緊緊釘在那裡。就一個製藥大亨來說，這未免也太鄉村風情，但她猜他大概也不在乎這種事。她等著，一如任何人被繫上狗繩之後都會有的反應，看著另外那個男人拉出門閂，打開門，一次打開所有燈……燈實在太多了，全都從本來就不高的粗坯水泥天花板上垂下來，吊得低低的。他們把她帶到房間中央的桌旁，桌子兩邊各放了一張椅子，和海夫提小吃吧裡的椅子同款，互相對坐。這些就是整間房間唯一的家具了。桌子用L型白鐵支架栓在地板上，不鏽鋼桌面上充斥著磨損痕跡，看起來就像某間自助餐廳的廚房，但她一點也不想知道桌上那些坑坑巴巴是怎麼來的。有人在桌子的正中間鑽了洞，旋進一根巨大的洋眼鉤，就是一般只有在門廊天花板上吊掛搖椅時才會用到的鉤子。握著牽繩的那個男子帶她繞到桌子另一端，指了指面對門口的那張椅子，於是她便坐下。接著，他扯過她的兩隻手腕，將她拉到桌子中央那根鉤子的環眼上方，用另一條看起來就很難掙脫的束線帶，把里斯的白色束線帶綁在環眼上。新的這條帶子是國安部專用的那種藍色。他解下牽繩，和另一個人一起轉身走了出去。他們關上門，留她一人在亮晃晃的燈光下。她聽到他們把門閂扳回原位的聲音。

「太機車了吧。」她說，隨即意識到自己的反應聽起來就像個五歲小孩，而且八成已經被錄下來。她到處找攝影機——一臺也沒看到。但應該有裝，反正攝影機花不了幾個錢，而且被關起來的人搞不好會說出、或從動作中透露某些你想知道的事。燈光實在太亮了，用的是那種會讓皮膚狀況看起來糟到不行的全白LED燈。她覺得自己應該可以站起來，但可能一伸直腿就會把椅子撞翻，搞得自己沒地方可坐。

她聽到門閂被拉出搭釦門鎖的聲音。

開門的是柯貝爾·皮克。他臉上掛著運動型的黑色太陽眼鏡，門也沒關，人就走到了桌邊。他的錶看起來像是從某架老舊飛機上挖下來的，錶面全金，配上一條皮錶帶。

「如何？」他問。

「什麼如何？」

「妳下巴脫臼過嗎？」

她仰著頭盯著他。

「如果妳不跟我多講一點那票狗屁哥倫比亞人的事，」他直視著她的雙眼。「我可以讓妳體驗一下。」

她點頭，晃動的幅度非常小。

「除了妳那天在家裡說的，還知道多少？」

她正要開口，卻看到他舉起了手，是戴著碩大金錶的那隻。她僵住了。

「你們那票哥倫比亞人，」他說，把手放下。「不管是唬弄還是真的，還不一定是這場局裡最有錢的傢伙，搞不好是別人，搞不好我已經跟他們接觸過，可能還跟他們講了妳的事。全邁阿密的律師對他們來說都不算什麼大角色。要我說，這一局你們根本玩不起，但就算這麼講都還不夠貼切。」

她等著他動手揍她。

「別跟我編故事。」在燈光底下，他那晒出來的小麥膚色看起來更詭異，比她自己的皮膚還詭異，不過看起來更勻稱。

「他們沒跟我們說太多。」

「跟我接觸的那群人要我殺了妳，而且是現在動手。等他們確定妳掛了，我能拿到的錢多到妳無法想像。所以，雖然在我看來妳就只是路邊隨便一個窮得要死的傢伙，但實情不是這樣。妳為什麼會這麼重要？」

「我不知道，我完全不曉得為什麼會有人要管我是死是活，也不知道冷鐵為什麼要把我們扯進來，要是知道我早就跟你說了。」此時，她曾經在《北風行動》中初次體驗的那個瘋狂人格突然上了身。「你說的那些人……他們有跟你說自己是從哪裡來的嗎？」

「沒講。」他說。說完之後很不爽，因為這是事實，隨後又因為自己居然回答了這個問題，更加不爽。

「如果我死了比活著有價值，」那個瘋狂人格說。「那為什麼我還活著？」

「那就看我想要現在就兌現支票，還是要拿它再去賭點大的，就這樣。」他把身體傾得更近一些。「妳應該沒笨到聽不懂吧？」

「維伏．奈瑟頓。」她說。那個瘋狂人格消失，就像出現時一樣突然。「他是冷鐵的人，肯定希望有機會出一筆更高的價碼。」

皮克露出笑容，但只是看起來像在笑，可能他只是嘴角稍微動了一下。「我們會從這裡用妳手機打出去，」他說，開始向後退。「他們會知道妳手機的確切位置，知道妳在哪。然後我們會再等幾個小時，等到把那支手機送到別的地方去，我們就打給妳說的那位冷鐵先生。妳和我，我們兩個。這段期間，妳就乖乖坐在這裡。」

「你可以把那些燈關小一點嗎？」

「沒辦法。」他說，她看到那個微乎其微的笑再度出現在他臉上。接著他轉身走了出去，門板在他身後關上。

門閂喀啦響。

72 裝模作樣

奈瑟頓看著歐辛解除了嬰兒推車的偽裝。推車露出原先的紅與奶油配色，像顆閃著潤澤的薄荷太妃糖，接著，它竟又瞬間變形成某種會讓你希望別那麼擬人的驚人物體。

原本的兩對後輪組成兩隻8字型的扁平腳掌，踩在車庫的地板上，並往上長出兩隻外表有著糖果條紋的腿。嬰兒座椅還保留本來的模樣，因為它是「真的」嬰兒座椅，包在閃閃發光的盔甲之中，從頂部張開，向兩邊攤平，模擬著人體肌肉的動態感，兩隻手臂末端的輪子看起來就像握緊的拳頭。奈瑟頓完全可以想像這東西對孩子會有多大的吸引力。它的外表雖然不像擁有強大武器，但肯定給人一種趾高氣昂、隨時能加入戰鬥的印象。

歐辛用拇指操縱著奶油色與紅色配置的控制器，把推車導引到那輛賓利運輸勤務車敞開的車門口，讓它用車輪變成的手掌抓住銀灰配色的賓利車身，爬了進去。推車朝車尾坐下，在歐辛的拇指對控制器給出最後指令後靜止不動。

艾許和列夫此時正在處理芙林的事件，她顯然被綁架了。不過艾許堅持奈瑟頓在這段時間要和歐辛待在一起。艾許和歐辛仍保持聯絡，但奈瑟頓只聽得到歐辛這邊說的話，而且用的還是他們兩人轉換過的胡言亂語。

歐辛本來正在處理一對風格怪誕的手套，要把它們裝在白色的外骨骼上。不過也許該說那是一對手掌比較正確。上面長的指頭多得超乎想像，黑色，軟趴趴，全癱成一團，彷彿兩隻完全不符合實際生理構造的特大號橡膠蜘蛛。他套上第二只手套時不曉得遇到了什麼問題，於是乾脆先丟著，跑去解除推車的偽裝，並完成變形。

「他們什麼時候會找到芙林？」奈瑟頓問。

「就跟你知道的一樣，」歐辛說。「我也不曉得。」他放手讓控制器落入圍裙前側的大口袋裡，彎腰去調整套在他黑色長褲外的黃色護膝，接著在白色的外骨骼前跪了下來。

「我幫得上忙嗎？」

「你可以幫忙滾去旁邊不要吵我。」歐辛頭也不抬地給出建議。

「柏頓已經去找她了？」

「機率非常大。」

「我覺得他應該有辦法完成任務。」奈瑟頓說。

「我覺得他比較有可能直接暴走。」歐辛拿著某個像筆一樣的黑色儀器，一一刺進那只難搞手套的指頭裡，黑色的手指軟趴趴地晃來晃去，歐辛的舉動讓儀器上短暫閃爍起小小的紅燈。

「他那時腦子還找不到方向感，」奈瑟頓說。「剛好你衝進來，那只是他的反射動作，是可以理解的。」

「要不是列夫需要你去騙你女朋友，」歐辛說。「我很可能也會讓你腦子沒有方向感。你女朋友——聽說她會定期把自己的整個表皮層剝下來，找個有意願的亂七八糟組織把那種鬼東西掛起來展出，這是真的嗎？」

「如果你想這樣講的話。」奈瑟頓說。

「你也滿變態的嘛？」

「她是個藝術家，」奈瑟頓說。「我不期待你能理解。」

「理解個屁。」歐辛說，彷彿那句話是從某種古老哲學中摘出的至理箴言。說完，他繼續用筆狀的工具重複戳刺那隻黑色蜘蛛，設法叫出短暫的穩定綠色燈號。

「為什麼要把那些東西裝上去？」

「給梅肯的技師用。這是一種軍用的現場操縱器，從砌石工具到奈米手術刀，什麼都有。他被關在裡面的時候必須隨時都能找到適合的工具。」

「關在……？」

「……那裡面。」他指著那輛沒有窗戶的銀色車輛。「我要把它們兩架都塞進去、封起來，減壓，造成部分真空。要是有東西跑出來，都會困在裡面。不過說真的，這只是為了讓祖博夫安心。那些裝配工應該會自動終止，要是沒有，這輛車裡就沒什麼東西擋得下它們。」

奈瑟頓看著那具外骨骼。柏頓待在這裡的那段期間，歐辛已匆促趕工，把一個有著圓頂的透明圓柱體安裝在它肩膀上。在那圓頂底下，站著當初把他和列夫一起載到愛之屋去的人造小人。它交叉著腿，一動也不動。不過，他現在已經知道，當初開車的那個人造小人其實是艾許。

歐辛站起身來，把黑色的筆型工具丟進自己的口袋，跟控制器放在一起。「洛比爾，」他說。「她在斷根裡有自己的人。你應該沒聽過這件事吧？」

「沒有。」奈瑟頓說了謊。「是誰？」

「我知道的話還用問嗎？總之，不管那些人到底是誰，他們都拿不到錢，至少我們沒付。在那邊花的所有開銷都需要艾許簽字。洛比爾有能夠完全任她差遣的人，顯然就能去到任何地方、知道任何事。」

「我猜這應該剛好符合你們想要的發展。」

「如果這代表我們裡面有人將成為完全無法預料的未知數，就不符合，到時候會變成我們都得看洛比爾想怎麼玩。」

「她本來就是個無法預料的未知數。再說，從她和列夫那次密談之後，這場遊戲早就變成是她在玩了。」

「列夫看不出來，」歐辛說。「他就只知道洛比爾幫他取得了比賽優勢。但他也許會聽你的，畢竟你比較會裝模作樣。」他眨了一下眼睛，接著就分神了，別開頭，仔細聽著。他用那個只在當下有效的人造語言說了幾句話，然後再次聆聽。「他們正在接近她。」他對奈瑟頓說。

「她安全嗎？」

「還活著，她胃裡的追蹤器會傳送基礎生命指數。」

「追蹤器？」

「非這樣不可，不然我們就不可能找到她了。」

此時，外骨骼的新手掌在一陣乾硬摩擦聲後突然舉了起來，昂然豎直，似乎準備好隨時可以上工。

「有點耐心。」歐辛說，但不是對奈瑟頓，顯然也不是對艾許。「我得先把你弄進去，然後要進行減壓。」

此時奈瑟頓看到了那具人造小人站在透明的圓頂底下，正重新放下它的兩隻手，而外骨骼也做出一樣的動作，黑色的指頭無力垂下。

73 紅綠藍

這間廁所唯一值得稱讚的地方是裡面有個馬桶座。廁所沒門，而牽狗繩的男人就站在六英尺外的地方，用眼角餘光監視她。他把本來的步槍換成了手槍，就插在垂於他腰帶下方的其中一個尼龍槍套裡，並用帶子綁在他大腿上。如果大猩猩會用槍，大概也會把槍掛在那兒。

看到有同伴等在外面，她很慶幸自己只是要尿尿。她剛才在那個房間裡對著空氣解釋了很久，說她真的得上，不然遲早會尿溼褲子，要是皮克再回來，到時候讓他看到，恐怕不太妙。而她說皮克一定會再回來，但應該還要好幾個小時，於是他們總算進來帶她上廁所。事實證明，她猜對了，房間裡的確有攝影機，而且她應該也矇對了語氣，聽起來就像那種真的想上廁所、亟需幫忙的囚犯。她沒帶太多怒意，也不太急，就是坐在那兒對門說話，因為她也不知道攝影機會裝在哪裡。她這樣演了兩次，中間隔著幾分鐘，第二次小心地不讓自己演過頭。不久之後，那兩人走了進來，扣上牽繩，剪掉把她綁在桌子上的那條國安部束線帶，帶著她走出房間。他們經過一開始三人進來時走的那道捲門，向左走了大約三十英尺，那裡就立著這一小座缺了門的隔間。

她坐在那裡，想著這裡還真適合當讓《北風行動》裡的反抗軍女英雄登場的舞臺，她只要把藏在內衣裡那把戰略情報局的拇指匕首拿出來，割斷狗繩，就可以大顯身手。可惜她現在身上沒藏什麼拇指匕首，不過也沒人搜過她的身，或許里斯也沒搜過她。這表示他們比她之前對抗過的很多遊戲ＡＩ

更懶散，也不知道她身上還有一條脣蜜，而且這脣蜜搞不好是毒藥或水膠炸藥之類的玩意兒。可惜的是，她的脣蜜既沒有毒，也不會爆炸，甚至是她現在唯一擁有的東西。再說，那名負責牽狗繩的男人實在是一名非常盡責的獄卒。他把尼龍牽繩握把那頭的繩圈，用束線帶綁死在馬桶右邊一根油漆斑駁的管線上，這讓她很難在沒有槍的情況下用任何東西放倒任何人。她拉起牛仔褲，從馬桶上站起來，男人便走進來剪斷束線帶，接著他們又將她帶回那亮晃晃的房間。

她應該是這時才第一次注意到那隻蟲，雖然完全沒將牠放在心上。只是隻小蟲而已，迅速飛近，又馬上消失無蹤。

但等到他們帶她回到那張椅子，用新的國安部藍色束線帶把她綁在桌子上，再一起走出去後，有個東西突然「嗡」一聲飛過她耳邊。大概是因為外面那些水塔吧，要是裡頭有儲水，這裡不免會滋生幾隻蚊子，但因為兩手都被綁住，她也拿牠們沒轍。

她朝緊閉的門望去。無論此時想做什麼，她都力不從心，盯著門看大概最不費力吧。就在這個時候，她眼前突然橫向亮起三顆細小光點，紅，綠，然後藍，完全水平，一個接著一個，由右至左，橫向穿過她視線，再消失。那些光點可能是正方形或長方形。她還沒來得及去思考自己到底是中風、癲癇發作，還是別的什麼，那三個燈就又亮了起來。從右到左，一樣的順序，但彼此距離更近，隨後坍縮成一顆形狀較長的海藍色光點。

然後它就不動了，靜止在皮克那片沾滿指紋的白色門板中央。

她轉動自己的頭，期待那顆像素大小的東西會繼續移動。但它還是停在那兒，在桌面上方的空中，比她一開始以為的位置更近。

它看起來像是真的存在，某個海藍色的物體，非常不可思議。

「呃。」她說。這時她腦子裡先是塞滿了那些東西──在她眼前殺掉那女人、又把她吃得一乾二淨的傢伙，接著又換成劇情裡有出現UFO飛碟的那幾集《摩登保母》。不過影集裡可沒出現過那麼小的飛碟。她盯著那玩意兒，看著它開始往桌面垂直下降，像一架迷你電梯，落到她被束線帶拴住的手腕之間。最後，它停在那早已發不出光澤的鋼製桌面上，將自己的長度擴張成兩倍，開始用中心軸旋轉起來，逐漸加快速度，直到變成一片有點模糊的海藍色圓盤，大約古董硬幣大小，在桌面上攤平。她可以聽到它一邊旋轉，一邊發出微弱的嗡嗡聲。她沒辦法把手腕分得更開了，最多就是現在這個寬度而已。

圓盤上的海藍變成一片亮黃，接著又化成一個經過風格化設計的紅色雜碎肉圖型，就在圓盤的正中央。她還聽得到旋轉的聲音，知道它還在旋轉。整個過程就像觀賞某種動畫。「梅肯嗎？」

圓盤燃起紅光。

她可能哪裡搞錯了。

圓盤再度恢復成海藍，接著上面出現一只用黑線畫成的耳朵圖案，就像公共宣導廣告會用的警示符號。那只耳朵隨後變成一隻畫風相同的蒼蠅，再接下來，兩張圖案同時出現，並排在一起，而蒼蠅朝著耳朵的方向縮小，消失在耳朵裡面。畫面又變回黃色，不過這次上面顯示的是代表艾德沃的兩塊肉雜碎，而不是代表梅肯的一塊。黃色背景接著轉成奶油色，兩塊肉雜碎融合成了淡金色的皇冠，也就是象徵洛比爾的徽章。接著圓盤消失，留下一隻真的蟲子停在原地，體型比原先的小很多。但那不是蒼蠅。牠呈現半透明狀，像蟻。

「不是吧。」她低聲說，俯身去看。

蟲子突然飛進她的左耳裡，速度快得看不見。她能聽見那嗡嗚聲一路往耳朵深處鑽。「不要說話。」嗡嗡聲變成了梅肯的聲音。「攝影機上有麥克風，會收到妳的聲音。假裝沒事發生，我說什麼妳做什麼。」

她把自己的視線釘在門上。那聲音聽起來像他，但她還是可以看到那個女人的衣物一面翻飛，一面朝著空曠的街道上墜落的畫面。

「嘴巴不要張開，用妳的上下排牙齒敲兩次，一、二。越安靜越好。」

她放低視線，敲擊牙齒，兩次。整個世界都聽得到那個聲音。

「我需要妳保持不動一分鐘，就妳現在的姿勢，但不要動。也別太僵硬，因為我要錄下這段影片，再餵回去讓他們循環播放。這樣他們只看得到循環的片段，而看不到後面發生的事，懂嗎？」

喀喀。

「不要有太大的頭部或肢體動作。妳動太多，循環播放時那些重複的動作就會很明顯。我說完成的時候就準備離開，先戴耳塞，然後穿衣服。」

衣服？

「聽懂了嗎？」他問。

喀喀。

「開始錄製。」他說。

她瞪著門板、門把，然後是門把上方的髒汙。她希望母親沒事，希望蘿松妮亞還在家裡。

「完成。」梅肯終於有了回應。「開始循環了。站起來。」

她把手掌平放在鋼板桌面上，站起來，把海夫提牌的椅子往後推。她聽到門閂喀啦響。門打開了。某種奇怪的東西走了進來，像一團不斷滾動攪拌的透明液體，她還以為她的視網膜正在融化。

「烏賊裝。」她耳朵裡的梅肯這麼說。仿墨魚式的透明偽裝迷彩服，就像柏頓和康諾以前在戰爭中穿的那種。

這套衣服正在判讀距離最近的物體，並進行模仿，只不過有一部分似乎沾上了噴濺的血。衣服走進房間，看起來彷彿一大塊損壞的遊戲程式碼。接著，一只烏賊手套伸出來，持著柏頓戰斧的斧刃從她兩手下方揮去，勾住那條藍色束線帶，一切而斷。那面斧刃下方的弧線上有一道特別的凹口，比整塊斧面上任何地方都要鋒利——誇張地鋒利，專門用來切割繩索、織物、挽具背帶。它含住她兩隻手腕之間，往回一咬，便切開了綁住雙腕的束線帶。他的另外一只手套是把灰色鋼爪，此時正伸到她面前，給她兩小團用橘色線材串起來的橘色物體，就像海夫提會賣的便宜糖果。她照著梅肯說的那樣，把它們塞進耳朵。所以他這麼做的意思是要她把蟲子關在耳朵裡嗎？

柏頓趴地臥倒，迅速鑽過桌子下方，一溜煙兒站到她身邊。她聽見魔鬼氈撕開的聲音，底下隨即露出他的眼睛。他把另一件烏賊裝攤出來，在她面前抖開。衣服立刻改變外貌，變成了她的臉在這些燈照亮之下的顏色，上面兩坨巨大的汙點大概是她棕色的眼睛：它正在模擬她。她把頭套進去，然後是手臂，接著往下拉。衣服大而寬鬆，剛從頭上套下時眼前一片黑，但穿好之後她就看得見外面，那些燈光總算也沒那麼刺眼。柏頓重新把自己包進烏賊裝，蹲下去，從她腳邊開始幫她黏好衣服。

「出去。」梅肯說。耳塞改變了他的聲音。

柏頓一把抱起她，將她甩到桌子的另一端，接著自己再像鞍馬比賽裡的體操選手那樣跳過桌面，把她拉向門口，走了出去。她絆了一下。此時她的腳呈現一片模糊的水泥顏色，旁邊是狗繩男的槍套，槍還插在裡面，上頭血跡斑斑。

她從他身上跨過。

「門，」梅肯的聲音就在她耳旁。「走。」她先前被帶進來的那道捲門已然大開，門外的夜色比之前更暗。衣服的腳底又大又寬鬆，像件睡衣，讓她只能拖著腳走，幾次險些絆倒。

不是遊戲裡的假血。她聽到另一部分的自己這麼說，態度遙遠而旁觀。

74 溫柔地動手

「救到人了。」歐辛說。

那個從斷根裡過來操縱外骨骼的人已把外骨骼挪進運輸勤務車，坐在後座，對著那架毫無生氣的嬰兒推車，垂著黝黑的指尖操縱器。

「誰找到的？」

「她那個衝動的哥哥，正在撤離。艾許說她反應過度。」

「芙林嗎？」

「洛比爾。把門封上。」最後這句顯然是對那輛賓利說的，它敞開的車門順從地收束到完全不見蹤影，恢復成原本完好無缺的銀灰色車身。只不過，車門在完全消失前有一刻似乎變成了八爪形，這讓奈瑟頓覺得特別不舒服。「完全密封，釋放三分之一內部空氣。」

奈瑟頓聽到空氣噴發的尖銳聲響。

「把它整個拆開。」奈瑟頓猜歐辛應該是在對操作員說話。「如果教學說明不夠清楚，就叫我們幫你。」

「所以什麼叫反應過度？」

「她想要敞一下猴來表明態度，不過手段太尖銳，做了就沒有回頭路。」

「那她得先把芙林弄出來啊。」

「所以是要我去幫你把她弄來嗎？我還真是完全不介意被打斷啊，我們偉大的駐店狗屁大師。」

奈瑟頓裝作沒聽到那句話。「它在裡面幹麼？」

「嬰兒車上有兩組能夠自動鎖定目標的自限式蟲群武器，它要把它們卸下來。你看我剛才解決那架混帳嬰兒車，可能會覺得這事兒難不到哪裡去，但說真的，設計這架嬰兒車的那個虐待狂才不會讓你過得太愉快。然後我們的技師正在鑿開的東西是那個……」歐辛停下來聽著奈瑟頓聽不到的消息。

「果然還是發生了。我是對的。」

「對什麼？」奈瑟頓問。

歐辛看起來一臉得意。「它才不管你動手的時候有多溫柔，不喜歡就是不喜歡，對吧？那玩意兒剛才射出裝配工了，把祖博夫祖父的皮革內裝吃掉一大半，還嗑掉了左手操縱器上有生物成分的零件。我就說那臭玩意兒不會進入休眠狀態，他們偏不信。它根本沒有停止開關，隨時都等在那裡，誰想把它從嬰兒車上拆下來它就幹掉誰。不過現在的情況是，我們再過一會兒就能把兩組都弄到手。已經被觸發的那組，消耗掉的蟲群數量不會超過幾千隻，後面還有好幾百萬可以用。只不過，畢竟這裡不是新西伯利亞，沒辦法重新裝填這些武器。」

鍍金的皇冠出現。

「她安全了嗎？」奈瑟頓問。

「就跟你說我不知道了。」歐辛說。

奈瑟頓從賓利旁走開。

「顯然是安全了。」洛比爾說。

「歐辛告訴我，艾許覺得妳反應過度。我只是照搬他的話。」

「艾許是沒說錯，但那是因為她不習慣站在掌控全局的位置做事。總之經過我們的處理，皮克再也不可能認得出他的老巢。另外，最近也確實有人試圖要殺掉你，奈瑟頓先生。不管那是誰下的令，我們都可以假設，皮克已經和他們搭上了某種程度的關係，無論有多淺薄。你想要過去那裡嗎？」

「去哪裡？」

「列夫的斷根裡。」

「這是不可能的……不可能的吧？」

「你的身體當然是過不去，但如果是以虛擬的形式，不論細緻程度呢？那樣的話就簡單了，不過是小孩把戲。」

「真的嗎？」

「真的。」她說。「而且也真的是『小孩把戲』。」

75 前驅物

如果被國安部抓到你試圖私下列印烏賊裝，他們會讓你完全消失在地球上。那後果比列印全自動槍枝的零件更嚴重，也比製造大部分毒品更糟糕。除了在影片裡，她從來沒想過自己有機會看到任何一套烏賊裝，更別提穿在身上。

她透過烏賊裝看著外頭一小部分的景色，皮克大屋後方的夜色似乎寧靜得不可思議。她一直等著有人放聲大吼、開槍掃射，或是敲響警鈴，但什麼事都沒發生，只有這輛全地形車的輪子把礫石路面輾得嘎啦嘎啦響。車子是電力驅動，她可以聞到那股剛列印出來的味道。她猜車錢應該是用里昂贏來的一部分樂透獎金支付，不然就是克蘭頓來的那一筆。她感覺得到車子的強大扭力，強到要是現在裝上刀板，應該可以直接把這條路鋪平。他們在貨斗錨鉤上穿了一條垂降繩，讓你比較有東西可以抓。車子配的是用骨架支撐的非充氣型輪胎，走在礫石路面上時，那些輪胎會變成越野自行車胎的形狀，但當柏頓向右急轉，轉離礫石路面，胎面又變寬了。他們行駛在草地上，聲音變得更加靜謐。

「梅肯？」她不確定他聽不聽得到。

「我在。」她耳朵裡的小蟲說。「先讓妳離開，晚點再聊。」

她沒辦法看到他們要去哪裡。她的烏賊裝上有一部分應該是透明的，但因為柏頓離她太近，導致衣服開始彼此反饋，試圖模擬對方的顏色。一路疊加上去的結果，就是把他們都變成一大團歪七扭

八、看了就頭痛的六角形。《摩登保母》裡面也演過這種情況。柏頓煞車，關掉引擎，她感覺得到他把一隻腿甩到另一邊，跳下全地形車。她聽到他撕開烏賊裝上的魔鬼氈，伸手到她脖子旁邊，也撕開她的。她頭上出現一片夜空。他伸手進來，捏了捏她的上臂。「Easy Ice。」他說。她因為戴著耳塞，幾乎聽不到他說什麼，於是扯了一下橘色繩子，把左耳的耳塞拉出來。「兩邊都戴著，」他說。「等一下可能會很大聲。」於是她把頭轉向一邊，又把它塞回去。就在此時，她看到了康諾，他穿著退務部給的那款義肢，腳下是動漫裡才有的巨大腳踝，站在柏頓身後一座鐵皮棚子的陰影裡。

接著她發現那不可能是他，因為那人的軀幹和四肢都太詭異。他身上突起一塊一塊，像有人在他的黑色Polartec緊身衣裡塞滿了造型黏土，塞了一大堆。她走近一些，發現那個人形臉上掛著醜得要命的岡札雷斯面具，像夢中會出現的事物一樣毫無邏輯。面具刻意放大了總統的特色，兩邊誇張的顴骨上那些標誌性的痘疤被畫成滿臉的隕石坑。她望進那雙挖空的眼睛，只有一片什麼都不剩的黑暗。

卡洛斯從旁邊走了過來，腋下夾著犢牛步槍，全身黑，和柏頓在烏賊裝底下露出來的裝束是同樣顏色。卡洛斯把頭上戴的黑色無邊毛帽拉到蓋住眉毛的位置，雙眼因為夜視隱形眼鏡而成了純粹的黑色。「我們的人需要妳身上那件烏賊裝。」卡洛斯說。她讓衣服溜至踝邊，踏了出來。團狀的六角形消失，烏賊裝迅速變成了草地。卡洛斯撿起衣服，開始解開拉鍊、撕開更多魔鬼氈，將它披到那個義肢人形的背上。芙林現在才看到，它背後是一只又大又高的背包。柏頓把他身上那件掛到那東西的正面，留下一道沒拉上的拉鍊縫，岡札雷斯的面具就從中露出。他們兩人合力把烏賊裝拼成同一件，撕開魔鬼氈時不斷發出細小的聲音。如果雙方配合得好，兩件烏賊裝其實不會因為互相反饋而跑出一堆六角形。隨著他們動作所到之處，兩人衣服上的黑色在烏賊裝上四周溜轉。完成後，柏頓和卡洛斯同時退開，而那東西就化成了它所處陰影的一部分。

「著裝完成。」柏頓對著某個不在場的人說。

那個東西跨出它的第一步，從陰影中走了出來。除了腳踝和腳掌之外，它身上唯一看得見的就是那張面具，像是賽車遊戲出現程式錯誤時會形成的畫面。狗繩男的血應該還在衣服上的某個地方，她已經記不得他的長相了。那東西又向前踏了一步，再踏一步。它走路的方式就跟她記憶中康諾走向冰箱時的姿勢一樣，只是此時因背包的重量壓得它身體前傾。它的足底扁平、腳踝粗大，踏著沉重的步伐走上了礫石路。它反方向朝著皮克那幢在泛光燈照射下的醜陋房子走去，她現在連面具都看不到了。「你們在幹麼？」她問柏頓。

他把食指舉到嘴脣前，騎上全地形車，示意她坐到他後面。卡洛斯跟在她身後爬上來，從她身邊伸手抓過那條垂降繩，接著柏頓催動車子，駛離礫石小路，開始穿越草地。

柏頓騎著車逐漸遠離主屋、小棚子和那些機具，這時芙林才看到，原來皮克還有一座高爾夫球場。此時月亮正要高掛，眼前那些不知是草皮、聚合物或是基因改良的牧草，都被照得一片柔軟滑順。她看到有隻浣熊僵在原地，隨著他們經過，一邊轉動腦袋一邊盯著他們看。

在綠地的盡頭，地勢開始往上傾斜，切入未經修剪的牧場地帶，幾條小徑穿梭其中，也許是牛隻或馬群踩踏出來的。她可以看到前方有些白色的物體，車子開近之後才發現，是與之前一樣的醜陋圍籬，只是旁邊的路不是先前看過的那條分支。隨著他們逐漸靠近，有兩個黑色的人影站起來，朝圍籬跑去，把其中一段籬牆抬起來，搬到旁邊去。圍籬後方是條柏油路，皮克肯定多付了郡政府一些錢，才讓路面鋪得如此整齊。柏頓沒有減速，直接開過那道空隙，接著轉進柏油路上，催油門加速。

半英里之後，她就看到頭戴郡警局頭盔、身穿黑色夾克的湯米站在那輛白色大車旁等著。柏頓放慢速度，在他旁邊停下。「芙林，」湯米說。「妳沒事吧？」

「應該吧。」

「他們有傷害妳嗎？」湯米看著她，彷彿可以看穿她的內心。

「沒有。」

他還在看她的內心。「我們帶妳回家。」

柏頓翻下全地形車，走到路的對面，背對著他們尿尿。她爬下車。還在車上的卡洛斯向前挪動屁股，擠到坐墊上的駕駛位置，扳過車的把手，發動引擎，繞了一圈後原地掉頭。他在柏頓重新回到路的這一側之前就走了，駛進他們剛才來的那片黑夜之中，她猜應該是要去接另外兩個人。

湯米幫她打開副駕駛座的門，她坐了進去。接著他繞到對面，先打開駕駛那側的後座車門，才開了他自己的，再坐進來。柏頓跟在湯米後面上了車，兩道車門同時關上。

「沒事吧，芙林？」湯米又問了一次，眼神越過來注視她。

她關起自己那側的門。

他發動車子，沿著卡洛斯離開的反方向，在黑暗中開了好一段路，才把大燈打開。

「皮克是個小人。」她說。

「早就知道了。」柏頓說。「綁妳的是里斯嗎？」

「皮克跟他說，要是不把我帶過來他們就殺了他。他們跟他說不管躲到哪裡，國安部都找得到。」

「這我也猜到了。」柏頓說。

但她不想提到里斯，或是任何他們到底做了什麼的訊息。她也不覺得自己能夠透過蟲子跟梅肯說話，因為那樣他們都會聽到，而湯米正在專心開車。於是，開回鎮上的這趟路變得極為漫長，此前發生的事就像夢一般，只是那場夢仍在繼續。

他們快接近鎮上時，柏頓突然對著不存在車上的某個人說：「動手。」

他們看到亮光，發現自己身後出現一團火球，把巡邏車的影子投射到前方的路面上，接著爆炸聲傳來。她過了一會兒才意識到，她應該可以依照時間差算一下他們開了多少英里，就像閃電的光和雷聲那樣。

「我的天啊，」湯米說，慢下車速。「你們到底做了什麼？」

「藥師嘛，」她身後的柏頓說。「也是有可能一不小心就把自己給炸翻。」

湯米不發一語，又把車子拉回到原本的速度，雙眼直視著前方路面。

她希望里斯完全沒有停下來，就那樣一路開出郡外，朝著州際的方向開去，從此不再回來。她完全不想拿這件事去問柏頓。

「芙林，要喝咖啡嗎？」最後，湯米終於問她。

「謝謝，不過現在對我來說有點晚了。」她說。她的聲音聽起來像別人，像某個從來沒經歷過這種事的人。接著，她就只是哭。

76 模擬程式

艾許拿著一條頭帶，伸向他。它長得很像洛比爾之前帶他回到垃圾島族所住的島上用的那條，但多了一副透明的可彎曲攝影機，攝影機前端是有些透的乳白色，像一尾非常巨大的精子。「我不要回去那地方。」對於列夫的祖父有一張這麼寬廣的書桌，他感到無限感激。

「我們沒有徵求你的意見。你現在就要去見芙林，到時候解析度會非常低。」

「有這種事嗎？」

「我們已經在你的手機裡裝好模擬程式了。」

他傾身，拿過她遞來的那東西。它的重量跟之前那條差不多，不過那精子狀的攝影機為如今這條額外增添了點埃及風格——還有卡通路線。「他們有擴充亞體？」

「這答案我讓你自己去找吧。」

77 威輪小子

「所以妳胃裡有一隻蟲？」最後，躺在床尾那片黑暗中的珍妮絲還是問了。「而且耳朵裡還有另外一隻？」

芙林靠著自己的枕頭坐在床上，穿著內褲和那件海軍陸戰隊運動衫，月光從窗外射入。「胃裡面的那隻是追蹤器，」她說。「從比利時某間衛星保全服務公司買來的。我、梅肯、柏頓、康諾，一人一隻，我聽到的是這樣。」

「耳朵裡那隻呢？」

「柏頓拿走了。」

「他要怎麼拿出來？」

「梅肯操縱讓它自己飛出來，然後裝在藥瓶裡。我本來以為又是未來那邊的東西，可能是他們告訴梅肯怎麼印吧，但他說這是我們這邊自己做的，上一季的軍用設備。」

「所以是妳吞下去的那隻蟲告訴他們妳在哪裡的嗎？」

「不然我現在就不會在這裡，那時里斯把我的手機裝進了法拉第袋。」

「梅肯幫妳重印了一支新的，已經拿過來了。妳胃裡的那個東西會很難拿出來嗎？」

「六個月後它會自動鬆脫，梅肯說的。」

「然後呢？」

「然後我就把它大出來，珍妮絲。」

「在馬桶裡面？」

「大在某個朋友頭上。」

「我有認識幾個人還真的每天都大在別人頭上呢。」珍妮絲在黑暗中這麼說。「可是，就只因為比利時人告訴妳到時會把那隻追蹤蟲拉出來，妳就真的相信？」

「梅肯是信了。麥迪森人呢？」

「在建要塞，地點在你們新的全球總部上，列印所隔壁。」

「為什麼？」

「柏頓叫他做的。他給了麥迪森一張海夫提的簽帳卡，說自由發揮。」

「用什麼東西建？」

「主要材料是大概兩百個運貨板的瓦片，人造瀝青材質，就是用絞碎的寶特瓶、舊輪胎和一堆有的沒的東西做出來的那種。買來之後袋子也沒拆，直接叫柏頓的人像堆磚塊那樣疊起來，疊到七英尺高，兩袋厚。應該是想要擋一些破壞力比較強的彈藥或類似玩意兒。」

「為什麼？」

「妳自己去問柏頓。麥迪森說，如果這是為了應付之後國安部對我們的攻擊行動，那一點用都沒有。而且現在已經變成廢墟的皮克家那邊塞滿了國安部的人，他們還把湯米叫過去幫忙。」

「他應該會開車開到想吐，過去又過來的。」

「妳沒有被他們強暴或什麼的吧？——沒有吧？」

「沒有。皮克只提到想讓我下巴脫臼，但我不覺得他說的時候有多認真。我覺得他主要是想利用我盡可能多弄到一些錢。」

「這樣就夠了。」珍妮絲說。

「夠什麼？」

「夠讓我每天祈禱那個混帳死透了。」

「如果妳看到他們用什麼方法把那顆炸彈運進去，就會知道那情況根本連偷襲都算不上，就算穿著烏賊裝也一樣。」

「總之多我一股念力。」珍妮絲說。

「他們怎麼弄到烏賊裝的？」

「就那個叫葛利夫的傢伙。」

「誰？」

「葛利夫。老鐵那邊派來的，動作迅速。」

「冷鐵啦。」

「柏頓一知道妳被帶離收訊範圍，葛利夫就立刻出現，坐噴射直升機直接降落在往前走一點的那塊牧地上。」珍妮絲伸出手指，手融進月光之中。「我沒機會看到他長什麼樣，但麥迪森見過。麥迪森說他聽起來像是英國人，他們的微型無人機大概也是從他那裡弄來的。」

「他是誰？」

「完全不曉得。麥迪森說直升機從華盛頓特區飛過來，機身上寫著國安部。」

「國安部？」

「只是直升機而已。」

芙林想起里斯說過皮克在國安部有人。「我猜我又跟不上了。」這些新人每次都趁我在未來時冒出來，她想，要不就是我被綁架完給救回來的路上。

「現在，皮克的房子被炸成廢墟，我們就等著明天早上醒來，看看有哪些人一副主要收入來源被脫了褲子的模樣。喏，這是梅肯幫妳做的新手機。」她在一片漆黑之中把手機遞給芙林。

「我寧願把舊的找回來。」一想到自己為了付那支手機的錢在列印所工作了那麼多小時，芙林就忍不住火大。

「妳的那支已經被他們用飛機送到納索去了。」

「納索？」

「給了當地某間律師事務所的人。柏頓和其他人把妳從皮克家救出來後沒多久，那邊的人就把它從法拉第袋裡拿出來了。梅肯早把那支給廢了。」

芙林記得皮克說過要讓她打給奈瑟頓，試圖用她去拿到比講定價格更多的錢。

「梅肯說皮克在納索有些厲害的律師，」珍妮絲說。「但沒你們的厲害，也沒你們的多。」

「我們的律師我知道的也就三個。」

「如今不只那些了。他們全都在鎮上，光是供這些人吃住本身就是蓬勃發展的產業，而且來得非常是時候。」

「他把我之前那些程式和資料都放進去了？」芙林舉起她的新手機，嗅了一下。新的。

「對，還加了一些重要的加密程式，會在背景運作。他說要妳把用在所有東西上的密碼都改掉，不要用妳的生日，也不要把名字倒過來用。然後妳書桌上有個手提袋，裡面那個海夫提威輪小子是要給妳的。」

「什麼東西？」

「威輪小子。」

「什麼鬼？」

「梅肯從eBay上弄來的。老東西，但還是全新未拆封的美品。」

「不懂。」

「就以前小學時候的那個啊，長得像棍子上插了一塊平板電腦？底部像小臺的賽格威。妳還記得那些東西嗎？電動的、兩個輪子，裡面有陀螺儀讓它保持平衡。」

「那看起來很蠢耶。」芙林想起來了。

珍妮絲的手機鈴聲響起，她拿起來看，螢幕的燈光照亮了她的臉。

「艾拉需要我下去一下。」

「如果問題很大就叫我下去，如果不是，那我想睡一下。」

「妳知道嗎？我很慶幸他們把妳帶回來。」

「愛妳，珍妮絲。」芙林說。

珍妮絲下樓後，她便坐起身打開床邊的燈，把那只手提袋拿到床上。提袋裡有個盒子，盒蓋上印著海夫提威輪小子的照片。威輪小子長得像根插進紅色壘球裡的同色塑膠蒼蠅拍，壘球兩邊還各有一顆胖嘟嘟的黑色玩具卡車輪胎，而蒼蠅拍的部分其實是附了攝影鏡頭的迷你平板電腦，頂在一根棍子上。市場上把威輪小子歸類為玩具、嬰兒監視器、遠距離友誼或悲哀戀情的發展平臺，甚至用它來提供租金便宜的虛擬假期體驗。你可以在拉斯維加斯、巴黎這些地方買或租一臺威輪小子，到賭場和博物館裡到處亂逛，它看到什麼，你就看到什麼。當你這麼做，那塊平板電腦上還會顯示你的臉。就是這一點讓芙林對它完全沒興趣。你一邊透過威輪小子瀏覽世界，一邊戴著附有鏡頭和小支收音器的耳機，讓它把你的表情拍下來，其他人當下就能在威輪小子上看到你的反應，你還能和他們說話聊天。芙林記得里昂以前為了想讓她覺得那東西很噁心，就告訴她好多人都拿它來做愛做的事，她現在真希望他說的那些都是編出來的。

她回到床上，打開盒子，不禁覺得這一定就是擴充亞體在技術成熟前的其中一種發展來源。威輪小子，擴充亞體的便宜陽春版本。

盒子裡有張從永恆列印所的筆記本撕下來的黃色記事紙，上頭用粗體的螢光粉紅色馬克筆寫著，醫生說，已充電＋爆強的加密——梅肯。

她把裡面的威輪小子拿出來，試著讓它站直，但它卻向後倒，躺在月光下的平板電腦彷彿一面黑色梳妝鏡。紅球的底部有顆白色的按鈕，她按下它。陀螺儀在一陣細小的尖銳叫聲中開始旋轉，頂端黏著平板的紅色塑膠桿子在床上突然站直，黑色的輪子在床單上自在地移動著，轉向左邊，又轉向右邊。

她用手指戳了戳黑色的螢幕，把它往後推，看它在陀螺儀的作用重新恢復平衡。

此時螢幕突然亮了起來，上頭出現奈瑟頓的臉，眼睛因為太靠近鏡頭而擴張變形，鼻子也太大了。「芙林嗎？」廉價的迷你麥克風裡透出他的聲音。

「靠這什麼鬼呀。」她幾乎要大笑出聲。接著意識到自己只穿了內褲和運動衫，於是趕快把床單拉到腿上。

78 拓荒時代

那臺機器的鏡頭傳過來的顯像流是完整的雙眼視覺畫面，那讓他想起某個年代的靜止影像，比她所處的時代還要早，但他完全記不起那種影像的平臺裝置叫什麼。她由上而下俯視著他，較靠近鏡頭的膝蓋上蓋著淺色的布料。

「是我。」他說。

「太扯了。」她邊說邊伸出手，用手指彈了彈他那不曉得怎麼做出來的鏡頭平臺。靠近的指尖變得巨大無比，他朝後晃去。支撐鏡頭站著的東西撐住了那力道，他沒繼續向後倒，短暫瞥見一片低矮、手工藝風格的平面，猜想應該是天花板，上頭有道水平的裂縫，彷彿貼上去的紙張開始脫落。然後他的鏡頭就又把自己抓回了原位，清楚發出一陣低沉的嗡響。

「拜託不要這樣。」他說。

「知道你現在長什麼樣子嗎？」她跪在膝蓋上傾過身來。

「不知道。」他說。不過模擬程式的印記顯示出某種有著兩只輪子的球體，上方直立起一塊薄型投影設備，最頂端是長方形。她伸手越過他，手臂漸次茁壯，接著他的顯像畫面就被一張圖片占滿。那是印記上那個裝置的行銷照，長方形的螢幕裡緊緊地框著一張小孩的臉，表情熱切。

「我們這裡還是拓荒時代，沒有火辣的人造身體，」她說。「但是有威輪小子。你人在哪？」

「戈壁大冒險。」

「那輛RV？」

「就坐在我桌子前面。」他說。

「那真的是你的桌子嗎？」

「不是。」

「它實在醜爆了。所以冷鐵完全不存在？」

「有幾間公司的確註冊在這個名字底下，地點在你們那裡的哥倫比亞和巴拿馬。」他說。「現在你們那邊的美利堅合眾國裡也有了冷鐵公司，而且妳就是主管之一。」

「但你們那裡沒有。」

「沒有。」

「所以這本來只是列夫的嗜好？只是恰巧碰上你搞砸了事情，又摻進一個要來調查謀殺案的洛比爾？」

「就我所知是這樣。」

「你為什麼會在這裡？」

「洛比爾提議的。」他說。「而且我自己也想要看看。那裡是白天嗎？妳那邊有窗戶嗎？我們在哪裡？」

「是晚上。」她說。「我在我房間裡，月亮很亮。」她把手伸向旁邊，關掉了光源。霎時間，她的美成了另一種模樣，深色的雙眼變得更大。他想起來了，那叫達蓋爾銀板照相法。「轉過去，」她說，直接幫他轉向。「我得把牛仔褲穿上。」

他在許可的角度內將鏡頭轉到底，她的房間看起來就像某頂遊牧民族圓頂帳篷的內部，單調的家具、堆成許多小墳般的衣物、列印品。這是真實存在過去時光的某個片刻，比他出生還早了幾十年。他曾經想像過這個世界，但在這個當下，當他實際身處其中，不知為何，又覺得它著實令人難以想像。「妳一直都住在這裡嗎？」

她彎下腰抓起他，抱著朝窗戶的方向走去，進到月光中。「當然。」

然後他看到了月亮。「我知道這是真的，」他說。「這一定是，但真的很難相信。」

「我都能相信你們的世界是真的了，維伏，因為我非相信不可。你也該試著別把每件事都看得那麼實際。」

「這是開獎之前的世界。」他說，但立刻就後悔了。

她把他從月亮前轉開，站在他前面，直視著他的眼睛。月光照耀，臉色肅穆，這些都收進他的視線裡。「開獎？維伏，那是什麼？」

有些什麼弭平了他心中想要繼續編故事的部分，畢竟，就是那個部分讓他的世界長滿了謊言的矮樹叢。

79 開獎

她腳上放著他，兩人一起坐在前院那棵橡樹底下的木椅上。

屋前門廊的階梯上坐著班·卡特，他是柏頓手下最年輕的士兵，看起來一副還在上高中的模樣。他一隻眼睛戴著微視，犢牛步槍橫放膝上，正從保溫瓶裡喝著咖啡。她想去要一點，但知道要是自己真喝下去，就完全不用睡了。此時，維伏正在解釋世界如何終結——確切來說是她的世界，也就是這個世界，而那似乎也是他那個世界的起始。

維伏的臉映在威輪小子的平板上，剛才她就是靠它照亮下樓的路，走到門廊，發現坐在階梯上守著屋子的班。他那時整個人非常不知所措，提著步槍就站了起來，一直想著槍口不該指向那裡。她看到他戴的棒球帽跟里斯之前戴的那頂很像，上頭的像素迷彩圖案會不斷移動。他似乎難以決定到底要不要跟維伏打招呼。她說他們要走到樹下那邊坐著說點事，他說他會讓其他人知道她在那裡，但請千萬不要再走到其他地方，然後希望她別介意那些無人機。爾後，她便往椅子這裡走來，和變成威輪小子的維伏一起坐下，聽他開始解釋他所說的開獎。

首先第一個重點是，你不能將開獎歸咎於一件事。它有許多根源，沒有哪項特別在前，沒有哪項終結一切。與其說它是一個事件，其實更像一股氣候，所以它不如末日故事喜歡說的那樣，因為發生了某個巨大事件，每個人都得扮成柏頓和他的武裝軍團，端著槍到處跑，否則會被那個巨大事件創造出來的什麼東西活吞下肚。並非如此。

是因為雄激素，奈瑟頓說。以前看《摩登保母》和《國家地理雜誌》的經驗告訴她，這句話的意思是，原因出在人身上。這並不是指人們清楚自己在做什麼，或是本來就想製造事端，而是不管如何，他們都會造成同樣結果。事實上，因為碳排量太多，造成氣候變遷，而這項變遷本身又驅使其他很多事情發生。世界就這樣越變越糟，永遠沒有好轉的一天，且會如預期中那樣不斷持續下去。這都是因為活在過去的人們不曉得這些事物之間如何彼此牽動，於是就把事情都搞砸了，而當他們發現了原因，卻又一直沒有辦法下定決心想出對策，最後一切都為時已晚。

所以現在，到了她生活的這個時代，他說，你們就要栽進這坨充滿了雄激素、系統性問題，又多頭並進的萬丈屎坑中了。她對這種情況多少是知道的，講起來，應該所有人都知道，除了某些人仍然嚷嚷著不可能會有這種事情發生。而這些人大多還期待著耶穌會真的再度降臨。眼前這片銀色草皮是里昂用除草機推出來的，機器的鑄鐵骨架已得完全依賴打包用的金屬線綑綁才能固定住。她的視線越過這片草地，往月亮照出來的陰影處飄去，中間經過了矮小的黃楊木和一座混凝土鳥池的殘樁，他們以前會假裝那是龍擁有的城堡。她看著眼前景色，聽著維伏告訴她，約四十年後，無論到時世界上有多少人活著，開獎都將殺死其中的百分之八十。

聽到這句話時她腦中只是想，既然她已經知道那是他的過去、自己的未來，那麼，聽到他這麼說，還能有任何實質上的意義嗎？

你們怎麼處理那些屍體？她問。這是他開始解釋之後她問的第一個問題。

因為那些人並不是同時全部離世，他說，所以就和平常一樣。再後來，有好一段時間我們什麼都沒做，直到有了裝配工。裝配工，就是那些奈米機器人，很晚才被發明出來。在收拾完那些死去的人們之後，裝配工也負責做其他事，例如開挖並清理倫敦所有堵塞的河流，她前往切普賽街的路途上看到的一切事物，也都是它們的作品。她目擊那個女人準備派對、被謀殺時所在的大樓，也是它們所建。維伏把那些排列成網格狀的大樓稱為碎片大廈，它們一樣出於裝配工之手。在他所處的那個開獎後時代，裝配工負責不斷維護著這些建築物。

她感覺得到說這些事令他心痛，但她猜他自己不知道那到底有多痛，或者，為什麼會有這種感覺。看得出來他很少讓這些情緒顯現出來，頂多一點點，或者根本不去觸碰。他說像艾許這樣的人終其一生都在表達自己對世界的不滿，穿著黑色的喪服，並在身上以刺青做記號。但對他們而言，重要的不是死去的那百分之八十，而是其他的物種，那才是更嚴重的滅絕。

不是因為彗星撞擊，也沒有發生任何稱得上核戰的戰爭，而是除此之外的所有事情，並且全和氣候變遷糾結在一起：乾旱、水資源短缺、作物歉收。蜜蜂就如這時一般快速消失，其他關鍵物種萎縮、任何僅存的頂層掠食者滅絕，抗生素能發揮的淺薄效果將比現在更淺薄。疾病不再像從前那樣大肆流行，但每一種都嚴重到足以列入歷史紀錄。而這一切都與人有關：人們如何生活、人口曾有多少，以及光是他們的存在本身就能改變這世界。

草皮上的陰影像許多黑色的坑洞，深不見底，或如被攤開的天鵝絨，極度扁平。

不過科學成了我們的外卡門票，成了扭轉情勢的關鍵，他說。當所有事情都在那個泥坑裡越跌越深，歷史本身成了屠宰場，科學則開始蓬勃發展。並非全部同時實現，也沒有什麼特別大的救世技術，但我們的確擁有更乾淨、更便宜的能源來源，找到了更有效過濾空氣中的碳成分的方法，開發出能發揮與抗生素相同作用的新藥物。我們的奈米技術也不再只是能自我修補的汽車烤漆，或是會在棒球帽上爬動的迷彩圖樣。我們能用多種方法列印食物，需要的材料比實際生產的食物更少。就這樣，無論整體來說到底跌得有多悽慘，所有事物都在新科技的作用下逐漸擦亮了新外貌。那些都是人們會眨著眼睛、湊上頭去看的新技術。可除此之外，其餘就還是原本的狀態，繼續在泥淖裡越陷越深。他也說，那種進步的過程其實伴隨著持續不斷的暴力，以及難以想像的痛苦。她感覺他此時已跨過本來的界線，真正看進他生活其中的那個未來，卻又迅速拉住自己，不願去描述那些已經發生或將要發生的最糟情況。

她看著月亮，猜想，即便經過他剛才描述的那幾十年，月亮看起來也還會是一樣的吧。

所有的事，他說，對非常富有的人來說根本造成不了什麼負面影響。因為能夠占有資源的人變少了，於是最有錢的變得更有錢。持續不斷的危機提供了持續不斷的轉機，那就是他的世界之所以成為現在樣貌的原因，他說。當一切崩潰瓦解至最低點，人口數量也降至谷底，倖存下來的人發現，他們倒進環境中的碳越來越少，同時建造的大廈還會持續消化掉新產出的碳。這是那些高樓被建造出來的另一個理由，當初她巡邏的那棟大廈之所以存在，並不只是為了讓有錢人有地方住。對倖存者來說，了解到這一點，就等於了解自己已經躲開了那顆子彈。

「子彈是指死掉的那百分之八十？」

威輪小子螢幕上的他默默地點了點頭，然後提到倫敦，說它如何崛起、如何自詡為中國之外全球所有掌權者的發源地，又如何保持自己從未真正殞落的地位。

「那中國呢？」

威輪小子的平板發出細微的嘎嘎聲響，把攝影機的角度向上揚起。「他們處於優勢。」他說。

「哪方面？」

「關於開獎之後整個世界的運作方式。」平板電腦再次發出一陣吱嘎，俯視著她母親的草坪。「這裡看起來仍然是個民主國家，但如果把開獎的影響考慮進來，再加上那些握有權力的倖存者擁有的地位，他們大多數人無疑不會再想跟民主有任何瓜葛。事實上，他們會傾向怪罪於這個體制。」

「那，是誰在維持社會運作？」

「寡頭、企業、新君主主義者。世襲君主政體為他們提供了順手可得而且熟悉的保護殼，用批評者的話來說，那根本是封建——而那些人的確是在搞封建。」

「英國國王？」

「倫敦市。」他說。「倫敦市同業公會。他們和列夫的父親這樣的人結盟，讓洛比爾那樣的人去執行推動。」

「所以整個世界都是仿造出來的？」她記得洛比爾曾經這樣說過。

「竊賊，」他說，但他誤會了她的意思。「一點也不有趣❷。」

---

❷ 這裡用了funny的兩個意思，芙林說的「仿造」和奈瑟頓說的「有趣」原文都是funny。

80 克洛維斯限定

洛比爾介紹克洛維斯・翡珥琳時，說她是位很老的朋友。這個說法最令人稱奇也最顯而易見的部分在於：雖然她的實際年齡和洛比爾差不多，甚至更老，但她的老是一眼望去就能明顯看出。她那可能已經光禿的頭上戴著黑色針織鐘形帽，身上示範著何謂最古板、最正統的維多利亞式哀悼服。與她相較之下，艾許的穿著根本是種充滿挑逗的滑稽模仿。她看起來就像一位只剩殘破遺體的聖徒，兩顆黑眼珠極為敏銳且靈活，雙眼眼白已然泛黃，充滿血絲。她的店開在波多貝羅路上，叫**克洛維斯限定**，專營美國貨。

此時他人就在這間店裡，洛比爾在剛才簡短的車程中向他解釋了原因：黛卓已經把信寄出來了，邀請他參加她在星期二晚上舉辦的晚會。洛比爾還沒允許他開信，因為無論是要讀信或回覆是否出席，都必須在不牽連列夫的地點進行。他對這項限制的理解是：那必須是一個不會將祖博夫家族的保全系統結構透露給黛卓知道的地點，因為黛卓很可能已是其他結構中的一分子。洛比爾認為，無論她身處怎樣的系統之中，都是一團必須全力避開的爛帳。

「克洛維斯，這位年輕人是維伏・奈瑟頓，」店內擁擠，洛比爾大略環視這片毫無節制的混亂。「他是個公關。」

她自稱翡珥林夫人，那是她掛在店門前的頭銜。她此時彷彿一隻蜥蜴，從皺褶與斑點組成的紋路中打量著他，那些皺紋是他這輩子見過最縝密的矩陣。她的頭骨輪廓清楚得令人擔憂。當時間不斷從她臉上流逝，剩下的東西似乎只有幾微米那麼薄。「我不覺得我們應該怪他，」她說，聲音出乎意料地渾實，美國口音，但比芙林的更重一些。「畢竟從來沒想過妳會需要他們。」她雙手放在櫃檯的玻璃上，彷彿鳥類的爪子，其中一隻手背上印著一塊全然無法辨認的墨漬。皮下組織刺青，模樣古老，而且完全不會動。

「他的朋友都是連續體狂熱分子，」洛比爾說。「妳知道那是什麼嗎？」

「過去這幾年我跟他們交手過幾次，他們願意買任何來自二〇三〇、二〇四〇年代的東西。看起來是喜歡從開獎往回推，年代越早越好的玩意兒，最晚就到二〇八〇左右。好了，親愛的，找我有什麼事呀？」

「維伏，」洛比爾說。「你不介意的話，我要跟克洛維斯聊點近況。如果你想，可以在人行道上打開那封信，然後撥電話過去。請務必待在車子附近，要是你到處亂晃，車子會去把你找回來。」

「沒問題。」奈瑟頓說。「很榮幸見到妳，翡珥林夫人。」

克洛維斯．翡珥林正眼神銳利地盯著洛比爾，沒理他。

「親愛的，我想重新記起一些記憶。」他走出去時，聽到洛比爾這麼說。

星期六的人群已相當稀少，入夜已深，雖然像翡珥林這樣的店家還開著，但推車小販大多已收拾好東西離開。洛比爾的車就停在門口，在偽裝底下仍散發著些微蒸汽。那是很奇怪的畫面，不過路過的人都會刻意忽略。他從店鑽裡出來時，一對義大利的戲劇教授剛好走過。那兩人深深投入在自己的討論當中，穿越街上，走到斜對角的一間鐘錶店。車子時不時喀啦喀啦響，彷彿金屬正在降溫、收縮。他還記得芙林的臉，在月光下發著光，一臉震驚。他一直不想告訴她關於開獎的事。他不喜歡那種旁述歷史的角度，尤其是說到開獎，人們會了無新意地被那種角度扭曲，就像艾許，要不就像列夫，對此毫無所覺。

他轉身看著翡珥林夫人的展示櫥窗，假裝自己正在研究一只玻璃表面的淺托盤，上面放著許多石製的箭尖，彷彿古早神祕力量的奇異符號。他感覺，自己當時在芙林那座被月光照亮的花園裡，也瞥見了另一種神祕的力量。他試著回想洛比爾說艾許怎麼看待他這種行為，但完全想不起來。他輕觸自己的上顎，選了黛卓的邀請函，開始研究起信上所說的細節。舉辦宴會的地點在法靈頓，伊甸池大廈第五十六樓，那應該是艾葉莉塔的住處，當初柏頓被分配看守的就是這個地方，顯然芙林看到她被殺害的地點也在這裡。邀請的對象是他，以及安妮・庫芮吉博士。不過黛卓預期庫芮吉會以擴充亞體的方式出現。信中只用了「聚會」來形容這場活動，沒有其餘對於目的或氛圍的暗示。

舌頭再次輕觸上顎。她的環流印記。這次，他看到的不再是高聳入雲的花崗岩大廳，而是某個模糊不定的空間，黃昏時分的光線，私密，感覺像女孩子的閨房。「奈瑟頓先生！」是那個傲慢女孩模組，語氣震驚，但頗為欣喜。

「我要感謝黛卓的熱心邀請，」他說。「庫芮吉博士將會以擴充亞體的方式與我一同出席，謝謝。」

「真是抱歉，奈瑟頓先生，黛卓此時無法親自接聽您的電話。需要我請她回電給您嗎？」

「不用麻煩了，謝謝妳。再見。」

「再見，奈瑟頓先生！祝您有個愉快的夜晚！」

「謝謝，再見。」

黛卓的印記消失，取而代之的是洛比爾的印記。「你似乎滿受歡迎的嘛。」她說。

「妳在偷聽。」

「就像我也相信教宗不會放棄天主教。請進來一會兒吧。」

他重新進到店裡，避開一隻頭頂高帽的短吻鱷填充玩偶（但也有可能是普通那種鱷魚）。它雙腳直立，高度及腰，戴著兩把奈瑟頓覺得應該是兒童玩具的成套手槍，金屬鑄造的槍柄上配著公牛頭配飾。洛比爾和翡珥林仍站在櫃檯前，不過這時兩人中間多了一塊灰白色的長方形塑膠托盤。

「認得這是什麼嗎？」洛比爾指著托盤問道。

「不知道。」他說。他看到上面用呆拙字體寫著的「克蘭頓兩百週年紀念」和兩幅小畫或風景照，畫作描繪的年份相距兩個世紀。現在，托盤上的印刷已然褪去、磨損。

「你的擴充亞體在她家裡記錄到了跟這一樣的東西。」洛比爾說。「我們把它記錄到的各種物品拿來跟克洛維斯的合作廠商目錄進行了比對，這個之前被存放在拉德伯克路底下，現在讓裝配工給找了出來。」

「妳是說『現在』嗎？」

「就在你剛才出去的時候。」

「我不認得這東西。」他依稀記得這個區域的地下隧道存放了大量的工藝品，是由許多買賣商的聯合庫藏，且經過精心編目，好讓裝配工能即時拿取。一想到這東西直到前一刻都被埋在地下，不知為何，他突然悲從中來。他希望這不會剛好就是芙林家裡的那一個。

「她的那個放在壁爐架上，」洛比爾說。「就擺在最明顯的位置。」

「我去過克蘭頓，」翡珥林夫人說。「在華美達酒店的大廳對某個男人開了一槍，打中他的腳踝。只要距離不遠，我的槍法一直都挺不錯，不過一個人的槍法到底如何，其實要在條件不好時才看得出來。」

「為什麼開槍？」奈瑟頓問。

「他那時想要逃走。」翡珥林夫人說。

「妳以前很難搞啊，克洛維斯。」洛比爾說。

「妳以前還是英國間諜呢。」翡珥林夫人說。

「妳也一樣，」洛比爾說。「雖然妳算是自由接案。」

翡珥林夫人臉上那幅驚人的皺褶地形圖非常細微地變動了一下。是個微笑，應該吧。

「妳為什麼說她『曾經』是英國間諜？」幾分鐘後，在車子裡，他這麼問洛比爾。車門撤下偽裝時，兩個很小的孩子正好在美智姬保母的陪伴下從旁經過，孩子們高興地拍手叫好。洛比爾跟在奈瑟頓身後坐進車內，舉起手，擺動著手指，逗了孩子們一下。

「那個時候的她，」洛比爾說。「的確是。」他們之間的桌上點著蠟燭，她凝視著那團火焰。「我把她趕出了華盛頓的大使館。也因為這件事，她最終嫁給了克萊門・翡珥林，他是最後的保守黨議員之一。」她皺著眉。「我從來不懂她到底喜歡上克萊門哪一點，完全無法理解，但擁有一位握有影響力的丈夫，在很多事情上都很方便，這點倒是無庸置疑。說起來，她對他也不完全是那種毫無來由的愛。可怕的時代啊。」

「我把開獎的事告訴芙林了。」

「很抱歉，不過我那時就聽到了。」洛比爾說，顯然既不擔心，也完全沒有一絲後悔。「總的來說，你處理得很好。」

「她要求我告訴她。但現在我擔心這樣是不是會嚇到她，讓她太難過。」他發現，自己的行為確實造成了這種後果。

「就像人們說的，沒辦法，事情就是這樣，」洛比爾說。「他們常拿這來評論我那些無止境的煩惱。等我們回去之後，我會讓艾許給你一些鎮靜劑。」

「認真的？」

「它的效果就像用酒精來麻木自己，但可以少掉追酒或是後面一連串接踵而來的麻煩。我需要你好好休息，得讓你跟芙林為星期二晚上做好準備，好迎接黛卓的晚會。」

「在屋子裡時妳只跟她待了一會兒，」奈瑟頓說。「我以為妳會需要資訊。」

「是沒錯，」她說。「不過她也需要時間去回想發生的情況，並重新思考那些代表什麼意思，光聽她直述流水帳是沒有用的。」

「我要打給芙林。」奈瑟頓說。

「她睡著了。」洛比爾說。「她這天發生太多事：被綁架、關起來、解救行動，又要消化你說的開獎這件大事。」

「妳怎麼知道她在睡覺？」

「我們讓梅肯在她的新手機加上的功能。我不但知道她已經睡著，還知道她這個當下正在做夢。」

奈瑟頓看著她。「妳知道她夢到什麼嗎？」

洛比爾看著她的蠟燭，抬起頭來看向他。「不知道。當然，並不是說我們沒辦法做到，不過我們與斷根的連線有點算是湊和出來的，無法完全應用在那方面。觀察原始夢境本身是個相當有趣的研究主題，但以我個人的經驗，即使那樣做了，也很少會得到特別有用的成果。儘管我們都會想像夢境的內容擁有相當大的魅力，不過事實上，當我們把夢視覺化，看起來倒是相當平庸，與我們記得的完全不同。」

81 阿拉摩城牆

「乳牛嗎？」芙林嘴裡塞滿香蕉，驚訝地問，此時車子正要攀上波特路的最高點。其實也沒多高，但她騎腳踏車時總會意識到自己在爬坡。今天天氣晴朗，才十一點半，她和珍妮絲一起開著租來的紙板車往鎮上駛去。這是完美的一天，適合到處看看，只可惜前晚奈瑟頓說了那些話，他告訴她世界就要滅亡了。或者是說一直在滅亡中……之類的。

「猜錯了。」珍妮絲說。「柏頓昨天才放上去的。」

芙林又瞇起眼往那東西看了一次。那塊牧地本來一直被拿來存放牧草，雖然後來開發商把地買下來，卻沒蓋出任何東西。她覺得自己看到那東西的頭動了一下。「真的假的？那也是無人裝置？」

「比較接近人造衛星，」珍妮絲說。「感測功能強到沒話說，不過也可以讓其他無人機飛來這裡，把它當作充電站。」

芙林咬下最後一口香蕉。「這應該不是他在海夫提買的吧。」她邊吞邊說。

「也許是從葛利夫那裡拿到的，或是你們那一大群律師其中之一。」

「一大群是指多少？」

「多到可以買光吉米店裡的所有辣醬熱狗堡，而且還中午晚上全包。他們會先預訂，再派無人機去外帶，丹尼還得跑去商廚批發屋買更多辣肉醬。」丹尼是吉米的店現在的負責人，吉米的姪孫。芙林的媽媽記得小時候還看過吉米本人。「丹尼想漲價，可是柏頓要湯米告訴他別那麼做，所以我猜你們應該有在補貼熱狗堡的價差，多多少少。」

「為什麼？」

「好讓這個鎮的人別跟冷鐵作對啊，他們已經覺得這一切都是里昂造成的了。有陰謀論說他從樂透裡贏的錢比州政府允許的還要多。」

「這話完全沒邏輯。」

「陰謀論總得簡單點，邏不邏輯不重要。不管陰謀論背後代表什麼，相較起來，人們還比較害怕複雜的事實。」

「所以陰謀論說了什麼？」

「目前還沒什麼扎實的內容。吉米店外面的樓梯上聚集了一些喜歡追根究柢的人，說皮克的名字其實一直在國安部的薪資單上。」

「他們覺得是國安部在製造毒品？」

「不然怎麼有錢去控制聯合國？」

「珍妮絲，聯合國根本名存實亡，控制扶輪社或同濟會還比較說得過去。」

「聯合國玩惡魔學玩得太過頭了❸。」珍妮絲慢下車速，讓路給一隻野生的橘色虎斑貓。牠身體壓低到就要貼地，偷偷摸摸溜過馬路，還輕蔑地瞥了她們一眼。「麥迪森說，沒讓丹尼漲價這件事是你們那些未來朋友的主意。」

「微觀管理。」芙林看著小鎮開始出現在視線中。

「要是他們願意把改變的速度放緩，我不介意稍稍『微觀管理』一下。這個鎮已經不是妳記得的那樣了。」

「我第一次幫柏頓代班是上個星期二，現在才星期天早上。」

「而我們也沒去做禮拜。這段時間雖然短，改變卻很大。我一直在注意鎮上的消息，也在留意新聞，看起來一樣，但其實都不同了。」

她們把車轉進商場。芙林看到壽司糧倉上方多了一些之前沒有的基地臺和天線，而大多數停車格停的都是閃亮的德國車，有著飆速皺褶和佛羅里達車牌。「哇噢。」她說。

「好吧，也許看起來並不一樣，看妳從哪個角度。」珍妮絲把車停進壽司糧倉前的格子裡。「老洪生意很好，壽司糧倉也是那些律師的另一家愛店，而且它整晚都開著。他們甚至會買他的T恤。另外，因為讓妳把那些天線放在上面，老洪也拿到了一些補償金。」

「又不是我給的。」

「對老洪來說就是妳，妳是CCO，所有往來信件上面署的都是妳的名字。」

「這樣合法嗎？」

「妳去問那些未來的人，柏頓正忙著管他那支非正規軍團。」珍妮絲下車，於是芙林也跟著出來，她把那臺威輪小子像瓶葡萄酒似地塞在腋下。

梅肯和卡洛斯沿著商場正面的人行道朝她們走來。梅肯穿了他那件舊牛仔褲和壽司糧倉的T恤，

---

❸惡魔學是研究惡魔的學說。意思指聯合國研究腐敗研究過頭，反而造成自身腐敗，進而被控制。

T恤白底紅字，上面寫著假日文，還畫了一間不怎麼好看的穀倉，一片巨大的加州卷擋在穀倉正前面。卡洛斯則穿著迷彩服和軟式防彈衣，腋下夾著犢牛步槍。她知道這都合法，受到憲法和其他條款保護云云，可是這畫面看起來還是非常不正常。就在上個星期，他們沒有任何一個人會把迷彩服穿到鎮上來，更別說帶著步槍。而現在，不管卡洛斯穿的款式看起來有多像溜冰服，事實就是他穿了防彈衣。他們兩人各自戴著一只微視。梅肯給了她一個大大的笑容，卡洛斯給了個稍微小一點的，不過那是因為他正在探查四周。她突然意識到，就在這一刻，他已經做好了隨時向人開槍的準備。「老洪屋頂上那些鬼東西是你放的？」她問梅肯。

「克萊茵・庫茲・沃麥特的人做的。」他說。

「珍妮絲說他們派了更多人過來這裡。」

「如今的冷鐵大部分就是由律師和文件組成，還有股票。」

「他們不會全都擠在那臭死人的店面裡吧？」

「裡面沒幾隻貓。我們在整個鎮上各處租了很多小空間，把他們分散開來，讓那些人離我們這裡的事情遠一點比較好。」

「這裡的事是指？」

「此時的話，是讓康諾上線。他正在接受某種訓練。」

「用他的擴充亞體？」

「是某種操作起來沒有那麼直觀的裝置。我猜的啦，妳再去問他。他已經過去六個小時了，他們只說他很快就會回來，然後就能見到他的俏護士。」

「什麼俏護士？」

「葛利夫派來的。」珍妮絲說。

「護士……」卡洛斯說。「……個鬼。」

「卡洛斯覺得她是個技術士，」梅肯說。「她說自己是救護人員，但就算她兼具兩種身分，也沒什麼奇怪的吧。」

「冷血殺手。」卡洛斯說，那語氣聽起來像在說他最喜歡吃哪種口味的派。

「葛利夫。」芙林說。「這名字一直出現。」

「我們到裡面講。」梅肯說，接著就帶她們走回列印所旁邊的空店面。店的外觀看起來沒有差多少，只是窗戶和門已被刷洗乾淨。

但室內就完全不一樣了。首先注意到的是那些用泰維克布袋裝著的屋頂瓦片，她記得珍妮絲跟她說過這個，麥迪森用它們堆出了內部防禦。她看到麥迪森還用柏頓的海夫提聚合物在窗戶內側噴了整整三英寸厚，沒辦法擋下子彈，但能夠防止玻璃四處噴濺。然後是那道像是阿拉摩圍城戰役❹裡會出現的室內城牆，大概有三英尺厚，高也許到七英尺，袋子像巨大的磚塊那樣堆疊起來。她猜它應該把整個室內繞了一圈，留下前門的開口。通往列印所的洞大概也會留下來，後門可能也會留成出入口。前門的內側塗滿了卡洛斯防彈背心裡的填充材質，像上了好幾層薄薄的綠紫色棉花糖。她始終搞不懂物理是怎麼回事，只知道這東西能用某種方式轉化子彈的動能，讓自己瞬間擁有鋼鐵般的硬度，根據

❹ Battle of the Alamo。發生於一八三六年的德州，歷時十三天。墨西哥部隊對德州的阿拉摩城發動襲擊。

情況不同，這個過程有時也可能把你弄到手骨折。這裡還用上很多枯燥乏味的國安部藍，她被綁在皮克家桌子上時，束線帶就是那種顏色，而這裡的則是用在防水布上。天花板上的吸音磚已經拆掉，防水布就從裸露的房椽上垂掛下來。她看到屋頂上有個灰色的土蜂巢，應該是不知道多少個夏天前留下來的，不過之前聞到的那股令人心死的馬桶味也消失了，這點值得她高興一下。

「各部門辦公室，」梅肯說。「那邊是法務部。」他指著一個空間，她在裡面看到之前在海夫提開會時見到的那個布蘭・沃麥特，穿著燙過的卡其褲與和梅肯一樣的壽司糧倉T恤，正在和某個紅短髮女孩說話。「妳喜歡那臺威輪嗎？」梅肯問。「看到妳把它一起帶來了。」

「昨天晚上和奈瑟頓用這個東西聊了很久。」

「聊得如何？」

「說起來，那些事要不是令人絕望，並把我嚇得要死，就是跟我一直以來對世界的想法一樣。」

他盯著她看。

「一言難盡。」她說。「康諾在後面嗎？」她往那方向走去，珍妮絲跟在後面。

他追上她們。「洛比爾要妳在一小時後過去那邊，妳可以從這裡上線。」

「柏頓在這裡嗎？」

「他在皮克家那邊。」

她停下來。「為什麼？」

「湯米指定他負責出面說明。國安部找到傑克曼了。」

「妳沒告訴我。」她對珍妮絲說。

「現在要分清楚事情的優先順序越來越難了。」珍妮絲說。「國安部在皮克家找到了夠多的身分證據，能確定那些碎片就是傑克曼。本來只能靠牙醫紀錄和腰帶扣，但他們重建出DNA了。」

「湯米呢，他的反應是什麼？」

「傑克曼一走，他就成了代理警長。」梅肯說。「湯米警長，大忙人一個。」

「你呢？」

「興奮劑，」他說。「一直沒睡。」

「梅肯，別用那個，那鬼東西之前讓我整個人瘋得很誇張。」

「不是藥師的興奮劑，」他說。「政府製，葛利夫給的。」他把壽司糧倉T恤拉起來，讓她看自己肚子上那塊一英寸高的黃色小三角形貼片，有條垂直的綠線從底部連到三角形的頂點。

「這個葛利夫到底是誰？」

「英國人，外交人員之類的。他在華盛頓特區那邊有門路能弄到某些東西。」

「什麼樣的東西？」

「這輩子看過最有趣的裝置……我說我啦。」

「他們怎麼跟你說這個人？」

「什麼都沒說，就是直接把他從華盛頓特區派過來。那時里斯把妳抓走，洛比爾接管了艾許的職位，感覺她早就把他準備好了，以備任何情況發生。如果妳之前沒先把那顆藥丸吞進去，我猜葛利夫應該會召喚出各種政府花招來找妳。他把克洛維斯找來，就是為了讓她在康諾戴上頭冠的時候照顧他。」他朝後看去，卡洛斯正在某扇門旁鎮守著。「卡洛斯覺得她是忍者。」

「克洛維斯是男生的名字。」芙林說。「某個國王。很久以前了，法國的。」

「人家從奧斯丁來的，說她的名字取自新墨西哥州的那座小鎮。」

「她人怎樣？」

「直接介紹妳們認識比較簡單。」他把防水布拉至一邊。裡面有三張病床，排成一列，其中一張躺著康諾。他穿著Polartec連身裝躺在白色床單底下，雙眼緊閉，頭上戴著白雪公主頭冠。

「克洛維斯，」梅肯說。「這是芙林・費雪。芙林，這是克洛維斯・瑞本。」

床邊那個女人的年紀比芙林稍微大一點，也比較高，看起來很會溜滑板。身形瘦長，黑眼睛，黑色短髮兩邊推短，在頭頂留出了一道小鰭。「威輪小子，」克洛維斯說。「以前高中的時候有過一個。妳喜歡玩收藏品？」

「這個是梅肯給我的。妳在克洛維斯出生？」

「在那邊懷上的。我媽覺得實際上應該是在波塔勒斯，但不想要我爸把我取作那名字。」

「跟康諾處得還不錯吧？」

「我到這裡之後他還沒張開眼睛。」克洛維斯穿著伸縮材質的迷彩緊身褲，和一件通常會穿在舊款硬式防彈板甲底下的衣服，有著野戰外套的袖子，但是身體的部分又像貼身的針織上衣。她胯前掛著一只大急救包，上面的紅色十字有些褪去，變成兩道不同深淺的狼棕色。她走過來握了芙林的手。

「這我朋友，珍妮絲。」芙林看著她們握手。

「沃麥特那邊有三百多份需要妳簽名的文件，還要公證。」梅肯說。「我們會在這裡弄一張桌子，妳們可以邊做事邊聊。」

「小姐們，」床上的康諾說。「妳們誰想要幫我處理一下這個導尿管啊？」

克洛維斯看向芙林。「這混蛋是誰呀？」

「不知道。」芙林說。

「我也不知道。」珍妮絲說。

芙林朝床邊走去。「你去那邊是待在什麼東西裡面？梅肯說你在受訓。」

「某個類似洗衣機的裝置，慣性推進動力，裡面是個大得要死的慣性飛輪。」

「洗衣機？」

「紅色方塊，體積很大，大約三百磅重。他們叫我回來的時候，我才剛學會讓它用頂點站起來保持平衡，然後旋轉。」

「幹麼用的？」

「我哪知道，總之我鐵定不會想在暗巷裡碰上那種玩意兒。」他壓低了自己的聲音。「梅肯在嗑一種政府的興奮劑，效果就像藥師做的頂級貨，可是不會讓你神經緊張，也不會產生失能性的偏執妄想。」

「跟你手上那種效果超群的不一樣吼？」

他的眼神從她轉向梅肯。「他都不給我。」他說。

「醫生說不行。」梅肯說。「總而言之呢，他們在設計時把會讓你想繼續嗑下去的所有效果都拿掉了，只剩保持清醒。」

「那些令人頭疼的觸覺回饋小孬孬每個都一樣，老是用抱怨來表示自己有多特別。」克洛維斯走近床邊，對著康諾提出建議。「遇到他們真的是我的不幸。要是你不會像他們一樣，也許我會幫你拿一大杯咖啡，讓你喝到爽。」

康諾抬頭看向她，彷彿發現了心靈相通的同伴。

82 惡劣的本質

芙林家花園裡的草皮已延伸到了世界的盡頭。月亮像顆泛光燈，光芒太盛。海色碳黑，扁平如紙。他找不到她。身在滑稽輪子上的他搖晃著腦袋，向前滾動。他知道洛比爾正在監看這場夢，他也思考著自己是怎麼知道的。月亮上的坑坑洞洞變成了一頂皇冠——

是她的印記。「喂？」他預期眼睛張開時會看到戈壁大冒險的圓屋頂，但眼前見到的卻是另一座，正在移動、雨水、穿過雲層的陽光束、溼透的灰色石造建築、塗黑窗框、梧桐樹枝。他癱坐在一張椅子上，有個東西托著他的頭頸，但已經抽走了。

「抱歉吵醒你。」洛比爾說。「或者我應該說：抱歉沒把你叫醒。醫療錠的藥劑量本來就安排你在這時醒來。」

他又回到她車子裡了。坐在桌前，對面坐的是芙林的擴充亞體。雖然它正因ＡＩ的反射動作對他微笑，但那裡面的並不是芙林。車子上半截之前沒有窗戶，現在卻成了完全的透明，雨滴看起來像在某種隱形力場泡泡上滾動。「外面的人可以看到裡面嗎？」他問。

「當然沒辦法。你剛才在睡覺，這段路程對擴充亞體來說似乎既無聊又沒必要。面對看起來這麼像人類的東西，實在很難不把它擬人化。」

之前椅背暫時突出了某塊物體，以這輛車判斷舒服的角度支撐著他的頭。奈瑟頓揉了揉脖子上被椅子撐住的地方。「誰把我搬進來的？」他問。

「歐辛和艾許，那時你已在賓士車裡睡了好一陣子。艾許用人造小人去操縱外骨骼，免得讓莫菲先生一個人扛你。」

奈瑟頓穿過雨痕向外望，試圖辨認這是哪一條街。「我現在要去哪？」

「蘇活廣場。芙林會在那邊和你碰頭。在她去見黛卓前，我要你向她說明之後要扮演的角色，也就是那位新原始主義研究員，還要解釋她對於黛卓藝術成就演變的論點。」

「那部分我還沒編出來，完全是零。」

「你得完成，並告訴芙林。她必須要能夠針對這個主題和人交談，而且要有可信度。咖啡。」

桌面上展開了一個圓形的開口，一只冒著熱煙的咖啡杯浮出，彷彿裡頭有座迷你舞臺電梯。他看到擴充亞體盯著杯子看，克制了想問她要不要也喝一杯的衝動。它……她。「艾許的醫療錠總讓我印象深刻。」他說。

「這個現象本身可能不是好徵兆。」洛比爾說。「但除此之外，我倒是挺高興聽到你這麼說。」

「妳現在人在哪裡？」

「以虛擬狀態和克洛維斯在一起。」她說。「她在重新喚醒我的記憶，當然也包括她自己的。芙林所在的時代真的是一段非常卑劣的時代，因為在那之後出現的每一樣事物，都能讓它相形失色，導致我們很容易忘記這一點。即使以我當時擁有的那些資源，也絲毫無法掌握它惡劣的本質。」

車子繞過一個轉角，他還是完全不曉得他們在哪。他舉起那杯冒著煙的咖啡，暗自欽佩自己的手居然能這麼穩。擴充亞體看著他，他對它眨了眨眼，它微笑，他也回以微笑，感到心裡一股模糊不清的愧疚，啜了一口咖啡。

83 片刻之間看遍天下萬國

梅肯之前開玩笑說有三百多份文件需要簽名，她才數到第三十份就放棄。她快要處理完那疊文件了，紅髮女孩為每一份都做了公證，芙林簽名之後，她會蓋上章，加上她自己的簽名，打上彈簧加壓的封印。

他們在放床的那個空間幫她設了一張摺疊輕便桌，珍妮絲和克洛維斯倚在最靠近康諾的那張床邊，面對他，伸直腳，而梅肯則坐在芙林旁邊的摺疊椅上。

「我應該要讀一下這些內容的，」芙林說。「但就算看了我也不會懂。」

「依照現在事情的進展，」梅肯說。「妳沒有太多選擇。」

「所以現在進展如何？」

「怎麼說呢，」他向後靠，快速查看微視裡的資料。「目前還沒發生任何災難性的市場失衡，但是才剛開始而已。這是一場奔向最高點的比賽，而我們選擇的比賽方式，和我們的競爭者選擇的比賽方式，正嚴重壓迫著整個結構。」

「最高點是什麼？」

「我們到達那裡以前都不會知道，而且，如果我們沒有到達那裡，很有可能表示我們已經掛了。」

「競爭者是誰？」

「他們沒有名字，不只是不具名帳戶那種等級的騙人花招，而是空殼裡面套著空殼。我們也是這樣——大部分是。但如果妳認真穿過我們所有的空殼，最後會看到**冷鐵奇蹟**——雖然只有名字，而且還沒人知道那是什麼意思——但至少我們有名字。皮克出局之後，我們有好一陣子失去州長的支持，但葛利夫回到華盛頓特區，在那邊把這件事解決掉了。所以某方面來說，我們已經爬到了聯邦政府的層級。」

芙林想到一堆抓著壘球棒握柄的拳頭，一個一個不斷往上疊。女孩遞給她另一份合約，把簽好的那份抽走、蓋章、簽上她的名字、打上她的封印。

「追在我們後面的那群人，我覺得我們跟他們現在的差距很近。」梅肯說。「如果那是一群沒有雇主的退役軍人，就像上次出現在妳家的那兩個，柏頓應該有辦法應付。但如果是州警或國安部，或其他聯邦部門的探員，或講得再誇張一點，也有可能是陸戰隊，那樣的話武力反抗是沒有用的。這就是為什麼我們要找來他媽的一大票律師。」他看向紅髮的公證人。「抱歉，用詞粗魯。」他說，不過她只是繼續簽名並加上封印。「就算國安部也會有裝模作樣的時候，」他對芙林說。「看看他們現在在哪兒。」

「皮克家？」

「這可是有史以來第一次。皮克從我們還是小孩子時就開始製造毒品了，二十年來，他那地方從來沒有任何一天看起來像座正常的房子，一直是長那副模樣。非得來一場那麼大的爆炸，才終於把國安部請到那裡去。」

「你不要跟我說國安部是整個製毒產業的幕後黑手，那是陰謀論吧。」

「不是幕後，裡頭總有他們可以待的地方。現在傑克曼走了，妳等著看會是誰來湯米耳邊說悄悄話。」

芙林在他說話時又簽了三份合約。「我的手開始痛了。」她對女孩說。

「再四份就沒了。」女孩說。「建議妳可以考慮簡化一下簽名，妳之後應該會需要一而再、再而三做這件事。」

芙林看向康諾。克洛維斯把保溫杯裝在他床邊其中一支關節式設備支架上，康諾正用透明的管子吸著裡頭的黑咖啡。芙林簽完最後四份合約，遞給女孩，接著站起來。「我等下回來。」她說。「梅肯。」她低頭躲進一張藍色防水布後面，聽到公證封印沉重的敲擊聲。梅肯跟在她後面進來。「哪裡可以讓我們私下講點話？」她問他。

「列印所。」他指著另一張防水布說。

除了多幾臺列印機和牆上鋸開的洞，列印所的密室看起來跟以前完全相同。她探頭望進店的前臺，看到櫃檯後面是一個她不認識的女孩，正低頭看著手機。「莎琳呢？」

「在克蘭頓。」梅肯說。

「幹麼？」

「對付更多律師。她要在那邊開兩家新的永恆列印所。」

「為什麼我只聽到一堆片段？這裡到底發生了什麼事？」

「每個人聽到的都是這樣。」他拿下微視放進口袋，揉了揉自己的眼睛。她看到了他的疲倦，被政府製造的興奮劑扶持著。

「為什麼隔壁現在會有一座用建築材料拼成的要塞？」

「冷鐵現在的全球估值有幾十億。」

「幾十億？」

「很多對吧，我不想讓妳興奮到流鼻血，連我自己都盡量忽略這件事。這玩意兒以指數成長，到了明天還會更多。它的成長還不至於太突兀，因為我們需要盡可能地避免這種狀況。柏頓每次上線就會不斷從那邊得到新的建議，讓麥迪森蓋出這些牆的是他們的意思。」

「為什麼不是在這一邊？」

「他們不想讓妳待在這邊。那邊的牆是為了保護妳不被殺手用打帶跑的方式，直接從車上開槍攻擊，但如果有哪個火力夠強的人決定攻擊我們，不管蓋出幾層城牆都沒用。智慧型武器能讓任何厚度的任何東西都變成笑話，那樣一來，我們的屋頂可以乾脆換成紙板。不過，他們一定是覺得這件事還是必須完成，以防萬一有人抓到機會殺低了價格，去召募殺手，然後從曼菲斯派更多混帳東西過來。」

「放牧草那塊地上的機器乳牛，珍妮絲說是柏頓設的。」

「我們的系統升級步驟之一。我自己當初是投票讓它看起來像斑馬啦。」

「湯米還在皮克家那邊？」

「柏頓也是。讓他們去總比我去好。」

「你覺得之後會發生什麼事？」

「在另外那邊，妳和康諾還有柏頓馬上就要去做某件事了，對吧？」

「我被安排和維伏去參加某場晚會，看看我有沒有辦法認出人來。康諾會以保鑣的身分跟我們去。不知道柏頓要幹麼。」

「那就是這件事了。」

「哪件事？」

「某項行動，算是去賭，不管現況如何都會被這個行動改變。說起來，我們現在做的這些畢竟不能一直玩下去，總有一天會有東西垮掉或爆開，可能是這裡，可能是國家的經濟狀態，可能是整個世界。」

「如果維伏跟我說的那些事確實無誤，那這根本排不上我們需要擔心的名單。」

「什麼意思？」

「他說接下來這個世界的一切都會掛點，很快就會發生，一路下滑，陷進去幾十年，大部分人都會死。」

他看著她。「另外那邊，為什麼那邊幾乎看不到什麼人？」

「他們也讓你過去了？」

「沒有，但艾德沃和我可以從他們讓我們看到的那些科技猜出一些蛛絲馬跡。如果找對角度，它們基本上就內含了歷史的進程。可是，不管是不是發生了什麼，他們確實發展出某些完全屬於新層面的科技。」

「照維伏的意思是發展得還不夠快。」

「他們要妳過去了，差不多就是現在。妳和康諾一起。克洛維斯會照顧這邊的妳。」

「她這人到底在打什麼主意？」

「卡洛斯可能是對的，她急救包裡面基本上放的都是槍。等妳見到葛利夫，就會比較懂為什麼她在這裡。我覺得他的狀況跟她一樣，只是負責管理階層。」

她在房間裡看了一圈，記得自己以前會在這裡修剪聖誕吊飾，和玩具列印出來後的多餘邊圈、把它們磨平，組合成各種零件。她會和莎琳一起買壽司糧倉回來這邊吃，一起說屁話。而現在，那種生活的一切看起來突然變得好簡單。等到太陽升起，妳就騎上自己的腳踏車回家，不用經過康諾把子彈打入四個男人腦袋瓜子的地方，不用去管那些男人本來是不是可能殺了妳、殺妳哥哥、殺妳媽媽，甚至可能連里昂也殺掉，僅因某人答應在完事後給他們一筆錢。

「里昂昨天晚上在主大街上看到了兩個路加福音四之五的小鬼，就在以前的農會銀行外面。」他說。

「他怎麼知道？他們有帶抗議牌？」

「沒有牌子。他說他認得出來是因為，當初國安部在戴維司維爾抓走柏頓時，他剛好觀察了那兩個傢伙好一陣子。他們那時在退伍軍人醫院舉牌抗議，而他坐在那附近的長椅上，就在警察封鎖線的另一邊。」

「他們認出他了嗎？」

「似乎沒有。」

「他們怎麼會在這裡？」

「里昂覺得他們在找柏頓，畢竟他當初在戴維司維爾確實把他們其中一個兄弟搞得心靈受創。妳想，國安部那時為什麼要把他放在高中操場的正中央，讓他冷靜。話說回來，他們到底為什麼要叫那個名字？路加福音四之五？」

「因為那是聖經裡某段可以把人嚇得要死的經文，應該吧。」

「這個路加福音四之五是個專收白人的組織嗎？我從來沒注意過他們。」

「『魔鬼又領他上了高山，讓他在片刻之間看遍天下萬國』。」

「妳知道經文？」

「只知道這節，柏頓只要聽到他們在策畫抗議活動，就會開始念這段。他跟他們之間有某種無可救藥的過節，但也有可能只是為了想要嗆人的藉口。」

「我們已經找了人在整個鎮上多留意。」梅肯說，把手伸進牛仔褲前口袋去找他的微視，掏出來吹了吹，放到眼睛上。她看到他在微視後的眼睛眨了一下。「他們準備好讓妳上線了，就是現在。」

84 蘇活廣場

洛比爾的隱形車從蘇活廣場旁揚長而去。雨已經停了。他們走在通往綠廊的寬大階梯上，此時洛比爾的印記出現在眼前。「請說？」奈瑟頓問。

「他們準備好了。」洛比爾說。「找個位子給她。」

奈瑟頓抓住擴充亞體的手，把它引導到最近的長椅上，面對一片森林。森林沿著牛津街舊址的其中一段往海德公園方向蔓延。他示意它坐下，長椅短暫地抖了抖，甩開上頭的雨珠，擴充亞體坐下，抬頭看著他。奈瑟頓發現自己似乎正等著它在ＡＩ的驅動下，丟出某句精心設計過的託辭，說「真抱歉因為我現在是機器人」之類云云。那當然還是無法比擬芙林在它體內時的模樣，但至少會在某種程度更貼近擁有這張臉的那個女人。「妳知道它當初是照誰的模樣設計的嗎？」他問洛比爾。

「愛馬仕對於訂製款的擴充亞體有隱私權條款，我是可以繞過它，但我寧可別這麼做，那可能會逼得我們連底牌都得亮出來。」

擴充亞體穿著黑色緊身褲、有著銀色大帶釦的黑色步行靴，和石墨色的窄版及膝斗篷。「我來這邊到底是要幹麼？」奈瑟頓問。

「去郊遊，散步到海德公園去，我們再決定後面的行程。盡你所能地回答她的問題。我不指望她扮成的新原始主義研究員會有多大的說服力，不過還是盡力吧。她到那裡去是為了進行指認，假設連走進大門也撐不到，那我希望這項偽裝能維持得越久越好。」

「我之前跟黛卓說過，安妮因為太崇拜她，所以和她碰面時會很害羞。這點也許會有幫助。」

「也許會。請叫擴充亞體閉上眼睛。」

「閉上眼睛。」他說。

擴充亞體照做。他盯著它的臉，覺得自己真的看到了芙林降臨的那個剎那：那張臉上的細部肌肉稍微困惑了一下，接著她就張開了眼睛。「噢，天啊，」她說。「那是房子嗎？還是樹？」

他轉頭望向自己後方，望向那條綠廊。「那是從樹上長出來的房子。準確來說算是兒童遊戲區，公共的。」

「那些樹看起來好老了。」

「其實還好。裝配工加速了它們的成長速率，快速拉拔，再穩定下來。它們從我小時候就是那個大小了。」

「這些門、窗——」

「也都是用同樣方法，在裝配工監督下培養長成。」

她站起來，似乎在測試腳下的人行道。「我們在哪裡？」

「蘇活區，蘇活廣場。洛比爾建議我們沿著這條綠廊走到海德公園。」

「綠廊？」

「它是一種森林，但是呈現線狀。牛津街這裡主要是百貨公司，在開獎期間以各種方式崩毀了，於是建築師讓裝配工吃掉殘餘的廢墟，將建築物重新雕塑成能夠種植樹林的植栽區。植栽區的形狀非常長，並且在原先的街道上方留下了一條比較高的中央小徑——」

「百貨公司？是像海夫提大賣場那樣嗎？」

「這我就不知道了。」

「為什麼他們會想要改成森林？」

「那條街本來就不怎麼漂亮，而且在開獎期間並沒有受到好好維護，以至於建築物本身落到了不適合再重新利用的地步。後來有段很短的時間裡，賽爾弗瑞吉甚至變成了獨棟的私人住宅——」

「什麼弗瑞吉？」

「一間百貨公司。不過，拿這種規模的建築物當成住宅的風氣其實很短暫，僅限於當初最後一波離境資本浪潮所帶來的極端氣氛。實際上，我不認為我們現在這裡還有百貨公司。」

「購物中心呢？」

「怎樣？」他疑惑地問，但隨後想起用詞上的差異❺。「妳看過切普賽街了，那可以算是某種購物中心。我們會指定某些區域，放進挑選過的一系列相關零售店，例如波多貝羅路、柏林頓市場……」

她到處東看西看，整個人一直轉來轉去。「我們站在歐洲最大的城市裡，但除了你之外，我沒看到任何一個活人。」

「那邊有個男人，就在那裡，」奈瑟頓指著。「坐在長椅上。我覺得他應該是帶了狗出來。」

---

❺ mall在北美地區主要為購物中心或商場之意，在英國則還有人行道、散步道或海邊廣場的意思，後者為mall的本義。兩人現在所在的綠廊也可以說是某種mall，所以奈瑟頓一開始以為芙林是在說綠廊。

「沒有車子，死寂一片。」

「在重新整頓之前，大部分的公共運輸都是透過火車，都在隧道裡。」

「倫敦地鐵。」

「對。雖然現在已經不用於公共運輸，但它還是存在，而且發展得更大。如果妳想要，它也可以生成火車配置。現在的人去切普賽街的時候，大部分搭的都是舊時代的火車。」他和母親當初去的時候就是這樣。

「我之前看過幾輛大卡車。」

「負責載送貨物，把它們從地下直接搬運到需要該項物資的最終地點。我們這裡很少有私人車輛。要麼搭計程車，不然就是走路或騎腳踏車。」

「這是我看過最高的樹。」

「從綠廊裡面看會更震撼，我帶妳去。」他領著路，試著想起自己上次到這裡的情形。走到綠廊時，他們站在樹林中間，他向她指出海德公園的方向。

「這些樹，你說它們不是真的？」

「它們是真的，只是生長速率被強化過，改變過基因結構。裡面有一些長得像樹的類生物性極巨量集碳器。」某個東西從他們後面穿出。有個帶著護目鏡的人竄過去，用力踩著黑色腳踏車的踏板，濺上泥點的米色風衣在他身後拍打著。

「他們怎麼做到的？」

這些樹木，其中有許多都已高過它們所要取代的原有建築，仍滴著水，那些碩大的水珠現在散布在一片更廣闊的範圍裡，其中一顆降落在奈瑟頓的夾克背面。往海德公園的方向，在高聳的枝椏形成的樹蔭間，他似乎能看到雲的影子。「如果妳想要，我可以幫妳開一道顯像流，直接讓妳看到那個過程。」

「WN❻？」她問，顯然是在他們的手機連線之後看到了他的印記。「這是你嗎？」

「對。我們繼續走到海德公園，我就讓妳看那些顯像，讓妳看他們是怎麼做到的。」順著從洛比爾車子下來之後引導著擴充亞體的慣性，他不假思索地握住她的手，隨後立刻察覺自己犯了錯。

也許是因為驚慌，她的眼睛對上他的，他感覺得到她的手掌傳來緊張感，彷彿正打算抽開，或是甩掉他。「好，」她說。「帶我去看。」

於是他們就手牽著手一起向前走去。

「你在威輪小子上的時候，」她說。「看起來真的有夠好笑。」

「我想也是。」

❻維伏・奈瑟頓的英文縮寫。

85 未來人

他說他們用一種叫裝配工的裝置建造了這一切，她猜那就是她看到的那些殺了他前女友姊姊的東西。

他稱為顯像流的玩意兒，則是她視線裡的一個視窗，不至於大到讓她看不見路而無法行走，但要一邊看顯像流一邊注意前方，並不怎麼容易。她猜這就像微視，只是不需要穿戴在身上。

那時，建築師們告訴裝配工沿著原始街道前進的方向，往下切出一個巨大的圓形截面，形成一道深長的管狀空間。它們動工時，這些建築物大多已成廢墟，只剩一部分尚未頹圮，所以裝配工切出來的圓形輪廓上半段比下半段窄。在切割路線經過之處，無論遇上的是怎樣的材料，留下的切面都如玻璃般光滑。那些你預期是大理石或金屬的部分，竟然意外地是老舊的紅磚或木頭，裝配工切割過的磚塊看起來像是剛切下來的肝，切割過的木頭則光滑得有如列夫ＲＶ裡的鑲嵌牆面。此時綠廊裡已經看不太到這些建材在哪兒，因為他們的下一步就是讓這些樹的高度超出切出來的深坑。那些樹彷彿存在童話裡，軀幹寬大得不像真的，樹根到處亂竄，直探入切割邊緣之外的廢墟底下，樹臂形成的穹頂高聳遙遠，完全看不見最高的枝枒在哪兒。

維伏說，這是混合林相。一部分來自亞馬遜，一部分來自印度，全都經過裝配工的催化。它們的樹皮恍若大象的皮膚，盤根錯節的根部充滿細緻的紋路。

他說話的時候會揮舞做手勢，必須放開她的手才有辦法解釋顯像流中的建造過程。她發現牽著手令她感到安心，即使用的不是自己的手，至少能觸碰到此地活生生的事物。自從他告訴自己開獎的事後，她對這個人的感覺就不一樣了。她覺得那是因為她看到了他為什麼被那件事搞成現在這樣，也能夠理解為什麼他以前不知道自己有多悽慘。一直以來，他花費大把心力去說服其他人那是他的工作，或說他是之所以這樣才擁有那份工作，但他一直在說服的是自己。無論他想說服你哪件事，也許身處那些言語中的人都是他自己。「我們之後要去參加的那場晚會，主辦人是你前女友？」她問。顯像流結束了，視窗關閉，他的徽章在閃爍一陣後消失。

「我不會這樣稱呼她。」他說。「那段關係很短，聽了很多不明智的建議。」

「誰在給你建議？」

「沒有人。」

「她算是某種藝術家？」

「對。」

「哪一類？」

「她會在自己身上刺青，」他說。「但實際上不只如此，更複雜。」

「像是穿環或是其他東西嗎？」

「不是。那些刺青不是最後成品，她自己才是作品，她的生活。」

「像是以前被稱作實境秀的東西嗎？」

「我不知道。為什麼後來不用那個名稱了啊？」

「因為除了《摩登保母》、動漫和那些巴西連續劇，它就是全部的內容，要是還叫那個名字就太老派了點。」

他停下腳步，讀著某些她看不到的東西。「對，從某個角度來說，她的確是從那之中傳承下來的。真人實境節目。把它和政治融合在一起，再加上行動藝術。」

他們繼續走。「我覺得在我們那邊，這種類型的東西應該已經存在了。」她說。這裡的味道聞起來令人讚嘆。是因為潮溼的樹木吧，她猜。「她的皮膚不會刺到沒位置嗎？」

「她的每件作品都是完整的表皮層，從腳趾一直到脖子根部，那些作品反映出她自己在創作期間裡的生命經驗。她會把皮膚剝下來、保存，並製成仿製品，某種縮擬模型，有些人會去認購。妳之後要假扮的那個人：安妮・庫芮吉。她擁有黛卓完整的作品集，雖然以她的薪水來說其實負擔不起。」

「她為什麼要這樣？」

「她其實沒有，」他說。「那是我為了告訴黛卓而編出來的。」

「為什麼？」

「為了讓黛卓把衣服穿好。」

她斜看著他。「你說她會把自己的皮剝掉？」

「剝除的同時也會培養新的表皮，移除和取代的過程相連，基本上是同一件事。」

「剝完之後她會痛嗎？」

「我沒在她這麼做時和她在一起過。她最近才做過一次，那是我被僱用之前，所以遇到我時還算是一張乾淨的皮層畫布。在跟妳——應該說跟安妮・庫芮吉，還有另外兩位新原始主義研究員——開過會後，她同意在完成我們的計畫之前不再加上任何刺青。」

「所以那幾個人是誰？」

「哪幾個人？」

「新原始主義者。」

「妳想問的應該是新原始主義研究員。通常新原始主義者若不是靠著自己獨立撐過開獎，就是主動選擇退出整個全球制度的人。我們當初那個計畫的目標對象就是一群新原始主義的自願者，算是某種生態崇拜教派。而研究員會研究這些新原始主義者，去經歷並收集他們的文化。」

三輛腳踏車從反方向朝他們接近，騎車的人衣著鮮豔。她猜他們應該是小孩子，都穿著像超級英雄的戲服，拚命踩著腳踏車，飛奔而過。「你看起來並不喜歡這裡。」她說。

「綠廊嗎？」

「未來。艾許也不喜歡。」

「艾許已經把那種不喜歡當成了一種職業。」他說。

「你在她把眼睛改造成那樣前就認識她了嗎？」

「我認識列夫時他還沒僱用他們兩個，但她來的時候就已經是那樣了。在技術這麼發達的情況下，基本上妳想幹麼就幹麼。」

「列夫呢，他是做什麼的？」她不確定有錢人到底需不需要做任何事。

「他家族權勢很大，古老的政治竊賊。俄羅斯人。他的兩個哥哥似乎會繼續維持那種性質，列夫則算是家族裡的偵察員，他會去尋找他們可能有興趣投資的東西。他們對新奇事物的興趣遠比對利潤大，他們要的是能提供新鮮感的來源。」

滴落的水珠變少了，她抬頭看進枝椏間。某種有紅色翅膀的東西正在上面翻飛，體型像是較大的鳥，翅膀卻像蝴蝶。「這對你來說一點也不新鮮，對不對？」

「對，」他說。「沒什麼新鮮的。那就是新原始主義研究員之所以存在的原因，無論新原始主義者有多不討人喜歡，還是要從他們身上挖掘出一絲一毫可能的新鮮感。這也是我們會和黛卓合作的原因。在那個計畫裡，科技帶來的新奇感要比一般時候更容易商業化，畢竟那可是一件用三百萬噸回收聚合物組合成的水上獨立房產。海德公園到了，就在前面。」

隨後她就看到他們將要抵達綠廊尾端，樹木已經沒那麼高，也沒那麼濃密，朝著外面逐漸開闊。她聽到一陣粗聲抱怨的嚷嚷，像從擴音器發出來的聲音。「那是什麼？」

「演講者的角落，」他說。「那些人都氣瘋了。不過他們這麼做是經過允許的。」

「那個白色的像某個建築物一部分的東西是什麼？」

「大理石拱門。」

「記得拱門有兩個，好像他們把它從某個東西上面拆下來，就放在這裡了。」

「是這樣沒錯。」他說。「不過如果妳看到車子從那之中穿過，應該就會覺得它的存在沒那麼突兀。」

他們已離開綠廊，走在寬大的階梯上，逐漸往公園的高度下降。

「現在講話的那個人，」她說。「應該是站在高蹺上吧，但看起來又不像。」她猜那個細長的身影應該快接近十英尺高。

「擴充亞體。」他說。那高個兒的頭是個粉紅色的球體，正面掛了一只略為方正的喇叭，同樣也是粉紅色。它正透過那個喇叭，對圍繞在它周圍的一小群身影大聲疾呼著某些難以理解的內容。那群身影她大概只分辨得出有一隻企鵝，身高跟她一樣高。高聳的擴音器穿著合身的黑西裝，手腳都非常瘦長。她聽不懂它到底在說什麼，但覺得自己似乎聽到了「命名法」這個字。「這些人都瘋了。」他說。「他們可能都是擴充亞體，但也不會造成什麼傷害就是了。往這邊走。」

「我們要去哪裡？」

「我想我們可以走到蛇形湖，去看船，小型的複製品。他們有時會重現歷史上的水戰場景，施佩伯爵號特別厲害。」

「那個演講的人說的話有任何意義嗎？」

「那是一項傳統。」他邊說，邊帶她走上一條平順的米白色碎石路。路上也有其他人，各自往公園的方向走、坐在長椅上，或是推著兒童推車。她覺得他們看起來並不特別像是活在未來的人。艾許就很像，如果不把那個維伏說成是擴充亞體的十英尺高喇叭頭算進來，那麼，艾許比她在這裡看到的任何人都像。她聽到他們身後的他仍不斷怒氣沖沖地咆哮著。

「等我們去參加你前女友的晚會，到時候場面會是怎樣？」

「我希望妳不會直接那樣叫她。她叫黛卓・魏斯特。說實話，我不知道。照列夫和洛比爾所說，那裡會有很多大人物，市政團代表可能也會去。」

「那是誰？」

「倫敦市的一個官員。我覺得我應該沒辦法跟妳解釋這個職位在傳統上有什麼作用，我想，它最早應該是為了提醒皇室某項古代的債務而設，後來就完全剩下象徵上的意義了。開獎發生之後就最好別提到這個人。」

「他認識黛卓？」

「我不曉得，我很慶幸自己沒去過那種場合。」

「你會怕嗎？」

他在小徑上停下腳步，看著她。「對，我想我滿焦慮的。這整件事超出了我的生活經驗。」

「也超出了我的。」她說，並牽起他的手，握了握。

「很抱歉我們侵犯了妳的生活。」他說。「妳以前生活的那個環境是個很可愛的地方。」

「是嗎？以前？是嗎？」

「妳媽媽的花園，在月光下……」

「你是說跟這裡比？」

「對。某種角度來說，我一直很嚮往那裡，嚮往過去的日子。但因為某些緣故，我卻從來沒清楚意識到自己有這種想法，而今，我完全無法相信自己竟然真的看過那個地方。」

「你以後還是看得到，還有很多東西可看。」她說。「我把威輪小子帶到列印所裡了。」

「妳說哪裡？」

「永恆列印所，我在那邊工作。應該說『以前』在那邊工作，在這些事情發生之前。」

「我的意思就是這樣，」他說，手緊繃了起來。「我們正在改變一切。」

「皮克現在可能已經死了，但除了他和另外一、兩個人外，我們全都很窮。不像在這裡，我們沒有多少選擇。柏頓加入陸戰隊時我本來也想跟著加入，但我們的媽媽需要有人照顧，現在也還是。」

她望向廣闊平坦的公園，那些草皮、小徑就像幾何學課堂上會看到的東西。「這是我這輩子看過最大的公園了，克蘭頓的河邊有一座裡頭還有內戰堡壘，但這裡比那座還大。而剛才那條綠廊，可能是我看過人類所建出來最瘋狂的東西。只有那條嗎？」

「我們可以從那裡沿著綠廊走到里奇蒙公園、漢普斯特德荒野，從那兩個地方都還能再繼續走到下一個點。總共十四條，外加上百條河川，全都整頓好了……」

「鋪上玻璃、還打燈光？」

「對，其中幾條比較大的是這樣。」他笑了起來，但又突然停住，似乎被自己嚇了一跳。她很少看到他笑，就算有，也不是這種方式。他放開她的手，但不是匆忙甩開。

他再次邁開步伐。她跟在他身邊。

梅肯的紅色雜碎肉徽章出現在眼前。「我看到梅肯的徽章。」她說。

「說『喂』。」他說。

「喂？梅肯？」

「嘿，」梅肯說。「這裡開始在醞釀某種狀況了，克洛維斯要妳回來。」

「怎麼了？」

「路加福音四之五拿著抗議牌和一堆有的沒的東西站在外面，就在我們這裡。妳、妳哥和妳媽都被放在牌子上，妳表哥里昂也是。」

「搞什麼鬼？」

「看來他們似乎剛剛決定把冷鐵納入上帝最新的黑名單裡。」

「柏頓在哪？」

「正從皮克家回來的路上，才剛出發。」

「靠。」芙林說。

86 腰鍊

戰事在蛇形湖展開，他從戰場上抬起頭，看到艾許身穿各種濃暗不一的黑色與深墨色，正沿著米白碎石小徑朝著自己靠近，彷彿腳底偷偷裝著家具腳輪。

他覺得芙林沒能看到縮擬模型非常可惜。不過比起帆船，他自己其實更喜歡蒸汽船，比起眼前這些迷你砲臺的點點火星，他更喜歡遠距槍枝開火時的戲劇感。戰事區域的水面上有那些鱗片般的小浪頭，有微型的雲朵，還有其他照著那尺寸作出來的各種東西，每次都讓他看得很高興。擴充亞體和他一起並肩坐在長椅上，似乎也在追著眼前的戰事發展，不過他知道，它們之所以會注意移動的物體，只是對人類感知能力的另一項模擬。

「洛比爾要你回列夫家。」艾許走到他們的長椅前面站定，這麼說道。她身上的裙子和窄版夾克，像一幅用隨手撕下的碎片組成的巴洛克風複雜拼貼畫，其中幾塊雖然明顯有彈性，看起來卻像暗沉的錫片。她提著的小網袋比平常更華麗，上頭縫滿了黑色的哀悼串珠，並掛了一條純銀飾品。他知道那東西叫腰鍊，維多利亞時代的仕女會用它將成套的家常配件串成一塊。不過腰鍊的其中一條細鍊扣環上掛了一隻銀製蜘蛛，它的腹部鑲著打磨成多面體的黑玉，複眼則是許多小顆水鑽，正靈巧地從夾克腰際向上爬去，看到那個畫面，他想，好像也沒那麼維多利亞了。

「芙林被叫回去了，似乎很擔心，」他抬頭看艾許。「真不巧，我才正準備要說明我為安妮編造的故事框架。」

「我跟她說過你是公關人員，」她說。「她好像以為是幫墮落的明星挽救職業生涯的那種工作，那樣相對好懂些。」

「畢竟公眾關係不是妳的專業，」他說。「希望妳沒有讓她產生錯誤的印象。」

艾許伸出手，將擴充亞體的瀏海撥到一邊，它抬頭看她，雙眼平靜且明亮。「她的確讓這副身體活過來了，對吧？」她對他說。「我知道你有感覺。」

「她在那邊處境變得更危險了嗎？」

「我想是的，不過很難衡量有多危險。來自我們這裡的某個強大組織想要她死在另一邊的世界，為了達成這個目的，他們在那邊動員的資源量越來越龐大。我們正在那個世界裡抵抗這股力量，但與他們對抗的同時，也壓迫到她的世界的經濟結構。那股壓力是會惹禍的，可能很快就會引發更混亂的變動。」

蛇形湖的戰場突然傳來震耳的崩裂聲，不遠處有孩子們在歡呼，他看見其中有艘船被砲彈打掉了主桅杆，如同很久以前發生過的一樣。他不知道這場戰鬥本來發生在哪裡，但應該是根據某份紀錄重新搬演。他站起來向擴充亞體伸出一隻手，它握住，優雅地讓他幫它起身。

「我不喜歡洛比爾派你去黛卓那裡的做法。」艾許用她上下分開的眼盯著他。他突然發覺，因為很常和她待在一起，他已經不會去留意那雙眼睛了。「現在幾乎可以確定的是，我們在斷根裡的對手就是黛卓本人，或她的某個同夥。他們在這裡除了摧毀擴充亞體外，也不太能對芙林怎麼樣。如果他們真的摧毀她的亞體，不管那個當下她有多痛苦，最多就是發現自己又回到斷根裡。康諾也一樣，他不過是換上安東老哥的舞蹈大師去赴宴，但你卻必須親自以實體到場，毫無任何防備。」

「策略上來說，」他說。「我看不出她還有其他選擇。」他看著艾許，驚愕地發現她好像是真的在擔心他。

「你沒想過自己會陷入怎樣的險境嗎？」

「我想我一直試著不要想得太用力。再說，要是我真的拒絕，芙林怎麼辦？她的哥哥和母親怎麼辦？她那邊的整個世界呢？」

她的四個瞳孔望進他眼睛深處，白皙的臉一動也不動。「你也會捨己為人？吃錯藥了嗎？」

「我不知道。」他說。

87 狂歡時光的解毒劑

克洛維斯・瑞本的膚質很美。芙林一張開眼睛就看到她，臉靠得非常近，似乎正在看她的自律神經斷流器，或是上面的連接線。芙林原本還坐在海德公園某條小徑旁的長凳，此時突然躺上某張嶄新醫院病床的枕頭，這真是目前為止經歷過最輕鬆的一趟轉換。感覺只是向後翻了個觔斗，卻沒有任何不舒服。「嘿。」克洛維斯看見芙林睜開眼，於是挺起身來。

「怎麼了？」

克洛維斯正在將某個東西扳成兩半，似乎是某種包裝。「葛利夫說對手僱用了路加，想讓我們難堪，但在我看來，不管那幫人示威的對象是誰，都是在幫對方加分。」

「梅肯說柏頓已經要從皮克那裡回來了。」

「開了一輛他要代為處理後續的車。」克洛維斯說。「皮克還有一些手下現在才要從那堆廢墟裡被鏟出來，他們的車全都停在那邊的停車場上。那頭已經變成車輛代理狂歡派對了。」她從包裝裡掏出某件小東西：圓形、扁平、亮粉紅色。她撕開那小東西的背膠，手探進芙林T恤的褶邊，把它按在芙林肚臍的左側，黏住。

「這是什麼？」芙林問。她戴的頭冠很沉，但還是把頭抬離枕面，想看看那個貼上去的東西。克洛維斯掀起自己戰鬥服的下襬，她洗衣板似的腹肌上也有個粉紅色圓點，中央交叉著兩道鮮豔的紅線。

「狂歡時光的解毒劑。」克洛維斯說。「至於它是什麼，就交給葛利夫說明，妳貼好就對了。」她將頭冠從芙林頭上拿起來。床左邊桌上有塊看來像打開的免洗尿布的東西，她將頭冠小心擺了上去。

芙林的視線從頭冠移向康諾，他躺在一旁的床上，戴著他自己的頭冠。

「就現在的局勢來看，他繼續待在那邊比較好。」克洛維斯說。「他已經證明自己有潛力把事情鬧得更瘋。」

芙林坐起身。躺在病床上總會讓人覺得，好像需要經過某人同意才能這麼做。此時老洪兩手各提著裝了外帶的塑膠袋，晃啊晃地走進了她視線。他戴著微視，穿一件深綠T恤，上頭寫著白色的「美國冷鐵」字樣。第一天晚上在柏頓的拖車裡，她在信封上看到的就是這標誌。芙林發現，老洪是從瓦片牆上一道狹窄的垂直縫隙穿進來的，就從她病床的左側。「嘿。」他說。

「壽司糧倉也有祕密通道可以進來啦？」她問道。

「讓你們裝那些天線時一起答應的。妳不是有寄那些電子郵件給我嗎？」

「我想我如今應該是有了祕書之類的。」

「必須讓食物送得過來才行。」克洛維斯說：「柏頓的人會隨時坐在那兒警戒。」

「越坐越肥。」老洪笑笑說，穿過一塊藍色防水布出去了。

「食物是點給柏頓和其他人的。」克洛維斯說。「妳會餓嗎？」

「大概有點。」芙林說，從先前留下威輪小子的椅子上拾起它。

「我會待在這裡陪著你們這些睡美人，你們需要我。」克洛維斯說。「聽說妳在那邊還有另一副完整的身體，是真的嗎？」

「多少算是吧。那副身體是做出來的，不過看不出來。」

「像妳嗎？」

「不像，」芙林說。「它更可愛、更豐滿。」

「去吃吧。」克洛維斯說。「掀另一邊。」

芙林循著壽司糧倉的食物香味走了出去。那些袋子放在她之前用來簽合約的摺疊桌上，不過桌子已被搬到梅肯說的法務部門裡了，就放在隔間用的藍色防水布後面。但此時裡面站的不是老洪。

「妳就是芙林。」那個男人說。他褐髮灰眸，膚色白皙，兩頰微粉，口音聽起來也是英國人，讓她一瞬間似乎有點忘記自己到底有沒有回到這裡。「我是葛利夫。」他伸出的手越過那些保麗龍餐盒和三瓶海夫提礦泉水。「葛利夫・霍茲華斯。」她和他握手。他肩膀很寬，但身形輕薄，或許年紀比她還小。他穿的破舊亮面夾克是新鮮馬糞的那種顏色。

「聽起來像美國人的名字。」她說，其實心裡覺得那聽起來更像兒童動畫角色。

「事實上本名是葛利菲德。」他說，將名字拚給芙林聽，那神情彷彿想看看她在什麼時候會笑出來。

「你是國安部的嗎，葛利夫？」

「完全沒關係。」

「你第一次來的時候，麥迪森還以為你搭的是國安部的直升機。」

「那次的確是。我有管道可以利用。」

「的確聽說你有很多管道。」

「他的確有。」柏頓說。他用食指撥開防水布，看起來很累，感覺需要沖個澡，他的迷彩服和黑T恤全都沾塵帶土。「擺平事情很方便。」他走進來。

「湯米警長把你操壞了嗎？」芙林問他。

他把戰斧放在摺疊桌上，斧刃包在修整過形狀的Kydex護套中。

「指使東、指使西，根本就在懲罰我，但他又不承認。他不喜歡我們在那邊做的事，所以趁我現在不吭聲，就故意踩著。傑克曼就不提了，除了他之外，事情的影響的確有點超出我們預期，但要是現在讓我在那邊挖到幾塊皮克的碎片，我也不會介意就是了。接著我就聽到他們說，路加帶著上帝的甜蜜大審判來找我們。」他看著芙林。「我還以為妳在倫敦。」

「洛比爾要我回來。」她說。「路加是想要殺我們的那些傢伙找來的，目的就是為了激怒你，要讓你搞砸，讓你做出他們每次抗議一些亂七八糟的事時你想做的那些事。」

「你看到那些抗議標誌上的動畫了嗎？」

「嗯，這看起來好像很好吃。」葛利夫說，打開保麗龍盒。「老洪是哪裡人？」

「費城。」芙林說。

「我去盥洗一下。」柏頓說著，拿起他的戰斧。

「你這樣讓我更想去跟蹤他了。」等柏頓走到聽不見的範圍外，芙林對葛利夫說。

「卡洛斯在正門入口，會阻止他離開。」他把三瓶水的瓶蓋扭開。「克洛維斯守住後門以及通往老洪店裡的那條內部通道。」他開始將食物盛放到老洪帶來的三個可分解免洗餐盤上，把兩雙塑膠筷用得像叉子似的，最後又用單一雙筷子開始擺盤。那些食物一下子變得精緻誘人，她從沒想過老洪的食物還能有這麼棒的賣相。她很清楚，如果換她自己來弄，結果就會是三盤大小差不多、混雜在一團的麵條與春捲。看著葛利夫使用筷子分配那些精巧的鹹味假魚卵，她突然想起那個死去女人的機器女孩準備派對點心的樣子。「那些示威走路工的標語，能忽視就盡量忽視。」他說。「那些標語都經過精通政治抹黑的廣告商設計，目的就是要對你們進行人身攻擊，同時讓你們成為整個社群的敵人。」

「是另外那群人指使他們這麼做的？」

「路加福音四之五雖說是瘋狂教派，但差不多發展成企業了。這類團體常會這樣。」

「你是不是上過烹飪頻道節目之類的啊？」

「只對道地的費城料理比較在行，」他把頭歪向一邊。「要是換成最棒的北義料理，我只會讓它變成垃圾樣。」

「我們開動吧。」柏頓回來了，又把戰斧放回桌上，就擺在其中一個盤子旁。再度看到戰斧，讓芙林想起自己之前在皮克的地下室被牽狗繩的男人絆了一下。

她把威輪小子放在桌子中央，彷彿花束或某種裝飾，再坐上其中一張摺疊椅。

「那是什麼？」柏頓看著威輪小子問。

「威輪小子。」她說。

葛利夫將空盒放進其中一個塑膠袋，裝進另一個塑膠袋裡再放到地板上。在坐下前，他似乎還確認了一下整個餐桌擺設的方式是否合宜，芙林忍不住好奇他接下來是不是要做感恩禱告了，不過他拿起筷子示意。「請用。」他說。

在自己身體與擴充亞體之間來來去去讓人很困惑。她餓，還是不餓？她才剛吃過香蕉、喝了咖啡，可是她感覺穿行綠廊那段路是真實的體驗。體驗確實是真的，但走路的並不是她的身體。食物的氣味讓她開始想念起上星期，那時什麼事都還沒發生，何況眼前還有葛利夫的精緻擺盤。「什麼是狂歡時光？」她問柏頓。

「你從哪聽來的？」柏頓問。

「克洛維斯給了我解毒劑。」她說。

「這裡有狂歡時光？」柏頓看著葛利夫，表情嚴肅。

「先吃點東西再談吧。」葛利夫說。

「那是什麼，柏頓？」

「假如我們把戰爭罪分成十級，那東西是十二。」柏頓擺了一片春捲到嘴裡，邊嚼邊看葛利夫。

88 群鳥議會

艾許的圓錐帳篷聞起來像灰塵，雖然裡面看起來並沒有什麼東西真的蒙上塵埃。他找個位子坐下，心想，或許你可以買到有這種味道的蠟燭。擴充亞體坐在艾許那浮誇到讓人無法理解的假復古顯示螢幕旁，面無表情地看著他，接著垂下目光，好像在端詳桌面上刻的圖案。艾許坐在他左邊靠近擴充亞體的那一側，已經摘掉原本戴在頭上那頂嚇人的小帽，放在面前桌上，帽子挺像一隻黑色皮革蟾蜍。「你被授予了一張進入群鳥議會的門票。」先前艾許這樣告訴他，當他回問那是什麼意思，她用手指碰碰自己塗黑的嘴唇，示意他別出聲。

此時他看到她腰鍊上的純銀鑲煤玉蜘蛛已從鍊子的束縛中脫身，爬下她夾克左手袖口，細腳輕敲，飛快地越過刻在桌上的圖案朝他爬來，水鑽眼睛閃閃發亮。

蜘蛛爬上他左手背。他完全不覺得疼痛。確實如此，他甚至感覺不到它就在那兒。這讓他想到行動醫療錠，能不刺激任何感覺就將捲鬚探入皮膚細胞之間。

然後艾許說了一串話，聽起來是鳥鳴，而他都聽得懂。

「別這麼做。」艾許停下來時，他恐懼地說，不過他實際脫口而出的也是鳥鳴，尖銳又急促。這時他突然意識到，艾許剛剛說的那串話是在告訴他，這張只能在這裡使用、且僅此一次的「門票」，可以讓此時的他獲准進入艾許與歐辛的語言變形加密系統，那是世上最難破解的加密機制，即使是洛比爾和她無所不能的姨媽，都不可能了解那種話語。接下來艾許繼續說。

艾許說，洛比爾（他盡量不去在意此時鳥鳴聲逐漸轉成了刺耳的短促喉噴音）對連續體及連續體狂熱分子變得太感興趣。比方說，有些狂熱分子浸淫在連續體的時間比列夫多了幾年，其中有人曾同時對好幾個連續體任意進行各種測試實驗，有時測試會得到毀滅性的結果，甚至到了足以危害這些連續體內人口數量的地步。這些早期狂熱分子中，有一名住在柏林的武器戀物狂，圈子裡只知道他有「維斯帕遲❼」的稱號，他對待自己連續體內居民的方式是出了名地變態。他會讓裡頭的人毫無意義地對彼此發動無止境的殘忍征戰，再收穫他們發展出來的武器，儘管有些武器不知道是基於什麼古怪情境製造出來，一來到外頭就因為太獵奇而派不上用場。

奈瑟頓斜眼看了一下擴充亞體。不管現在他們說的是什麼語言，它都不可能聽得懂，但它卻盯著艾許。艾許說，洛比爾已經從這個維斯帕遲開發出來的計畫和產物裡取得了某種東西，正在訓練康諾·潘思基使用。

「什麼東西？」奈瑟頓聽見自己的發問化成兩聲貓叫般的拉長母音。

她不知道，艾許回答。她吐出來的母音也延長了。不過，想想維斯帕遲的癖好，加上康諾上完他的第一堂課顯然十分享受，這東西一定是某種武器。艾許指出，洛比爾有一些資源，能讓她快速弄到東西，並祕密進行大量生產。

可是為什麼要在這時機告訴他這些？奈瑟頓問。他們的共通語言此時變得有點像日耳曼語了。他

❼ Vespasian，羅馬皇帝。

沒有告訴艾許這些語言使他更焦慮，也沒說這塊停駐在手背上的珠寶裝飾讓他想尖叫，不過他希望透過自己此時一直脫口而出的變種低地荷語，在不經意中將那些感覺傳達給她。

艾許說（切換到某種既非鳥鳴也聽不出是什麼語言的聲音），因為幾乎就在一夕之間，洛比爾自己也變成連續體狂熱者。艾許也會協助洛比爾推動在列夫斷根裡的策略，而她在這個過程中逐漸意識到，洛比爾正在布一個更長遠的局。洛比爾正把自己攪進這本來與她無關的比賽中。此時她瞇起眼睛，雙眼都只看得見一隻瞳孔。另外一件事是，維斯帕暹將某個系統或裝置的設計圖轉給洛比爾後，就反常地躲到鹿特丹，並在星期五死去，既突然又出乎意料，但死因卻是明顯的自然死亡，而洛比爾對這種情況竟然完全沒有想要調查的興趣？這在艾許看來反而很怪。

而這些事情，她繼續說著，都發生在他們和洛比爾見面之後。時間上來說，這個星期內真的發生了很多。不過現在，她說，奈瑟頓這張實在無法再延長的門票已快失效，一旦結束談話，她希望奈瑟頓絕對不要提起。她說，自己之所以想說出這些，某種程度上是擔心自己的安危，但也因為擔心他，擔心列夫、芙林，以及芙林的家人，她覺得他們相對無辜，都是在不自覺的狀態下踏進這邊的世界。

可是現在說這些，她預期得到怎樣的結果呢？奈瑟頓問。直到這個時候，他才總算有辦法忽視自己不斷吐出的那些陌生語音。

她不知道，但感覺必須做些什麼。奈瑟頓此時還能懂她在說什麼。艾許說，竊賊的姨媽們能夠知道每個人說過的任何話，洛比爾透過這種方式所能完成的事已經到廣大到令人難以想像。門票失效了，蜘蛛從他手上跳開，吃力地爬回艾許那兒。

他們三個人在那裡坐了好一陣子，奈瑟頓在桌子下牽起擴充亞體的手，思考著一個殘忍變態的連續體狂熱分子，怎麼會看似正常且無預警死在鹿特丹。接著又想，他該如何提醒自己別去問洛比爾這件他根本不應該知道的事？然而他才想到，要是洛比爾聽見他們剛才的鳥鳴和胡言亂語，那怎麼辦？她心裡又會起什麼念頭？

89 明滅閃爍

啟程前，葛利夫要她穿上一件根本被黑魔法加持過的棉花糖防彈夾克，柏頓也穿了。它的防彈內襯會在受到子彈的力道衝擊時瞬間硬化，也正是因為這個原理，後來差點害死柏頓。當時子彈打進柏頓雙腳間的水泥地，開火的人大概在手指扣下扳機時就被幹掉了，但那顆子彈卻反彈跳起，打中柏頓左手腕的夾克袖口。因為棉花糖的某種物理特性，子彈當下馬上解體，其中一塊碎片往下衝，擊中柏頓右大腿，切進他的股動脈。

當你身在其中，會覺得所有事情都是同時間發生，根本不像湯米以前說的那些槍戰過程那麼有條理。她當時走在柏頓左後方，克洛維斯在她右手邊。事後她想起，當他們向外走到小巷，她曾感覺到克洛維斯的警戒狀態上升了一個檔次。他們當時正要搭湯米的車去看她母親，想說服她搬到別的地方避難。葛利夫還是沒解釋狂歡時光到底是什麼，芙林那時的打算是，如果他還是沒主動提起，自己就要在車上問他這件事。葛利夫幾乎都在談芙林的母親，講她聽不進搬家的建議。他想要把她移到北維吉尼亞，聲稱他在那邊有個避難小屋。蘿松妮亞已經答應要一起搬過去，即便母親很喜歡蘿松妮亞，卻還是完全聽不進去。接著湯米就開車來接他們了。她那時心裡想的全是想要快點見到她媽媽，但對於她能不能接受避難小屋的提議，就不抱太大希望。她也想要坐在湯米旁邊的副駕，可惜此時情況需要由卡洛斯坐在那位置。他兩腿中間還夾了把犢牛步槍。

經過無人機的清點，他們知道在建築物較遠那端的對街停車場前共有四十七個示威者。儘管如此，外頭還是非常靜。當時柏頓必然一如往常，已將戰斧的斧刃那側拿在右手，手臂垂在身旁，斧柄朝上，抵住腋下。所以當那個穿烏賊裝的傢伙形跡稍稍露餡，他才能快速扯掉Kydex護套，隨即略鬆右手，讓戰斧的柄滑至手中。他們當時就站在她平常鎖腳踏車的地方，芙林記得自己清楚聽見了護套掉在水泥地上的聲音。柏頓用他一直以來慣用的方式，在掉下的斧刃碰到地面前抓住柄的末端，轉動手腕，猛力揮出一擊，神奇地砍進那顆仍舊隱形的腦袋。那一斧發出了猶如砸碎尚未成熟的南瓜的聲音，那是她在接下來發生的事之前最後能聽到的聲響，因為接下來就槍聲大作，吵得無法分辨東南西北。

如今她回想起來，那些後續動作就像好幾張不同的動圖。克洛維斯腰間醫護包的前蓋蚌殼似地翻開，裡頭夾藏粗胖的塑膠手槍，顏色就和腰包一樣。克洛維斯用力把她推到一旁，撞得芙林非常痛。她接著雙手握槍，兩臂舉至肩膀同高，傾身抵抗後座力，槍管持續冒出火光，直到彈匣清空。她臉上沒有多餘表情，就像開車時非常認真注意路況的模樣。另一幅景象是卡洛斯的步槍裡彈出的黃銅彈殼，輕盈失重的彈殼浮在空中，像是被明滅閃爍的火光定格了。但接著一顆彈殼彈到她手背，燙到了她。另一幅畫面則是那些烏賊裝被子彈擊中後的模樣。那些被服裝從別處奪來的顏色與紋理一下子燃亮起來，擬仿效果隨即與那些穿著隱身裝的人一起倒地、死去。然後是躺在地上的柏頓，他睜著眼，眼神空洞，毫無動靜，只有大腿上隨著心跳汩汩湧出的血。

她耳朵嗡嗡作響，聲音鋪天蓋地，她還以為永遠都不會停下。湯米把她拉回來，她看到克洛維斯將已經重新上膛的手槍收進打開的蚌殼腰包，從包後的口袋中抽出東西。一對國安藍的乳膠手套，和一根扁平的白色陶製鉤。她蹲在柏頓身旁，用鉤子劃開他被血浸透的迷彩服，露出他的右大腿，直接將鮮藍色手套的食指按進那噴血的小孔，整根手指沒入。克洛維斯皺著眉頭，稍微移動手指：血停了。她抬起頭。「媽的，快聯絡華特・里德，」她下令。「馬上！」

90 警覺指標

瑞妮的印記出現時，他正在戈壁大冒險的主臥室沖澡。「哈囉。」他閉著眼，免得洗髮精流進去。

「你還是一樣，」她問。「不曉得自己究竟在為誰工作嗎？」

「我現在沒有工作。」

「但我知道——」她說。「算是知道吧。」

「知道什麼？」

「你老闆是誰。」

「什麼意思？」

「簡單來說，就是上次我們碰面的時候。」

「然後呢？」

「你那位朋友。」

「列夫？」

「我遇見的那位。」

「她不是我老闆。」

「但你會做她交代你做的事。」

「我想是吧。」他說。「為什麼這樣做，理由顯而易見。」

「今天換成我在你的處境，我也會把事辦好。」

「我是在什麼處境？」

「這我一點也不想知道。為了知道她的資料，我做過一些很低調的調查，但無論接觸方式有多私密，被我打探過的那些人現在都不認識我了。而且朔及過往。有些人已經開始費力要將我從團體照裡面刪除。如果要說有什麼警戒指標，這點肯定無法忽略。」

「我現在不能談這件事，至少不能用這種方法。」

「不用麻煩。我打電話來只是要告訴你，我提出辭呈了。」

「辭掉那項調整之後的新計畫嗎？」

「是整個部裡的工作我都不幹了，我接下來要去找私人單位的工作。」

「真的？」

「不管你現在忙什麼，維伏，都不是該被人知道的好事。但反正我不知道，所以繼續不知道下去就好。」

「那妳幹麼打給我？」

「因為不管我自己情況怎樣，就是忍不住會犯賤關心你。我得掛了，無論是什麼鬼，我都建議你快點脫身。再見。」她的印記消失。

他揮手止住水，走出來，伸手摸到列夫祖父其中一條黑色亞麻布薄毛巾，擦乾眼睛和臉。

他看進臥室，那裡擺著潘思基留下的舞蹈大師，筆直躺在超大的床鋪上，雙手交疊在胸前，就像古代騎士石棺上的浮雕。

「『無論是什麼鬼』。」他複誦瑞妮的話，意外發現自己有點想她。同時他也發現，這下他無可避免得再想她一陣子了。

91 等足類動物

柏頓躺在冷鐵密室中間的那張床上，床單全是血，他身上的外科手術使用無人裝置，彷彿某隻巨型鼠婦的甲殼，塑膠的外表就和克洛維斯的手槍同個配色。這畫面讓整個地方看起來像間戰地醫院。無人裝置由華特・里德國家軍事醫療中心的團隊負責操控，緊密吸附、包圍住他的下半身，從肚臍一路蓋到膝蓋上方，一邊執行團隊下達的任何指令，一邊發出驚人的巨大噪音。咚，喀嗒喀嗒。它把已散得不成形體的子彈碎片擠出來，放在小盤子上，接著開始修補動脈，並收合他腿上的洞。這是手術所預期的計畫。葛利夫告訴她，子彈造成的靜水壓衝擊其實沒那麼嚴重❽，反彈的水泥塊已分散掉很多力道，否則在那種距離下，就算防彈衣擋住子彈，光是衝擊力本身就足以殺死他。

無人機可能也是擴充亞體發展進程的另一個來源，芙林思考著。這讓她想起放在自己腿上的那臺威輪小子。她正坐在離康諾最遠那張床的邊上看著柏頓，當她堅持到不忍再看下去，就轉頭望向康諾。柏頓昏迷不醒，鼻子上黏了一根透明的管子，額頭和裸露的胸口各有幾塊監控黏性貼片，另外手臂還插了數條不同的導管。而康諾臉上光滑、表情平靜，正在操縱七十年後的某樣未來裝置。又或者她也會轉頭去看葛利夫，他耳朵貼著手機，點頭，說了些話，但音量很低，她聽不見。然後，當她有辦法繼續看著柏頓了，就把頭轉回來。

無人機持續發出沉悶的金屬撞擊聲。鼠婦是等足類動物，不是昆蟲，最大型的鼠婦住在海裡。這是高中時學的，還是在《國家地理雜誌》上看到？她完全想不起來。

克洛維斯去沖澡了。芙林連這地方有淋浴間都不知道，克洛維斯說那其實是清潔用具的儲藏間，只不過裡頭接了水管，加上地板上有排水口。先用冷水沖，這樣應該能把她衣服上大部分柏頓的血都洗掉，克洛維斯剛才這麼對她說，身上的衣服還穿戴整齊，一件也沒脫。當時克洛維斯全身濺滿了柏頓的血，就那樣站在芙林面前，向她解釋淋浴間裡有什麼，說話的樣子彷彿這沒有什麼大不了。柏頓需要輸血，好在他的血型於醫院血庫的藏量非常足夠，這代表他們也會有芙林的血型，因為他們兩人是一樣的。他們還為柏頓弄來了這臺無人機裝置，克洛維斯說，這是特勤局為了應付總統受到槍擊隨時待命用的，負責操刀的外科團隊跟現在幫柏頓執行手術的甚至可能是同一群。

如果不是康諾正帶著頭冠，她就得負責跟他解釋這一切。可是，除了親眼看見的那些之外，她根本不懂事情的來龍去脈。湯米打給幾名副警長，要他們把巷子的狀況整理好，並把所有穿著烏賊裝、等在那裡的人帶離現場，整個過程沒有響過一聲警笛。槍手不是本地人，不然都過了這麼久，副警長們應該早就查出身分、向湯米報告。整個鎮彷彿沒有任何人聽說這場槍戰。

她望著哥哥的臉，覺得現在的自己似乎哪裡有些不太對勁。無人機持續喀啦作響，並發出呼呼呼的聲音，小小的鼠婦蟲腳忙於各自的工作。先前，當卡洛斯和葛利夫把無人裝置抬起來放到柏頓身上，她看到那些腳紛紛閃爍。那時克洛維斯跪在床邊，沾滿血的亮藍色手指還插在他的大腿上，壓著動脈。她一直壓，直到無人機開始運轉、發出那些噪音，才把手指拔出來。

❽ 靜水壓衝擊原文為Hydrostatic shock，指子彈打入體內時形成的壓力波會造成遠處非中彈部位損傷。

她覺得自己不對勁的地方在於：她又進入了當初在玩《北風行動》時處的那種狀態。可現在她沒辦法在沙發上大聲尖叫，或從珍妮絲家的門廊奪門而出，跑去草地上嘔吐，她只能坐在這裡，在這張揣測應是為她準備的床鋪邊緣，聽著充滿耳朵的嗡嗚聲。隔在嗡嗚聲外的是葛利夫口音裡的邊邊角角，他還在輕聲細語地講著電話。她覺得柏頓應該會沒事，但除此之外，她感覺不到其他。而這令她擔心。

「妳看起來不太舒服。」湯米說。他在她身邊坐下，牽起她的手，彷彿這動作再自然不過。

她想起牛津街緣廊裡維伏的手，還有那個在溼漉漉灰色枝枒間看到的，有著鬆軟紅色翅膀的東西。「我在耳鳴。」她說。

「聽力沒有受到永久損傷就很幸運了。」他說。「妳現在會聽到那種耳鳴聲，有一部分只是因為分貝太高，對我們的神經系統造成影響。」

「他們就像最一開始車子裡的那四個人，」她說。「還有下到拖車旁邊的兩個。只因為我們，十幾個人就這樣死了。」

「不是你們自己去招惹他們追過來的。」

「我已經分不清楚了。」

「現在不是想這種事的時候。趁我的人在電話上，我有點事要問妳。我知道妳應該不想說這些，但我還是得問。」他看向葛利夫。

「什麼事？」

「我不想讓他們把那鬼東西用在路加福音四之五，應該說無論用在誰身上都不行。」

「狂歡時光？」

「如果妳知道那到底是什麼，就不會用那個名字叫它了。」

「柏頓說用那東西是戰爭罪。」

「它是，」他說。「而且理由非常充分。那是一種氣態膠，他們打算在今天晚上派一架黑色塗裝的小飛機進到隊伍裡，對所有人進行噴灑。」

「那成分會有什麼作用？」

「興奮、催情，還有一個我覺得念起來很饒舌的：引致精神錯亂❾。」

「這是什麼意思？」

「它能再現和連環殺人虐待狂一模一樣的心理狀態。」

「靠……」

「妳不會想讓這件事跟著妳良心不安一輩子，至少我不想。」他往柏頓那邊看去。「我老是覺得，我一直為了他們對皮克家做的那件事在找他麻煩。」

「他跟我提過你不高興，但聽起來不像在對你不爽。」

「他們不知道自己炸飛的那些水塔會是製毒用的前驅物。他們放在康諾那架變形金剛上的東西，拿去對付皮克或他手下的其中幾個人可能還算可以，坦白說，連我也不會拿那件事去追究任何人的責任。可是他們現在是當著我的面，炸翻了一群沒辦法用更正當的方式養活自己的可憐混蛋，其中有些

---

❾ 原文為psychotomimetic。

還是我認識、見到面會打招呼的人。」他握了一下她的手再放開。

她想，不知道是線上那邊的誰幫艾許裝了那對瘋狂的眼睛，要是在這裡，用那臺長得像等足類動物的無人裝置，他們能不能也對這裡的人做出一樣的事情？或者，不曉得他們有沒有辦法解決柏頓的觸覺回饋裝置不斷對他產生的干擾？這些事想起來都太遠了，但至少能讓她在這個當下感覺好一點。

她伸出手，再次握著湯米……因為握著他的手、聽到他的聲音，能讓她不再陷入《北風行動》的狀態之中。

92 你們這些人

他整個人埋在列夫祖父書桌底下的儲藏凹洞裡，想找威輪小子的頭帶，但不管往哪兒看，視線裡似乎只見芙林的空白印記。「肯定在這裡。」他說，然後注意到幾塊蒼白、被壓平的髒口香糖，就黏在靠椅子這端的大理石桌面底下。他想像還是孩子的列夫把口香糖按上去的畫面。他的手指在鋪了地毯的凹洞底部掃過某個物體，它動了一下，他伸手過去摸索。「找到。」大獎在手，他從桌子底下重新爬起來。

「調一下攝影機，」她說。「你上次擺得太靠近鼻子了。」

他坐進椅子，戴上頭帶，試著把攝影鏡頭擺正，再用舌頭滑過自己的上顎。威輪小子模擬程式的印記隨即出現，顯像流開啟，她的空白印記消失。她坐在桌前，身後的背景是一道暗藍色的布幕。威輪小子似乎被放在她面前的桌子上，不過他沒有去移動，或改變攝影機的角度或方向。「看得到嗎？」

「再調高一點，盡量跟眼睛在同個高度。」

他試著照做。

「比較好了。」她說。「你的鼻子沒那麼大了。」她看起來好疲倦，他想。

「妳好嗎？」

「媽的，他們對我哥開槍。」

「誰開槍？」

「幾個穿著烏賊裝的人，被克洛維斯和卡洛斯殺了。」

「那妳哥呢？」

「他們給了他某種藥，讓他睡著。他們用政府的無人裝置幫他進行遠距離手術，拿出子彈、補平動脈上的彈孔、把所有東西清理乾淨，再把傷口縫起來。」

「妳受傷了嗎？」

「沒有，只是感覺被賞了一巴掌。但這都不是真正的問題。」

「所以是什麼問題？」

「洛比爾派來我們這裡的那個英國小男生，葛利夫。葛利菲德・霍茲華斯。湯米覺得葛利夫就是所謂的情報聯絡人，用外交人員之類的身分當掩護，身分還是直接從華盛頓的大使那裡發出來的。他可以套的交情一大堆，全都是政府裡的人——我是指我們的政府。他幫柏頓弄到烏賊裝跟微型無人機，讓他們可以把我從皮克家救出來，還弄到柏頓用的那臺鼠婦蟲——」

「鼠婦蟲？」

「沒時間，聽就對了。」

「葛利夫會是問題嗎？」

「洛比爾才是。葛利夫打算在這裡做某件事，要對路加福音四之五——」

「誰？」

「就只是一群混蛋——你聽我說就好了可以嗎？」

他點點頭，想像這個動作出現在威輪小子平板螢幕上的樣子。

「我們的對手在利用他們來讓我們難堪，可能是想用這種方式把柏頓激到現場去，好讓他露出能遭人槍擊的空檔。柏頓一開始就不喜歡這些人，所以他們是很好的誘餌。但現在，葛利夫手上有一種叫做狂歡時光的化學武器，它就像是把藥師手上每種壞到透頂的毒品全融合成一顆——而且結果比那更糟糕。它的藥效發作時會引誘你去做某些事，如果你撐到藥效退去還沒死，那麼等你想起自己做過的事，大概也會選擇自殺。湯米說，對這種藥，藥師根本找不到能保人一命的娛樂用劑量。如果對它使用順勢療法，它摧殘你的程度也一樣糟糕。克洛維斯已經給了我解毒劑，但葛利夫打算把它用在路加福音四之五身上，而且我敢打賭，時間就在今晚。」

「那你為什麼會說洛比爾是妳的麻煩？」

「因為下令的是她。這主意是他們兩個其中一個提的，就算本來是他的意思，簽名放過關的也是她。那種東西不管用在任何人身上都太瘋狂。這種手段太卑鄙，都是因為你的世界才會這樣。」

「我的世界？」

「這是你們做事的方法，冷血無情。但我不會讓這種事發生，湯米也跟我一樣，如果柏頓現在意識清醒，他一定也是。」

「妳要怎麼阻止？」

「我要讓她知道，如果他們這麼做，我就不跟你去那場晚會。他們用了那東西，我們就把頭冠敲爛，印幾支新的手機、換掉電話號碼，裝作你們這些人不存在。不管之後會發生什麼鳥事，我們會自己面對。管你去死——不是對你說的啦，是你們那些人。」

「認真的嗎？」

「他媽的當然。」

他看著她。

「所以呢？」她問。

「所以什麼？」

「你要加入嗎？」

「加入？」

「你去把事情告訴她，她如果想跟我談，我人都在這裡，我等著。但只要他們把任何狂歡時光噴到對街那些可憐的混蛋身上，你就要自己去參加晚會了。我和我的家人，我們會退出這場屬於未來的混仗。」

他張開嘴。又閉起來。

「打給她，」她說。「我會去跟葛利夫說。」

「妳為什麼要這麼做？沒有她，妳之後的處境就會很絕望，說起來我也是一樣。而且妳說妳現在這麼做是為了一群……混蛋嗎？」

「他們是混蛋，我們不是。但我們如果不想變成混蛋，就不能幹那種事。你到底要不要打給她？」

「打。只是我不懂為什麼。」

「因為你不是混蛋。」

「好希望我也能相信這句話。」

「每個人都有當混蛋的潛質，也都會在嘴上講那有多不應該，我媽說的。但真正決定你落在哪一邊的關鍵，是你最後選擇做出的行為。我現在要把你關機，然後去跟葛利夫說。」於是她真的那麼做了。

93 任務聲明

她走進密室三步，才意識到自己拿威輪小子的方式彷彿拿著泰迪熊。不是抱著，但依舊算是用兩隻手摟著。啊，管他的。

他們都轉過頭來看她。克萊茵・庫茲・沃麥特事務所的紅髮公證人此時換上了迷彩服，跨間也掛著一個頗有克洛維斯風格的包包，再加上藍色的手術手套。看來她剛幫柏頓的床換上乾淨的床單。應該有人幫她，因為鼠婦蟲仍然嚴實地罩在他身上。她把一張相對乾淨的舊床單攤在柏頓和康諾兩床之間的地上，在其上堆了一大團因為沾染血液而凝固僵硬的床單。康諾的床是空的，穿著乾淨衣服的克洛維斯則站在床邊，處理著桌上的白色頭冠。葛利夫正在柏頓的床尾，手機緊貼耳際。芙林走進來時，他只動了眼睛去看。

「康諾在哪？」她問。

「梅肯帶走了。」克洛維斯說。「洗澡。」

「柏頓情況怎樣？」

「華特・里德那邊說他的生命徵象看起來都不錯，但要他再睡久一點，所以還在開鎮靜劑。」

「我會的，」葛利夫對著他的手機說。「謝謝。」他放下手機。

「我們需要談談。」她說，暗自希望自己沒帶著威輪。

「對，但和妳以為我們要談的事情無關。」

「他媽的最好是無關。」

「她親自……」他舉起他的手機。「把狂歡時光從任務聲明中抹掉了。」

「你們不那麼做了？」

「絕對不會。」

「哼。」所以我氣成這樣結果沒地方發飆？她想。「這種蠢事一開始是她想出來的嗎？」

「對，」他說。「我當時就覺得這不合適，也不明智，但她說那是因為我不習慣站在掌控全局的位置做事。」說到這裡，他給了她一個表情，她不太懂那代表什麼意思。「克洛維斯，不好意思，可以麻煩妳讓我們私底下說一下話嗎？」事務所女孩此時剛好往外走，手裡拿著用乾淨床單包著的染血床單大球，克洛維斯轉身跟了上去。

「她現在才說不那麼做了？」她看著克洛維斯的背影消失在藍色防水布後方。「為什麼？」

「因為妳和那位公關人員的對話。」

「她偷聽？」

「妳可以想成她能在任何時候存取任何平臺上的任何資訊。」

「她只要坐著聽就好？」

「她擁有全球情報的顯像流和各種功能強大的分析工具。我覺得我在這個世界所屬組織的能力已夠令人驚訝，但因為她能辦得到的事更驚人，所以我還是必須聽令於她。她認為任何人都無法完全理解那些分析和情報，包括她自己在內，因為那些工具在很大程度上已具有自我組織的性質。我想那應該是從我們目前使用的工具發展而成的吧。這表示，無論妳在哪種平臺，或是任何平臺所能觸及的任何範圍內提到任何有關她的事，她都會在第一時間知道。以當前的情況來說，我認為妳說的任何一句話都與她有關。」

「所以不會使用狂歡時光了？」

「取消了。」

「但連你也說服不了她說這手段爛到極點？」

「這項提議的本質就是殘暴的，一旦使用，無論是道德或法律層面都足以構成暴行。到時不管我們有多會推卸責任，冷鐵這個品牌都會因此和某種令人恐懼的感覺連在一起。不管這些宗教抗議人士有多令人反胃，難道冷鐵就只在乎小鎮居民能不能用合理的價格買到辣醬熱狗堡，卻不願意譴責用藥把他們變成殺人色情狂的行為嗎？」

「冷鐵知道？誰？」

「沒有，冷鐵沒有。就只有我，還有克洛維斯。」

「她跟我說過這件事，但沒告訴我那東西到底是什麼。它的作用我是從湯米那邊聽到。」

「我必須把他拉進來，因為他得為之後的善後工作做好準備。我很高興妳阻止了這件事。」

她盯著他看。「我還是不懂為什麼你沒辦法說服她放棄那樣做。」

「因為我們有嚴重程度更為迫切的問題。而在我們可以選擇的出路裡，有一種做法是我對任何事情都完全插不上手的。」

「這是什麼意思？」

「洛比爾知道她那個世界的歷史，也知道隱藏在我們歷史中的祕密。在發展出洛比爾那個世界的歷史裡，曾經發生過總統暗殺事件。」

「岡札雷斯？你認真的嗎？」

「她根本沒做完第二任任期。」

「她又選上了？」

「沒錯。洛比爾認為，岡札雷斯的暗殺相當關鍵，是世界深陷開獎期的轉折點。」

「靠──」

「我們也許可以改變這件事。」

「洛比爾知道怎麼修正歷史？」

「在這裡，這些事都還不是歷史。她知道這裡大部分曾經發生的事，不過這兩個世界已經分歧了，而且會持續岔開。某種程度來說，我們可以引導分歧的發散幅度，不過只能朝向很概括的方向，且沒人可以保證我們最終會得出什麼樣的結果。」

「她在嘗試讓獎不要開？」

「最理想的情況也就是改善而已。其實在我們的世界裡，這個過程早就開始了。她和我，我們兩個都希望這個連續體未來產生的體制不會成為她現在為之效力的那種。她相信，阻止費莉西雅．岡札雷斯遭到暗殺，就是達成這項目的必要步驟，我也同意這一點。」

她直盯著他看，心裡判斷著，即便把上個星期的事情算進來，他現在講的這套是不是仍排得上史上最瘋癲鬼扯？他淺灰色的雙眼圓瞠，眼神嚴肅。「殺了總統的是誰？」

「我就直接說了吧，是副總統。」

「安布羅斯？那個瓦力‧安布羅斯？他殺了岡札雷斯？」

「冷鐵和你們的對手此時做的事會影響事情發展，可是你們彼此競爭的方式卻是破壞全球經濟，這件事本身就很危險。我沒辦法知道她了解的全部資訊，這不是她做個簡報交代一下就能解決的問題，而是她從根本上就比我更有經驗。如果今天她告訴我，使用狂歡時光是阻止暗殺發生的必要手段，那我就會用。」

「為什麼？」

「因為她向我解釋過她的世界的運作方式，並坦白地說了她的工作和人生經歷，而我不想要我們的世界往那條路上走。」

「可愛小妹，」康諾大喊著。「那個俏護士在哪裡？」他僅存的手臂勾著梅肯的脖子，蒼白的皮膚上沿手掌的方向刺著「臨陣當先，臨退殿後」，是幫派塗鴉會用的那種字體。梅肯光著膀子，穿著溼透的短褲，因為在淋浴間裡扶著康諾，頭髮亂成一團。他已盡可能把康諾塞進那件Polartec連身裝裡。他把康諾抱到床上放下，再幫他把那條手臂穿進衣服的單袖裡。

「我要回去拿我的衣服。」梅肯說，再看向芙林和葛利夫。「你們兩個還好吧？」

「沒事。」芙林說。

「柏頓還行嗎？」康諾問，微瞇著眼瞧向她不省人事的哥哥。

「醫院說可以。」她說。

「總部取消了灑藥行動。」葛利夫告訴梅肯。

「好。」梅肯說。「你有要告訴我那東西本來是要幹麼的嗎？」

「之後再說。」葛利夫說。

梅肯挑起眉毛。「我去拿我的衣服。」走了出去。

「護士辣妹說穿烏賊裝的王八蛋在他屁股裡轟了一槍。」康諾說。「那女的根本強者，梅肯說她幹掉對方一半的人，媽的卡洛斯居然只做掉兩個。」

「你為什麼沒在未來開洗衣機飛來飛去？」芙林問他。

「大爺總要吃飯啊。」

老洪一隻手上提著保麗龍餐盒，側身擠過防禦牆上狹窄的垂直縫隙，走了進來。「鮮蝦丼？」

「我的。」康諾說。

老洪看到柏頓，吃驚地揚起眉頭。「他沒事吧？」

「不是你家食物害的，」康諾說。「是因為吉米的，差點弄死他。」

芙林看向葛利夫，他稍微張大了眼睛，彷彿在表示他們本來的對話已經結束。至少暫時如此。

岡札雷斯？他在唬弄她嗎？還是洛比爾在唬弄他？

94 愛寶琳娜礦泉水

吧檯還是鎖著，就和幾分鐘前一樣。髮絲紋鋼面的橢圓按鈕嵌在有著玻璃光芒的膠合板裡，他看著自己的拇指：正壓在上頭。他從來沒想過自己有一天會需要跟洛比爾當面對質，去告訴她芙林不願出席黛卓的晚宴。此時的他已經做好萬全準備，但還差那麼一杯酒。畢竟這不是他的決定，甚至連主意都不是他提出，他卻不知怎麼成了計畫中的一分子。

他跟芙林說了會立刻聯絡洛比爾，並且也會馬上去做。可是他其實不想這樣。他認為自己了解芙林想要採取這種手段的原因，但他自己並不認同。她的身上有一種會去追求自主決定的傳統特質，這個決定或許正出自於此。回過頭想，他的確也因為這一點而對她這個人感到興奮——興奮，與麻煩。他好想知道，為什麼這兩件事常要這樣形影不離地牽連在一起呢？他想起艾許邀他參與的那場群鳥議會，會不會洛比爾早就聽到他和芙林的對話了？他緊張地踱步至窗前，望向外頭的漆黑車庫。

集魚燈的光芒閃動，洛比爾正穿過一道拱門下方朝他這裡走來。他從窗戶旁邊退開。那絕對是她。寬肩、白髮，身上的正式西裝帶著一絲女性風格。他嘆了口氣，找到能叫出椅子的那個面板，挑了其中兩張，把它們從地板下叫出來。他看著緊閉的吧檯，又嘆了口氣，隨後走至門口，打開門，跨了出去。她站在舷梯的底端，帶粉色腮紅的臉微笑著。「我正好在附近，」她說。「去和克洛維斯講點事。你不介意我這樣突然登門拜訪吧？」

「妳知道嗎？」他問她。
「關於哪件事？」
「芙林的決定。」
「我知道。」她說。「雖然經歷了這麼多年，但我多少會為此感到不好意思。我沒有刻意要求去聽那些對話，是姨媽們揀出來給我的。」
她為自己監視一切事物的行為害臊嗎？他無法確定這是不是真的。人們總是假設政治竊賊有十足的能力做到這一點，也總會覺得無論何時，他們一定會在一旁監聽。但當初知道她真的會這麼做時，他心裡依舊油然升起一陣忐忑。也許這就類似她所說的難堪。「那妳應該已經聽到了，我說我要幫芙林轉達她的條件。」
「聽見了，」她說，開始走上舷梯。「我也聽出你對採取這種做法的困惑。」
「那麼妳就應該知道，除非妳不再考慮用這個所謂的狂歡時光，否則她不會參加宴會。」
她在半途停了下來。「你自己對這件事又是怎麼想的呢，維伕？」
「有點尷尬。妳知道的，我已經準備好出席那場聚會，而妳卻提議要在斷根中做出一件令她反感的事。」
「她不是對這件事反感，」她說，又開始向上走。「她覺得這種行為根本邪惡。如果我真的按照原本計畫執行，這整件事情確實堪稱邪惡。」
「妳打算這麼做嗎？」
她到達舷梯頂端，奈瑟頓向後退了一步。「我會對為我工作的人進行現場測試，」她說。「這屬於我基礎技能的一部分。」

「所以妳本來沒打算做那件事？」

「如果她沒有提出抗議，我會讓她和其他人免疫，讓那群人感染較輕型的諾羅病毒。不過到時我應該會對她有些失望吧，我想。雖然坦白說，我從來不覺得事情有機會發展成那樣。」她進到艙房裡。

「所以這只是騙局？」

「是考驗，而你通過了。雖然搞不太清楚狀況，但你做出了正確決定。我認為，你之所以會這麼做是因為你喜歡她，那對你發揮了某種程度的作用。我覺得我想喝上一杯了。」

「真的嗎？」

「對，麻煩你。」

「我打不開，但妳應該可以。在那邊，用拇指去碰那個橢圓。」

她穿越艙房朝吧檯走去，照他說的做。吧檯門向上滑開，收進天花板裡。「一杯琴通寧，謝謝。」她說。看著她的酒從大理石櫃檯中緩緩升起，浮出檯面，他對這種彷彿完成一場答辯的蘇格拉底式完美畫面驚奇不已。「你呢？」她問。

他想說話，但開不了口，咳了起來。在洛比爾拿起酒杯時捕捉到一絲杜松子的香味。「沛綠雅。」他說。他的聲音聽起來像某個陌生人，就像充斥在艾許那場群鳥議會裡的任何一種異國語調。

「抱歉，先生，」吧檯說。是個年輕男人的聲音，德國口音。「我們沒有沛綠雅。可否容我推薦您愛寶琳娜礦泉水？」

「好吧。」奈瑟頓說，感覺聲音又是自己的了。

「冰塊？」吧檯問道。

「好，謝謝。」他的水浮出吧檯。「我不懂妳為什麼要測試她。」他說。「如果妳要測試的人真的是她的話。」

「是她沒錯。」她說，指了指那兩張扶手椅。他端起那杯沒有氣味的水，追隨她的腳步。「如果我們在黛卓晚會上的任務達成，」兩人都坐下後，她繼續說道。「我打算進一步賦予她一個更重大的角色，或許也會對你有所計畫。儘管存在某些缺點，但我認為你非常擅長你現在的工作。而我發現，缺點和特殊能力其實可以手牽著手、一同前進。」

奈瑟頓啜了一口那杯德國礦泉水，嘗到他覺得應該是石灰岩的淡淡味道。「恕我冒昧，妳所謂的計畫確切是指什麼？」

「抱歉我無法告訴你。把你送到黛卓那邊，等於把你送出了我和列夫所及的保護範圍外，你最好先別知道現下不須知道的其他細節。」

「妳真的很清楚每個人的每一件事嗎？」奈瑟頓問。

「當然沒辦法。太多的資訊反而會阻礙到我，而且這片資訊汪洋已經廣闊到無意義的程度。你可以將這套系統的缺點視為必須去攫取這片資料海才能獲得結果，而由演算法產生出的決策點則是最接近百分之百肯定的替代品。以我的經驗來說，我知道的資訊量相對較少時，通常能得到最好的結果。不過這用說的比做起來容易——容易太多太多了。」

「艾葉莉塔被殺時芙林看到的那個男人，妳知道那是誰嗎？」

「我認為我知道，」她說。「但光是這樣還不夠充分。雖然荒謬，但是政府需要證據，無論那證據可能建立在多少祕密和謊言之上。要是沒有舉證責任，我們所做的這一切就會無所依附，不過是一團原生質罷了。」她喝了一口琴酒。「那種情況比我們想的更容易發生。每天醒來，我發現我都必須提醒自己，當今這個世界到底變成了什麼樣、怎麼會變成這樣、我在它變成這種東西的過程中扮演什麼角色。另外，現在的我扮演的又是什麼角色？我的人生已經長久到一種荒謬的地步，每天仍不斷對自己所犯的錯有更深的認識。」

「犯錯？」

「也許就實際層面我不該這麼稱呼。以我們本來可能面對的下場來看，不管是在整體的策略選擇或採取的執行方式方面，我真的都盡了全力。有些時候，我所得的成果甚至比預期中更好，是直到現在都能感覺到的對的決定。我們的文明曾因為出於對自身的不滿而逐漸消亡，我們生活的這個現在，則是我和其他許多人一起阻止那場消亡的結果。但身在其中的你們對此一無所知。」

「嘿喲嘿喲，」列夫哥哥的擴充亞體，那位舞蹈大師，站在主臥室的入口處這麼說道。「沒想到會在這兒看到妳。」

「潘思基先生，」洛比爾說。「很高興見到你。你跟立方體熟悉得如何了？」

「那東西是誰想出來的？」擴充亞體問道。這個康諾，芙林哥哥的朋友，此時正以一種帕佛顯然永遠不會有的姿勢懶洋洋地靠著門框。

「一個專為變態服務……」洛比爾說。「因此受盡折磨的國家。」

「聽起來挺不錯的嘛。」康諾說。

「費雪先生情況如何？」洛比爾問。

「每個人都在講這件事，」康諾說道，一個小小、歪斜的微笑有如錯置般進入這位舞蹈大師的面孔，讓那些明顯的臉部骨架團團圍住。「弄得讓人以為他的屁股整個被轟到開花。」

95 所有世界都崩塌了

「妳是克萊茵・庫茲・沃麥特事務所的員工？」她問那個紅髮女孩。女孩正在幫她鋪床。那是一塊用防水布隔出來的小空間，就在他們吃飯的地方後面。除了地上的米白色厚泡棉墊之外，裡頭空無一物。女孩把一顆新的睡袋從收納袋裡拿出來，拉開睡袋拉鍊。

「對。」她攤開睡袋，鋪在泡棉墊上。「抱歉，枕頭還沒來。」

「多久？」

女孩看著她。「枕頭嗎？」

「妳什麼時候開始在克庫沃工作？」

「四天前。」

「那個包包裡有槍嗎？」

女孩盯著她看。

「妳是葛利夫的人嗎？就跟克洛維斯一樣？」

「我屬於克庫沃。」

「負責監視他們？」

同個表情，沒有回答。

「所以妳平常工作都在做什麼？」

「我不是故意要裝得這麼難搞，」女孩說。「可是我不能告訴妳。除了基本的作業安全原則之外，我還簽了約束合約。去問葛利夫吧。」她微笑著，盡量讓自己的態度放軟一點。

「好吧。」芙林說。

「想要來點速效鎮靜劑嗎？半衰期很短喔。」

「不用了，謝謝。」

「那麼，好好睡吧。」女孩離開之後，芙林才突然意識到，不知何時，她已經從本來的迷彩服，換成真的只有媽媽才會穿的可怕高腰牛仔褲，外加一件藍色挖背背心，背心正面還畫了克蘭頓野貓隊的吉祥物。而她們剛才走到這裡的路上遇到了布蘭．沃麥特，他則戴了一頂只會合里昂胃口的漁夫帽，以及某只看起來頗為廉價的黑色塑膠手錶。

她讓威輪小子站在拉鍊大開的睡袋上，把軟式防彈夾克脫下來、捲起，放在泡棉墊上要枕著頭的位置，旁邊就是用泰維克布袋裝的瓦片疊成的牆。她在泡棉墊上坐下，開始解鞋帶。該換新鞋了。她脫掉鞋、穿著襪子站起來，脫掉牛仔褲，又重新坐下，拿起威輪小子，把睡袋上面的那片拉過來蓋在腳上。這裡還不算太暗，但也不亮，就只是一片藍，就像她正坐在某個國安部藍的透明塑膠方塊裡。屋頂上的房椽旁邊有光，是從防水布隔出的工作區裡滲出來的。他們應該全都壓低了音量，好讓她跟柏頓能好好睡覺。輕聲和細語流動著。她之所以在這裡，是因為克洛維斯需要用到剩下的那張床。他們剛才已經把鼠婦蟲從柏頓身上摘掉了，而克洛維斯正在檢查他大腿上縫合的傷口。她戴著頭盔，讓遠在華盛頓特區的某位外科醫生能看到她看到的畫面，然後聽醫生的指令操作。就像艾德沃兩眼都戴著微視進行遠端工作，只不過頭盔是比較舊的裝置。政府用的東西就是會這樣，有的遙遙領先，有的又落後到不行。柏頓恢復意識了，但仍恍惚，芙林在他毛扎扎的臉頰上親了一下，告訴他早上再來看他。

「喂？」

她看向威輪小子，是大眼睛大鼻子的奈瑟頓。「你又把鏡頭放太近了。」她對他說。他重新調整了一下，但成效不彰。

「妳為什麼要用氣音說話？」

「現在這裡是睡覺時間。」

「我和洛比爾談過了，」他說。「面對面。她不會動手的。」

「我知道，」她說。「葛利夫告訴我了。」

他看起來頗為失望。

「我應該在知道後先打給你，」她說。「但是我們後來在處理柏頓的腳。她在你旁邊嗎？」

「她在樓上，和康諾一起。」

「也在竊聽？」

「在聽的是她的模組，」他說。「不過它們永遠都在聽。她說她根本沒想要用那項武器。」

「他們都已經讓梅肯準備好了。他不知道那是什麼，但他準備好了。」

「她說，如果妳沒有抗議這項行動，那她會非常失望，她會讓他們全部感染急性腸胃炎，但是讓妳免疫。」

「也許她還是應該這麼做。為什麼她會失望？」

「對妳失望。」他說。

「我？」

「這算是一場測驗。」

「測什麼？」

「用妳的話來說就是：她顯然想判斷妳是不是個混蛋。」

「我不過就是個剛好看到事情發生的人，就算我是混蛋，也還是能指認當初看到的那個傢伙，這有什麼差別？」

「我不知道。」他說。「妳哥哥的情況怎麼樣？」

「各方面考量來說，不算太糟。他們主要是怕受到感染。」

「為什麼？」

「因為抗生素一點屁用都沒有。」

他用某種表情看著她。

「怎麼了？」她問。

「你們還在依賴抗生素。」

「沒有多常用，它們大概只有三分之一的機率有效。」

「你們會著涼嗎？」他問。

「什麼時候？」

「我是說『感冒』，你們會得『普通感冒』嗎？」

她看著他。「你不會嗎？」

「不會。」

「為什麼不會？」

「我們可以誘導出免疫體質。只有新原始主義者會放棄這件事。」

「他們不想要對感冒免疫嗎？」

「就只是一群刻意作對的人而已。」

「我真的搞不懂你耶。」她說。

「搞不懂什麼？」

「感覺你並不喜歡你們的科技水準造成的生活，但當有人自願放棄這些科技，你又不高興。」

「他們沒有自願放棄。他們是自願成為科技的另類展示品，讓自己染上舊時代的疾病，他們相信那可以讓他們變得更真實。」

「所以是在懷念還能得到感冒的日子嗎？」

「要是有辦法讓自己看起來像是得了感冒，但又能避開任何不舒服，他們就會那樣做。不過同時也會有些堅持一切都要真槍實彈的人嘲笑他們根本虛偽。」威輪小子旋轉著平板螢幕，發出細微的嘎吱聲。「這裡怎麼藍成這樣？。」

「他們掛了防水布，好區隔出不同的空間。這些藍色防水布是國安部的剩餘物資，海夫提最便宜的東西也全是這種國安部藍。」

「國安部？」他問。

「國土安全部。換個話題。我問你，那些被找進來這裡工作的人會刻意讓自己看起來像本地人嗎？我剛才看到有個女孩子穿了一件牛仔褲，我覺得她應該巴不得把自己腿啃掉，好把褲子脫下來。」

「艾許找了些服裝造型師，還調來幾輛外表比較含蓄的車。」

「我們前面的停車場看起來根本像ＢＭＷ的經銷商。」

「現在應該不會了。」

「路加福音還在對面嗎？」

「我想應該是，不過歐辛正在試著把他們買下來。」

「買教堂？」

「你們名下可能已經有幾間了。冷鐵的收購策略完全是照著當下情境調整，如果買下教堂有助於占領下一塊地盤，那他們就會買。」

「為什麼會叫這個名字？冷鐵？」

「因為自動拼字校正。艾許選了『奇蹟⑩』這個字，她喜歡那種東西。這個字指的其實不是神蹟，而是一種比較小的金屬護身符，人們會把它當作獻給聖人的奉獻品，分別代表身上各種生病的地方。列夫本來要僱用巴拿馬市一間律師事務所的合夥人，叫寇得龍⑪，但最後還是沒有，而艾許喜歡

---

⑩ Milagros，西班牙文，也稱為ex-voto或dijes。拼法等同於西班牙文的奇蹟。

⑪ Calderon。發音與冷鐵的Coldiron類似。

他名字的讀音，又喜歡被自動校正後那個意外得到的名稱。」

「你不常跟藝術家接觸吧？」

「不常，很少。」

「如果有機會的話，我都會跟他們聊一聊。你喜歡怎樣的音樂？」

「古典樂吧，我想。」他說。「妳喜歡哪種？」

「鶴之吻。」

「鶴？」

「就是類似鸛的鳥。」

「接吻？」

「那是個很老的德國牌子，賣刀跟刮鬍刀的。你們有持章者地圖嗎？」

「也是音樂嗎？」

「一個網站。可以讓你追蹤自己的朋友並做一些其他事情。」

「『社交媒體』嗎？」

「應該算吧。」

「那是連線技術還相對較低時的產物吧。如果我沒記錯，你們這時的社交媒體數量已經比更之前的時代少了。」

「現在主要在用的就只剩持章者地圖，還有就是暗網的看板，我不知道你喜不喜歡那種東西，我是沒興趣。持章者地圖的母公司是海夫提。我的擴充亞體在那裡嗎？」

「在後艙。」

「我可以看她嗎？」

他的手從底下伸上來，巨大的手指摸索著，調整了攝影機的某個東西，隨後她就看到那個有著俗氣大理石桌子和小圓形扶手皮椅的房間。透過威輪的螢幕看起來，那地方依然像間會騙你錢的銀行，只不過是開在玩偶世界裡。他站起身，沿著平滑閃亮的木板組成的狹窄通道往車的後半部走去，進到她的擴充亞體所在的房間。它閉著雙眼，穿著如絲般光滑的黑色運動衫和黑色緊身褲，躺在那塊長得像窗檯的床架上。

「看起來完全就像某個人。」她說。真的很像。如果有人要做出類似裝置，應該會讓它符合廣泛認知概念裡的「美」，但眼前的這個它完全不走那個路數。然後，要是她沒記錯，沒有人知道它長得到底像誰。它彷彿出現在家庭舊貨拍賣上的某盒照片，無人記得相中人物的身分，甚至不記得他們是誰的親戚，更不曉得照片為什麼會出現在這裡。它讓她覺得所有東西都在墜落，掉進某個深不見底的洞裡。所有世界都崩塌，也許她的世界也是，而這讓她想要打給遠在家裡的珍妮絲，確定一下老媽今天過得如何。

96 去人格

他離開後艙房時，威輪小子的畫面便消失，一併帶走了模擬程式的印記。她去打電話問媽媽的事後可能就睡了。他可以從她的聲音中聽出她真的需要睡一覺。遭遇那場攻擊，哥哥受了傷，加上為了狂歡時光的事大動肝火。儘管如此，她還是不想別的，硬撐著繼續走下去。

他腦海中浮現擴充亞體的臉，它朝上躺著，雙眼緊閉，卻並非在睡覺。既然如此，它體內的自我到底藏在哪兒？不過他也知道，它體內其實沒有什麼自我可以隱藏。洛比爾曾明白說過，它沒有感知能力，是一件沒有下太多工夫來完成擬人的物體。沒錯，就是一件被去除了人格的擬人裝置。然而，當她出現在裡頭，或說透過它現身，它不也成為某個版本的她了嗎？

他看見桌上的兩只玻璃杯，接著就意識到吧檯還開著。他為自己裝束起一種笨重的滿不在乎，走去拾起杯子，兩手各一只，假裝沒事地歸還給敞開的吧檯。他一將杯子放好，吧檯門立即滑下。列夫的印記出現。他忍住用雙臂抵住門的衝動，將手掌平放在金紋大理石檯面上，十指攤開。看來那道拉門還不至於把他的雙手壓碎。

「你在做什麼？」奈瑟頓聽見列夫問道，此時拉門鎖也「喀」一聲鎖起。

「我剛剛用玩具擴充亞體去找芙林，」他說。「不過她後來得去打電話給媽媽。」他兩手壓住了有明亮玻璃光澤的膠合板，感到德國製造堅若磐石。那座檯面動也不動。

「我在烤三明治，」列夫說。「用義大利麵包搭沙丁魚和醃墨西哥辣椒，你看了一定想吃。」

「洛比爾也在那嗎？」

「沙丁魚就是她建議我放的。」

「我馬上過去。」

他走出艙房門口後，想起自己仍戴著頭帶，連接著隱約帶著古埃及風情的乳白色半透明巨大精蟲攝影機，連忙將頭帶拔下，塞進自己的夾克口袋。

他穿過車庫，搭上青銅色電梯，一路走到廚房，從門上的豎狀窗框看見花園裡的康諾，他雙手與雙膝著地，正對著高登和恬娜嗥叫。這具擴充亞體的五官放大了該動作的恐嚇感，即便那兩隻生物都有著長度驚人的下顎，但擴充亞體看起來好像還能露出一口比牠們更密的利齒。牠們倚靠著彼此，面對他，狀似隨時要撲上去，那一身肌肉組織比平常更不像犬類，尤其是豎得僵直的尾巴。此時的牠們簡直像肉食性袋鼠，配上狼的一身精力與立體派畫家繪製的條紋。那一刻，奈瑟頓突然燃起一股奇異的強烈感激，感謝牠們沒有生了一副食人無尾熊的手掌。

廚房裡充滿烤沙丁魚的煙燻氣味。「他在外頭幹麼？」奈瑟頓問。

「我不知道，」站在爐前的列夫說。「但牠們玩得很樂。」

霎時間，那兩隻生物一起撲向康諾。他倒在牠們的身軀之間，胡亂揮舞四肢，與牠們扭打成一團，兩隻生物反覆發出咳嗽般的尖利叫聲。

「多米妮卡帶孩子們去里奇蒙丘了。」列夫說著，一邊檢查三明治機裡扁平的熱壓帕尼尼。

「她還好嗎？」奈瑟頓問，語氣好像向來就讀不懂列夫的家庭氛圍。

「自從我栽入這些東西，她大概也受夠了。但要她把孩子一起帶走是我的主意，洛比爾也這樣想。」他向她坐的位置點點頭。

「列夫父親的房子無疑誰也闖不進去。」坐在松木桌邊的洛比爾說。「要是我們在接下來的四十八小時因為後續動作惹來任何人的敵意，至少列夫的家人會是安全的。」

「妳預計要惹火誰？」奈瑟頓問。

「主要是美國人。雖然他們現在很可能在倫敦市擁有盟友，不過我不太擔心他們。看來我的假設漸漸變得正確，造成艾葉莉塔慘死的動機，最終會被證明只是悲傷的平凡事件。」

「怎麼說？」

「姨媽們一直都在推敲此事。這個程序類似反覆做著相同夢境，或是在給定的範圍內不斷延長同一部小說，為它編造更多細節。我倒不是說它們的結論一定正確，但歷經充分的計算後，它們向來都能找出最相符的嫌疑犯。」

康諾已經起身，朝他們走來，高登和恬娜則步伐一致，用後腳蹦蹦跳跳跟在他身後。他走進室內，在身後帶上門。那兩隻被留在外頭的動物仍用雙腳站著，視線緊跟他不放。

「牠們對你著了迷。」列夫說著，從熱壓機中拿起第一份三明治。

「看來你是拿負鼠跟土狼雜交。」康諾說。「不過聞起來比較像負鼠。牠們有得ＴＢ嗎？」

「得什麼？」列夫問。

「結核病。」洛比爾說。

「沒有。」列夫從熱壓機抬起頭。「牠們應該要有嗎？」

「負鼠很容易得。」康諾說。「牠們沒剩幾隻了，而且因為會有ＴＢ，人類就更不喜歡牠們——三明治真香。你們為什麼不把這東西做成也可以吃食物的體質？」

「其實有，」列夫說。「不過價格太高，為武術指導員做這件事不太必要。」

「和我們坐吧，」洛比爾說。「站在那邊太暗了。」

康諾拉出她對面的椅子，調轉方向，坐上去，將前臂交叉擱在椅背上。

「芙林在睡了嗎？」奈瑟頓坐到康諾旁。他覺得，要他和洛比爾同座而且不正面看著她，那是想都別想。

「她睡了。」洛比爾說。「她已經和她母親的照護人通過電話，明天才會過來。雖然目前牽涉到的風險越來越高，我們仍然需要她全神貫注，做好準備與你一同參加黛卓的晚宴。更別提我們不知道現場還會有誰。」列夫將一份擺在白色盤子上的三明治端到她面前。「看起來美味極了，列夫。謝謝你。」

97 護衛隊

那輛載她回家的卡車內裝，很像她高中畢業舞會時全班一起出錢租來的加長型悍馬禮車，不過少了空氣清新劑的臭味，座椅也舒服得多。車身外觀故意弄得像沾了屎，但她不覺得這麼做能有什麼用處，因為鎮上要是有誰開了那麼新的美國車，一定會洗得清潔溜溜，何況那些泥巴看起來就是噴上去的。這是一輛有美國車外觀的卡車，但不像出自任一特定車廠或車款。卡洛斯就偏愛這種特色，還把這輛車叫做「透明人」，就像他喜歡把每樣東西都取上戰術代號一樣。不過這輛車是真的為了不引人注目才裝飾得這麼不起眼。不過她也猜，要不是因為這車看不出是哪家車廠製造，依這麼粗獷的外觀、又裝備得像軍火庫，他大概不會喜歡。開車的是紅髮女孩，她依然穿著那件品味拙劣的牛仔褲和野貓隊挖背背心，不過外面多套了一件軟式防彈夾克。女孩的名字是塔科瑪。

葛利夫和湯米不准芙林自己開車回家，非要配置成整支隊伍不可。第一輛車是四分之三尺寸的小型遠端遙控ＳＵＶ，用來引爆地雷和路邊炸彈。讓她驚訝的是，那輛ＳＵＶ實際上是由里昂操縱，他正坐在透明人卡車前方另一輛ＳＵＶ的前座，顯然愛死了這個安排。有時你根本不必費勁猜，也能知道里昂喜歡怎樣的東西。他們甚至安排他在自己的牛仔夾克外再披上一件黑色夾克，這麼正式的造型放在他身上可是詭異出奇，只不過他還是另戴了一條頭巾，上頭印著老派的獵鹿人迷彩圖案，看起來就像一張實際比例的樹皮照片。就算世上真有人適合戴這種東西，那人也絕對不是他。那輛ＳＵＶ

除了他，另有五個柏頓的弟兄，全都扛著犢牛步槍、披著軟式防彈背心。另外有四人搭乘第二輛SUV，在後方押隊，加上數量不明的無人機，會飛到第二輛SUV的車頂，在上面的盒子中充電。她想，那些無人機的機身上應該也還貼著海藍色的大力膠帶，因為前面那SUV的後保險桿上就貼了一段，兩英尺長。這裡只有柏頓的海藍色兵團，他本人則因傷暫時退出戰鬥，藏身在冷鐵那座防水布迷宮裡頭。要是他現在是清醒的，肯定覺得不能上場真是鳥爆了。

不過那只是因為他還沒機會看到這票人有多麼愛盛裝打扮，或說有多麼愛胡亂穿搭。她睡著那段時間，所有克萊茵．庫茲．沃麥特的員工似乎都照著造型師的建議，開始競相模仿所謂概念中的郡民打扮，還有幾個人誇耀著身上的刺青。她但願那些刺青都是假的，或至少是那種等個一年左右就會褪到無影無蹤的東西。他們的投入程度有點太過火了。今天早上湯米說，這些人之所以會這樣，是因為他們不只酬勞高得嚇死人，還能分得冷鐵的潛在股份。他說，即便那些工作能力不怎麼樣的，拿到的薪資在當前的州內也是數一數二地高，隨隨便便就打死一票人。於是這一切讓他們頓時暈頭轉向、斷下決心、偏執發作，更別提全都對她態度好得讓人受不了。不過塔科瑪就不是這樣了。因為她並不僅僅是克庫沃的人。芙林向葛利夫問過她的來歷，葛利夫說她是他帶來的，但只說了那麼多。不過在湯米看來，克洛維斯和塔科瑪也都是那種用「首字母簡稱⓬」取成的名字，至於代表哪個組織就看不出

⓬ 首字母簡稱（acronym）是指以全名中每個字的第一個字母組成一個新字，並以此為代稱。例如雷射的英文laser（Light Amplification by Stimulated Emission of Radiation），或是美國太空總署NASA（National Aeronautics and Space Administration）。

來。他說她們太聰明，不像國安部一員，但她們人也不夠混蛋，不太可能來自什麼真正的大機關。至於這跟葛利夫是英國人有什麼關係？芙林也說不上來。

今天湯米和葛利夫都需要待在鎮上，他們之所以肯讓她外出，是因為葛利夫仍希望她能說服媽媽搬到維吉尼亞州的避難小屋。克洛維斯要留下來照顧柏頓，還要負責戴著頭盔，讓華盛頓特區那群外科醫生能夠做事。梅肯和艾德沃在政府製的興奮劑藥效退去後已沉沉睡去。她還看到他們一起塞在同顆睡袋，蜷縮在泡棉墊上，梅肯打著呼，艾德沃則窩在他臂彎。她猜，知道不必向路加福音四之五噴灑狂歡時光，或是任何讓葛利夫以為是狂歡時光的不明藥物後，總算讓他們兩人真的大鬆一口求之不得的氣吧。

於是種種，她這才能自己帶著一臺威輪小子，搭著這輛其實是禮車偽裝成的卡車上路。她坐在前座後方兩排的位置，身後就是後車窗，再來是蓋上了平坦硬殼外罩的載貨床板。就她所知，他們很可能在那底下放了把火箭炮。

「空調溫度可以嗎？」塔科瑪問道。

「可以。」她說。塔科瑪告訴她，必要的話，這輛卡車可以開進水中，甚至能彈出一根給引擎用的排氣管。不過芙林知道，這附近其實沒有什麼水域可以讓這輛車正式展現一回，而且不必展現才好。她抬頭看見乳牛型無人機，位置差不多就在她上次看到的地方，它正在假裝吃牧草。她去看過那些彈痕，一條條的，就在冷鐵和列印所後側的水泥牆上，當時她心想，只有柏頓一個人被跳彈打中真是不幸中的大幸。大概就是因為這樣，他們今天早上才要那麼小心翼翼地摸上卡車，躲開路加福音四之五的視線，而且要到開上波特路後才算離得夠遠，不必顧慮那麼多。不管怎麼樣，路加那夥人那時大多都還在睡。他們在商場對面的停車場上搭起清一色的軍用簡易黑帳篷，全都緊密而整齊地排在一起，里昂說那看起來簡直像蟲卵，或黏菌。既然她已經知道這些人從來沒真的被當成攻擊目標，不會被下藥變成殺人色情狂，她發現自己也不太想要對他們抱以慈悲心了。例如現在，她會覺得葛利夫和湯米這兩個傢伙為什麼就沒商量出一種衝擊力相對較低、既合法又無害的方式叫這群他媽的混蛋滾出這小鎮？她在心裡默默記住這件事，打算好好問他們。「我們有可能抽空去一下吉米的店吃早餐捲餅、來杯咖啡嗎？」她問塔科瑪。

「我們可是想了不少花招才組出這一支保安大隊耶。」塔科瑪說。「不然我打給他們，叫他們外帶給妳呢？」

「可以接受。」

「不過不會直接送過來給妳，會送到前面那輛前導車，我們再派無人機送回來，過程不用停。」

「有夠複雜。」

「規定的程序就是這樣。吉米店裡的人要是直接送過來我就得停車，還要解除封閉，雖然可能只是開個車窗。」

「解除封閉？」

「這輛車已經密封起來了，不過我們有留過濾通風口。」

「為了一份捲餅，搞得這麼麻煩。」

「他們花錢花得這麼不客氣，就是為了把妳的小命保得又安又穩。妳已經被綁架過一次，搞不好昨晚那幾個槍手真正想處理掉的不是妳哥，而是妳。」

芙林倒是沒想到這點。「妳的槍法也和克洛維斯一樣好嗎？」

「不，」塔科瑪說。「我更好。」

「只有我一個人和妳待在這輛車裡，是怕柏頓的某個弟兄又會像里斯那樣綁架我嗎？」

「發生更糟的事都有可能。妳的捲餅要什麼口味？咖啡要加牛奶和糖嗎？」

「他們只賣一種捲餅，牛奶和糖都要。」她望向一旁座位上的威輪小子，想著不知道維伏此時在哪。她打完電話給在她家的珍妮絲後就在泡棉墊上睡著了。

塔科瑪用耳塞式耳機對某人說了些話。她在快到吉米店外的停車場前放慢了車速，芙林看見某個穿著白T恤的男孩奔過礫石路面，手上捧著什麼。SUV的車窗打開，車速幾乎停下，但並未完全靜止，男孩就在那狀態下將東西交給車裡的某人。接著SUV重新向前開去，塔科瑪加速跟上，保持穩定距離。

吉米的店離開視野後，芙林看見有個東西從SUV車上升起，往後朝她們飛過來。當它逐漸靠近，她才看清楚那是一架小型四軸機，吊著用玉米澱粉材質印製出來的車用餐盤，盤上托著一綑用鋁箔紙包覆的東西，和一杯夾在上面的紙杯。

「看好載貨床板怎麼放它進來。」塔科瑪說，自己倒是完全沒有回頭。

芙林轉頭時剛好看見床板外罩上的長方形艙口向上滑開，而那架無人機已經跟上她們的車速，接著降低高度，穿過開口。無人機放下擺著捲餅和咖啡的餐盤後再次上升，下方的艙口關閉時，它已往上攀升到視線之外。「這是要怎麼拿過來？」

「這時候就要把氣閘打開。」塔科瑪說。

乘客車廂後方的艙口滑開。芙林解開安全帶，靠著雙手與雙膝向後車箱爬過去。頭穿過開口後，她看見餐盤，將它一把拉過來。鋁箔還溫熱。吉米的店會將早餐的捲餅放在加熱燈下保溫，這樣就能馬上把餐送出去。

她努力鑽回到座位，把餐盤擺在膝上，聽見後方的艙門關閉，再重新扣上安全帶，撥開捲餅其中一端的鋁箔包裝。「謝啦。」

「我們盡力讓您滿意。」

吉米的早餐捲餅餡料包得亂七八糟，很大一捲，裡面夾著炒蛋、切丁培根和青蔥，的確就是她現在想吃的東西。

「早安。」奈瑟頓透過威輪小子說。

她嘴裡塞滿捲餅，點了點頭。

「希望妳昨晚睡得好。」他說。威輪小子頭上的平板螢幕吱吱嘎嘎轉彎，接著向後仰起，讓他可以看見窗外。外面除了天空之外別無他物，最多只有無人機經過。

她吞下捲餅，喝了點咖啡。「睡得還行，你咧？」

「我睡在戈壁大冒險的按摩浴缸裡面。」他說。

「不會把自己弄溼嗎？」

「不泡澡的時候，它就是一個瞭望用的圓頂而已。康諾的擴充亞體占走主臥室了，他不久前才用它待在這邊。他和列夫的類袋狼在花園裡玩耍，又在列夫的廚房看我們吃三明治，後來我陪他一起回到樓下，他將亞體擺到床上，就離開去做其他洛比爾交代他做的訓練了，不知道是要幹麼。我們這是要去哪裡？」

「我家。」

平板螢幕挺直，從左到右掃視了一遍車內，再回到原位。

「這算是加長型禮車，不過偽裝成卡車了。」芙林說。「還可以防炸彈攻擊。這是塔科瑪。」

「嘿。」塔科瑪說，不過眼睛並未離開路線。

「哈囉。」奈瑟頓說。

「塔科瑪是葛利夫的手下，」芙林說。「或說搭檔。」

「如果真要講，也可以說是妳的手下。」塔科瑪說。

「我還是不懂為什麼妳會這麼說。」

「這麼說好了。」塔科瑪說。「妳從這輛車往外看，除了天空和道路之外，見到的一切都是妳的。這片土地已經在最近被你們買走，從道路兩邊往外推整整二十英里全都是妳的。」

「妳在唬我吧。」芙林說。

「現在這個郡的大部分土地都歸冷鐵，」塔科瑪說。「只不過很難在法庭上證明。克庫沃在上面套了一堆俄羅斯娃娃。」

「什麼意思？」芙林說。

「知道那種可以一個套一個的俄羅斯人偶吧？那就是俄羅斯娃娃，一個空殼套著一個空殼，所以沒辦法讓妳直接拿著權狀說整片地都歸妳所有。」

「不是我，是冷鐵。」

「那就是妳和妳哥。」塔科瑪說。「冷鐵最大股東就是你們兩個。」
「為什麼是他們？」奈瑟頓問。
「我說，這個在玩具裡面說話的大頭狗到底是誰啊？」塔科瑪問。芙林突然明白，她一邊開車，其實也一邊用不知道安裝在哪兒的攝影機看著他們。
「維伏．奈瑟頓。」芙林說。「他也是冷鐵的人，倫敦分部。」
「那麼所有人名單裡也會有你的名字，奈瑟頓先生。」塔科瑪說。「抱歉，剛才不得不問一下身分。我是塔科瑪．瑞本。」
「瑞本？」芙林問。「妳是她姊？」
「對。」
「妳會叫塔科瑪是因為——」
「因為我不想叫絲諾夸米⓭。奈瑟頓先生，你是未來的人嗎？」
「也不算是。」他說。「我所在的未來之所以得以產生，是因為我不曾存在於你們那邊。但由於我存在於這裡，所以我所在的這一個並不是妳們的未來。」
「如果不介意我問，奈瑟頓先生，你在未來是做什麼的？那邊的人平常都在做什麼？」
「叫我維伏就好。」他說。「公共關係。」

⓭ Snoqualmie，和塔科瑪一樣都是地名。姊妹倆提到的四個名字全部都是地名，塔科瑪的提到的兩個來自華盛頓州，克洛維斯提到的來自新墨西哥州。

「那裡的人就做這件事？」

「要這麼看的話也可以。」他在一陣暫停後這麼說。這答案似乎讓塔科瑪滿意了——但也可能是她不想逼問得太緊。

芙林把捲餅吃光。他們經過康諾殺人的地點，那幾個開著偷來紙板車的人是就在這裡被他幹掉。此時，她感覺那件事已像個聽來的傳聞，而不是在那個地點實際發生過。她覺得這感覺還不算太糟。

98 兩百週年紀念

白天時，她家的房子感覺起來不太一樣。他提醒自己，這一切都不是裝配工故意塑造出來的，而是自然經過時間催化的結果。他總習慣將雜亂導向為政治竊賊的特權造成的結果。比方說，列夫的房子就沒有配置清潔工，這與冒牌者症候群地底下的廊道正好相反。那裡的廊道一塵不染，與遍布倫敦那些無人居住的空房形成某種統一感。

他們前方的車輛繼續前駛，超越屋子之後才停住。而在那輛車前方，早已停好一輛同款但尺寸更小的車子。芙林說小的那輛是炸彈偵搜車，操縱的人是她表哥，他想必是從大車中出來的六人之一。他們全穿著同一款黑色夾克，四個手持外型粗短的步槍，而手上沒槍的第五個人應該就是芙林的表哥，他頭上戴著某種奇怪的裝飾。司機塔科瑪將車子停在最大的那棵樹旁，那晚他就是和芙林一起乘著月光坐在那棵樹下。他認出他們坐的那張長凳，發現原來是由一段鋸下來的泛白樹幹做成，表面原本的白色保護塗層如今已因長久使用而剝落。

他被她挾在手臂裡帶下了車。因她動作太快，他來不及調整威輪小子鏡頭的方向，以至於最後只能瞥見一點點始終跟在後頭的那輛車，它與前方那輛是同種款式，從中走出另外四個裹著黑衣的男人，各自扛一把黑色步槍。

芙林此時邁開大步走向屋子，顯然塔科瑪也跟在旁邊。「叫他們別讓我媽看見，」他只能聽見芙林對塔科瑪這麼說，但看不到塔科瑪的人。「犢牛和那些夾克會讓她開始擔心東、擔心西。」

「收到。」他聽見塔科瑪答話，心裡想著到底什麼是犢牛。「他們說妳表哥要過來了。」

「妳待在這邊，」芙林登上用木板鋪出來的門廊。「把里昂拖住。我和我媽在裡面時別讓他進來，要是他在旁邊，我們講不了正經事。」

「收到。」塔科瑪說，同時走進威輪小子鏡頭的視線。「我們會待在這裡。」她指著一張長椅，和樹下那張長凳的樣式相同，不過這張鋪上了已然破損的織布軟墊。

芙林仍捧著他，打開那道瘦骨嶙峋得令人不解的前門，細瘦的門框中嵌著緊繃的暗色細網格。她踏進屋內的暗處。「我得和我媽說一下話。」她說，接著將他放置在某個東西上，也許是茶几或食器櫃，與她的腰部同高。

「別擺這兒，」他說。「把我放在地上。」

「好，」她說。「不過你要留在這裡等我。」她將威輪小子擺在地上，一轉身就消失了。

他以相反方向滾動這玩意兒兩邊的輪胎，透過球形底座緩慢地旋轉鏡頭。房間看起來很高，其實不然，單純是因為鏡頭距離木造地板太近。

他看見壁爐架，架上擺著一只紀念塑膠托盤，黯淡無光的橢圓形托盤立起來，靠牆擱著。他在克洛維斯‧翡珥林那間位於波多貝羅路的店鋪裡也看過相同的款式。他滾動輪子，鏡頭跟著上下擺動，晃得令人心煩。他能看見托盤上的「克蘭頓兩百週年紀念」字樣及日期，而從慶祝活動那年算起七十多年後的現在，他人就在戈壁大冒險裡，坐在列夫祖父的桌邊，前額戴著威輪小子的模擬裝置頭帶，正透過這簡陋的玩具回首注視這個陌生的世界。在這個世界裡，舊的事物不是費心摧折後的結果，而是真的被用舊，並且刻有歲月推移後留下的痕跡。威輪小子的頭上飛過一隻蒼蠅，發出震耳的嗡嗡聲。他焦躁地想去追蹤那隻蒼蠅，接著就想起，蒼蠅在這邊通常就只是蒼蠅，不會是無人機，那道脆弱得出奇的安全扣鎖內門，就是為了把蒼蠅擋在屋外才會嵌著那些網格。他轉動鏡頭，欣賞起那早已失傳的家庭式寧靜氛圍，與其中透出的那種破破爛爛、處處暗影的動人畫面。鏡頭轉到最後，他發現一隻貓正蹲坐在屁股上，凝神瞪視他。他看見那隻貓時，牠立刻衝向威輪小子，發出嘶嘶吼叫，毫不客氣地將威輪小子拍倒，平板螢幕的背面摔落在木造地板上。裝置的陀螺儀吱嘎作響，他正試圖將威輪小子扶正，就聽見貓將網格門板推出一道足以溜出去的空間，又聽到門關上的聲音。

他可以聽見那隻蒼蠅（如果還是同一隻的話）正在嗡嗡振翅，往屋裡深處飛去。

99 美國古董

「我哪兒也不去。」她媽媽背靠枕頭，枕頭擱在亮光漆已然斑駁的床架邊，兩根分岔的氧氣管連接著她的鼻子。

「珍妮絲呢？」

「她在剝豌豆。我才不去。」

「這裡好暗。」捲簾被放平垂掛，上面還蓋了一層窗簾。

「珍妮絲要我睡覺。」

「妳昨晚沒睡嗎？」

「我不去。」

「誰要妳離開？」

「里昂，蘿松妮亞，珍妮絲也有，不過她才不會承認。」

「去哪裡？」

「去它媽的北維吉尼亞，」她媽媽說。「妳明明就知道。」

「我自己也才剛聽說他們有這個想法。」芙林在白色燈芯棉床單上坐下。

「柯貝爾死了嗎？」

「消失了。」

「你們殺了他？」

「沒有」

「有試圖殺他嗎？」

「沒有。」

「我沒有要責怪妳。我知道的全是新聞上看來的，還有最近跟珍妮絲和蘿松妮亞打聽來的那一點點消息。這些事情會發生，與妳和柏頓做的那些工作有關嗎？那天還讓柯貝爾．皮克光臨到我們家客廳來？」

「我想有吧，媽。」

「所以你們到底在幹些什麼？」

「我現在也不太確定了。柏頓本來以為他是在某家哥倫比亞來的公司兼差，結果發現他們根本在倫敦……算是在倫敦吧。他們有很多錢，想拿來投資。牽扯的情況很複雜，總之，他們在這裡成立分公司，找柏頓和我去幫他們經營……應該說假裝成是我們在經營。」她看著媽媽。「我知道這聽起來很離奇。」

「世界差不多也就是這麼離奇。」她媽媽將燈芯棉床單往上拉到下巴下方。「這個世界有死亡、有稅收，還有那些國外的戰爭。有柯貝爾．皮克這樣的人幹出那些邪惡的勾當，就為了從一直住在這裡、以後也出不去的老百姓身上榨乾他們賺的每一分錢，而那些稍微正直的人們辛辛苦苦工作，也才賺到那麼一點點。不管妳和柏頓在幹麼，都改變不了這點，只會變得跟他一樣。我一輩子都住在這裡，你們也是。以前波特路和主大街口還有一家醫院，妳爸就是在那兒出生的。反正我哪兒也不去。里昂說我一定會喜歡的地方我更不去。」

「那是我們公司裡某個人的建議，他是倫敦來的。」

「同樣的不屑我懶得給兩次，誰管他哪裡來。」

「妳記得自己有多努力教我們不要講話那麼粗魯嗎？」

「那是因為沒有人叫妳搬去北維吉尼亞，就算有，我也不准。」

「妳哪裡也不會去，妳會留在這裡。我一聽說要搬去維吉尼亞，就覺得這只是個白費力氣的想法。」

她媽媽從抓得牢牢的床單中凝視著她。「妳和柏頓會把經濟搞垮掉嗎？」

「這話誰說的？」

「蘿松妮亞。這女孩很聰明，她從他們戴在眼睛上的東西裡分析出來的。」

「蘿松妮亞說我們要把經濟搞垮？」

「不是說你們故意要這麼做，而是可能會搞成這樣。無論如何，股票市場現在是前所未見的混亂。」

「希望不會變成那樣。」她站起來，走上前去親了一下媽媽。「我現在要去打給他們，跟他們說妳哪裡也不去了。」她說。「他們得找柏頓的朋友來，在這個地方多安排一些保護。」

「找他們來玩士兵家家酒嗎？」

「他們以前真的當過兵。」

「這下他們可以玩個過癮了。」她媽媽說。

芙林走出房門，在客廳看到珍妮絲。她穿著格紋法蘭絨睡褲和黑色的麥格普武器公司T恤，頭髮綁成四束短短的馬尾，捧著一個邊緣早磨損得差不多的老舊陶瓷碗，碗中滿是剛剝好的豌豆。「艾拉哪也不去，」芙林說。「他們必須想辦法讓她在這裡待得更安全。」

「我想也是，」珍妮絲說。「所以我才懶得勸她。」

「奈瑟頓呢？」

「威輪小子上面那個男的嗎？」

「我在這裡。」奈瑟頓滾著輪子從廚房裡出現。

「我都在廚房，有事叫我。」珍妮絲說，從威輪小子身旁走開。

「妳和媽媽說過話了嗎？」奈瑟頓問。

「反正她哪裡也不會去。我要打個電話跟葛利夫和柏頓、湯米他們說清楚，無論發生什麼事，他們得在這裡保護她。」

威輪小子繼續往前滾動，此時穿越了客廳，來到壁爐前面。她看著平板螢幕向後仰。「這個托盤。」他用那個小小的喇叭說話，從那個距離聽起來聲音很微弱。

「怎樣？」

「壁爐架上那個是哪裡來的？」

「克蘭頓。小時候，我媽帶著我們所有人去參加了兩百週年的紀念活動。」

「洛比爾最近在倫敦也發現了一個跟它很像的。我來到這裡那天晚上，她的模組記錄到這個托盤，於是她朋友就幫她搜尋到了。她朋友經營美國古董，本身也是美國人，叫克洛維斯．翡珥林。」

「克洛維斯？」

「翡珥林。」他說。

「不是姓瑞本？」這太詭異了。「她多大年紀？」

「我想不會比洛比爾老，不過她選擇讓自己的老看起來明顯一點。啊，我查過，克洛維斯・翡珥林夫人結婚前就姓瑞本。」

「她是個老太太？然後人在倫敦？」

「她們年輕時就彼此認識了。洛比爾說去找她是為了讓她喚醒自己的回憶。翡珥林夫人提了某些事，說洛比爾當過一陣子英國間諜，洛比爾則說，這樣講的話翡珥林自己也是間諜。」

「不過她那時候還姓瑞本，」芙林說。「應該說現在。」她看著白色托盤，但心不在焉。她看到的是洛比爾的手，手中抓著她的帽子，站在切普賽街上迎著他們那架四軸機的下降氣流，也看到葛利夫的手，正在擺弄著壽司糧倉的食物。「靠。」她說。接著又「靠」了一遍，但這次聲音輕柔了些。

100 還不都一樣

芙林在他提起克洛維斯．翡珥林後就急忙改變了話題。她將他提到門廊，攞到一張雙人情侶座上，夾在塔科瑪．瑞本和芙林說是她表哥里昂的男人中間，自己跑到那棵最大的樹底下站著，和某人講手機。奈瑟頓擺動螢幕，先看到塔科瑪，她那副有點彆扭的咄咄逼人態度在他看來其實還算有魅力。接著他看到里昂，頭上戴著風格怪異的彈性頭巾，明暗不一的抽象圖騰讓奈瑟頓聯想到鳥大便。要是清潔工看到，接下來大概會爬到他頭上進行一番清理。里昂長著濃密的淡色雙眉，剛生出的短鬚顏色也同樣淡。

「奈瑟頓先生來自未來。」塔科瑪這麼告訴微張著嘴的里昂。

「叫我維伏。」奈瑟頓說。

里昂將頭歪向一邊。「維伏，你是未來人啊？」

「某種意義上吧。」

「天氣怎麼樣？」

「我上次看，是多雲時晴。」

「你應該去當氣象預報員，」里昂說。「你是未來人，知道天氣會怎樣。」

「而你是那種故意裝做自己不聰明的人。」奈瑟頓說。「對你來說，這既是保護色，也可以當成被動攻擊行為的媒介。這招對我沒用的。」

「未來人真他媽的很會。」里昂對塔科瑪說。「我跑來這裡可不是為了被海夫提玩具部的古早商品羞辱的。」

「我覺得你最好要習慣這種事。」塔科瑪說。「維伏可是付你薪水的人，或者說差不多算是他發的。」

「糟，」里昂說。「看來我最好脫個帽了。」

「我不覺得他會在意啦，不過我還是建議你脫下來就不要再戴回去，因為它真的醜得要死。」塔科瑪說。

里昂嘆口氣，扯下了頭巾，但他那頭髮型不過只比戴著頭巾好看一點。如果那真的算得上有什麼型的話。「我能中樂透是要感謝你嗎，維伏？」

「倒也不是。」奈瑟頓說。

「看來未來一定會讓我超級坐立難安。」里昂說完後，芙林便撿起威輪小子，加入他們。

「你該去看看我媽了，里昂。」她說。「你來就是要逗她開心，讓她放鬆一點。你可以先告訴她，我已經叫那些人答應會讓她留在這裡。」

「他們是怕會有人控制她，」里昂說。「然後拿她來要脅妳。」

「所以他們只要把錢砸下去就行了，」芙林說。「這件事他們很擅長。快點，進去陪你的艾拉舅媽，讓她開心一點。要是你害她又更擔心，我就揍到你多開一朵菊花。」

「我去，」里昂說。「我去。」不過在奈瑟頓看來，里昂既不害怕，也沒生氣。他站了起來，情侶座嘎吱嘎吱響。

「我要帶維伏過去拖車那邊。」芙林對塔科瑪說。

「你們這裡有那東西？」塔科瑪問。

「從房子後面的山坡往下走，就在小溪附近。柏頓住在那裡。」

「我陪妳走過去。」塔科瑪站起來，情侶座完全沒有發出異聲。

「維伏和我有事要談，拖車空間又不大。」

「我不會進去。」塔科瑪說。「抱歉，不過只要妳走出房子或是這個前院，我就得移動那幫小子和無人機。」

「沒關係。」芙林說。「我很感激。」

於是她們離開門廊，芙林大步邁過那晚在月光下泛起銀光的草皮。草皮現在看起來和那天晚上完全不同，長得稀稀疏疏的，綠得不太均勻，有幾塊地方開始冒出枯褐色。她繞過房屋轉角，塔科瑪則對著耳塞式耳機喃喃說話。他猜是對那幫人和無人機下達必要安排。

「明天就是黛卓的晚會了，」芙林對他說。「我需要你告訴我她的事，還要跟我解釋我要假扮的這個女人是誰，以及她是做什麼的。」

「我什麼都看不見。」他說。平板螢幕的鏡頭那側被擋在她上臂底下。她將它從臂窩中釋放，轉向正前方，於是他眼前出現一些比較矮的樹木，與一條被踩出來的土徑，一路向下。「我們要去哪裡？」

「柏頓的拖車就在下面那條溪旁邊，他從陸戰隊退伍後就一直住在那裡。」

「他在裡面嗎？」

「他現在在冷鐵，或是鎮上的某個地方。他不會介意我們進去。」

「塔科瑪呢？」

她將威輪小子往後盪，於是他看到塔科瑪走在小徑上，就跟在他們身後。她將它盪回來，繼續往下走。「所以，黛卓——」她說。「你是怎麼認識她的？」

「我受雇於一項以她為中心的計畫。我是公關，而她是計畫長期合作的名人。找我進來的是瑞妮，她也一樣是公關，應該說曾經是。她最近才剛辭職。」他們走過兩旁的樹，沿著蜿蜒小徑向下。

「真令人嫉妒，」芙林說。「我也想像她一樣有選擇權。」

「妳有啊。當妳發覺洛比爾的代理人打算對那些宗教分子使用狂歡時光，不就動用選擇權了？」

「那什麼屁也不算，呃，多少算是，因為我真的會照我說的那樣做。但這樣一來，不用多久我們就會全死光，到頭來我們這裡還不是一樣。」

「那是什麼？」

「柏頓的拖車，清風的一九七七年款。」

那個年份，比她帶著他參觀的這個年代還更久遠，聽到時著實讓他感到不可思議。「這種東西都長那樣嗎？」

「長哪樣？」

「像裝配工故障。」

「那些都是泡棉。我們伯父把拖車拖過來後就在外面鋪上泡棉，以免它漏水，而且還能隔熱。不然把那些東西掀開拖車本身還滿閃亮的，流線型。」

「我待在外面，有需要請出來找我。」塔科瑪在他們身後說。

「謝了。」芙林說，手伸向凹陷金屬門上的門把。門就嵌在那奇怪的不明材質裡，那東西將拖車包得像擁腫幼蟲身軀的外殼，滿布風吹雨打的痕跡。她打開門，登上拖車、走進裡面。他認得那空間，這就是她第一次和他面談時所在的地方，成串的小小燈泡亮起，全都鑲在某種淺黃色的透明材質中。這個空間很小，和戈壁大冒險的後艙房一樣，甚至高度更矮。裡頭擺著狹窄的金屬床架、一張桌子，再加一把椅子。椅子動了。

「椅子動了。」他說。

「因為它想要我坐上去。老天，我都忘記這破銅爛鐵有多熱了……」

「『破銅爛鐵』⓮？」

「拖車啦，這輛。」她將他放到桌上。「得把窗扳開才行。」她「喀喀喀」開了窗戶，又打開立在地板上的白色矮櫃，拿出一只有著藍銀相間金屬外表的罐子，關上櫃門。「輪到我無法請你喝東西了。」她拉開罐上的環，從拉出來的開口中喝著罐中的東西。椅子又動了，她坐上去，面對著他。椅子轟隆隆發出一連串噪音，隨後歸復安靜，靜止下來。「好了。」她說。「所以她是你女友嗎？」

「誰？」

⓮ 原文是「I forget how hot this sucker gets」，根據語境不同也可以解釋為「我都忘記這傻瓜會有多熱情了」。因為奈瑟頓感受不到溫度，所以他下一句其實是因為他以為是在說椅子太熱情。

「黛卓。」

「不是。」他說。

「曾經是嗎？」

「不是。」

她看著他。「但你們有在做？」

「有。」

「那就是女友，除非你是個混蛋。」

他思考一下這句話。「我可以說是有點著迷於她吧。」他說，然後停下。

「著迷？」

「她在肉體方面真的很吸引人，只是……」

「只是怎樣？」

「要說我是混蛋其實也沒有錯。」

她看著他。接著他想起，應該說是她透過威輪小子的螢幕看著他一部分的臉。「那，」她說。「如果你真的有意識到這點，已經比這裡的多數約會股更進步。」

「約會股？」

「就是指男人。」她說。「艾拉，就是我媽，她說在我們這裡可以買進的都是些怪咖，但真的押中就是最大獎。只是通常來說，他們也不是多怪，說太平凡比較正確。」

「在這邊我也許算異類。」他說。「對妳來說是另一邊，我是指在倫敦。我喜歡這樣想。」

「不過因為你們是同事，所以本來不應該發展出那種關係，對吧？」

「沒錯。」

「跟我多說一點。」

「說什麼……？」

「說發生了什麼事。要是你說到我不懂的地方，或者我聽不出來你在講哪件事，我會打斷你，問你問題，問到我懂為止。」

她表情很認真，但沒有不友善的意思。

「好，我慢慢說。」奈瑟頓說。

101 平凡至極的可憐人性

她和維伏在拖車裡說話的那段時間，讓她能暫時不再去想洛比爾和葛利夫之間錯綜複雜的關係。她心裡對他們已經有所揣測，只是還不確定到底該不該相信自己。至於維伏和黛卓的故事，撇開一大堆未來才有的東西不談，聽到故事裡平凡至極的可憐人性，意外令她覺得安心。

她還是不太懂黛卓確切的工作內容，以及她與美國政府之間的糾葛。感覺她就像個提供軟調情色的媒體豔星，但又混合了還沒畢業的藝術史學生心裡認為的表演藝術家，可能再加一點外交行為什麼的。可是話說回來，她也不懂維伏世界裡的美國政府到底在幹麼。他把那個美國說得像是由一大堆康諾組成的單一民族國家——而且是沒有幽默感的康諾。不過她又想，如果拿現況去比較，她世界的美國其實也離那個狀態不遠了。

離開拖車之後，他們三個便走回主屋，和里昂還有她母親一起圍坐餐桌旁，吃了珍妮絲用培根和洋蔥炒的豆子。她的母親問塔科瑪她叫什麼名字、做什麼工作，而塔科瑪非常擅長一件事：不讓別人覺得她其實沒在解釋自己的工作內容。芙林知道她媽媽也看出了這一點，但並不介意。母親的心情不錯，芙林把這當成她接受了自己不會和蘿松妮亞一起被送到北維吉尼亞的事實。

回程的車是同樣的護衛陣仗，路上卻沒有任何其他車輛。「現在這種時候，開車出來的人應該更多才對。」她對塔科瑪說。

「那是因為列出這個郡裡不屬於冷鐵的地段比較快。你們擁有這條路兩側的所有權。在這個郡的其他地方，大部分的地段都還是海夫提的，而剩下的那些要不是個人財產，就屬於俄羅斯娃娃。」

「妳說人偶嗎？」

「你們的競爭對手。我們在克庫沃的時候都這樣叫他們。他們的地盤從納索開始向外擴張，所以那地方應該是他們從未來聯繫成功的第一處，就像哥倫比亞之於冷鐵。」

他們已經開到鎮的邊緣，塔科瑪開始用耳機下令，讓護衛隊轉了幾個意料之外的彎，出乎意料的程度就跟她聽到自己居然擁有這麼大片土地一樣。芙林猜他們這麼做是想要繞到商場的後方，並從那裡進去，好避開路加福音四之五的注意。那些人還待在湯米讓人設下的郡警局黃色封鎖線外。路加這群人知道該遵從警方的封鎖指示，因為等到他們最終控告當局政府，這一點會有助於他們的官司。這是他們的一貫手法，其中大部分人還特地為了這件事去讀法律學院。其他的，像是他們抗議時總是安安靜靜，也是故意的，為的是某種她永遠也不會了解的法律策略。他們會用高舉的標語占滿你的視線，然而始終一語不發，但你還是可以看到他們這麼做時心裡充滿卑鄙的歡愉。人竟然能做到這種地步，對此芙林只覺得可悲至極。

至少現在看得到一點鎮上的車流了。大部分克庫沃的員工都拚命想讓自己看起來更在地，所以路上一輛德國車都沒有。以賣二手吉普車為生的那些人應該要幫墨西哥工廠裡的工人辦場慶祝大會才是。

「妳一直都是紅頭髮嗎？」芙林向塔科瑪發問，想把自己的注意力從路加福音四之五上移開。

「只比我為克庫沃工作的時間多一天。」塔科瑪說。「染上顏色之前，我得先把頭髮漂到幾乎全白。」

「我喜歡這顏色。」

「我想我的頭髮應該不會同意。」
「妳也是在同個時間拿到合約？」
「沒錯。」
「如果沒這麼做，其他人應該會猜到妳們兩個是姊妹，因為妳跟妹妹長太像。」
「我們抽籤決定的。」塔科瑪說。「本來應該是她要染成金髮，可是我輸了。她年輕時就是金髮，把她那種不怕冒險的本性都引出來了。她現在這樣比較好。」
芙林轉頭看向威輪小子平板上空蕩蕩的螢幕，想著不知道他現在在哪兒。「妳真的是公證人嗎？」
「噢當然，而且我還是註冊合格的會計師。等回去之後有份文件要給妳簽，我們要把妳哥那支小民兵團從個人領袖崇拜的等級拉上來，變成登記在案的私人保全公司。」
「我回去的第一件事是先去找葛利夫談，而且得是私下才行。可以給我點意見嗎？」
「當然。你們最好約在老洪的店裡，選凹室裡面那張桌子如何？我可以請他幫你們把位置留下來。不然妳很難知道有誰躲在防水布後面。」
「謝了。」
卡車已經開進列印所後方的小巷，像三明治似地被兩輛ＳＵＶ夾在中間。ＳＵＶ吐出穿著黑色夾克的柏頓小子們，除了里昂外，每個人都配著一把犢牛步槍。
「準備好了嗎？」塔科瑪把引擎關掉，問道。
*從來就沒準備好過，*芙林心想，從進到拖車幫他代班的那晚開始，她就從來沒準備好面對如今發生的任何一件事。沒有一件事是能讓人做好準備的。就像人生，也是如此。

102
移植

奈瑟頓在艾許的帳篷外看到等在一旁的歐辛，腋下夾著一只狹長的玫瑰木盒，那輛令人不悅的六輪賓利則不見蹤影。

「艾許在裡面嗎？」奈瑟頓問，身旁跟著芙林的擴充亞體，正盯著他說話。剛才艾許打來，要奈瑟頓帶著它一起到帳篷開會，他就把它叫醒了——如果那可以算是叫醒的話。

「她有事耽擱了，」歐辛說。「很快會到。」

「那是什麼？」奈瑟頓用眼神瞟了瞟那個長方形的木盒，問道。

「盒子本來是用來放一對攝政時期的決鬥手槍。進來吧。」帳篷裡還是充滿那些不存在的灰塵的味道，但此時聞起來已經熟悉許多，而唯一的光源來自艾許的顯示螢幕，那些瑪瑙水晶球。奈瑟頓幫擴充亞體拉過一張椅子，它坐下，抬頭望著歐辛。歐辛把玫瑰木盒放在桌上，像個被規定要故作懸疑的店員似的，打開兩個小小的黃銅搭釦鎖，先戲劇性地停一下，堆疊氣氛，才繼續打開鉸鏈盒蓋。

「已經暫時無效化了，」他說。「這可是它們離開兒童推車工廠後第一次。」盒子的內襯為綠毛氈，裡頭有兩個完全一樣的凹槽，剛好嵌進兩把奈瑟頓覺得應該是手槍的東西，大小分毫不差。由於短小的槍管周圍纏繞著奶油與鮮紅色的螺旋紋路，導致看起來真的非常像玩具，有著糖果拐杖般的光滑質地。

「它們的大小怎麼有辦法合得這麼剛好？」

「我想要有東西可以裝，就重新調整了內襯。不管有多確定它們已遭停用，我完全不想把任何一個直接塞到口袋。我們花了很大功夫才把它們關掉，整個過程只觸發了裝配工一次——就是你在的那個時候。那輛賓利讓祖博夫牽去給專家修了，說是要複製五公尺長的皮革料來修復車子的內裝。」

「洛比爾這麼想要這兩個東西，就因為它們無法被追蹤嗎？」

「不如說因為它們是很可怕的武器。」歐辛說。「它們根本沒有槍那樣的彈道可言，所以完全不屬於投射武器。這是導引式的蟲群武器，如果以實際手法來說，你可以把它們叫做肉食者。」

「怎樣的實際手法？」

「它們能在不到十公尺的範圍內發射只有單一功能的自限式裝配工，除了瓦解動物的軟組織外什麼都不會做。例如你身上的義大利皮料，顯然就屬於攻擊目標之一。然後，或早或晚，它們都會在非常短的時間後開始拆解自己，這樣一來就不會危害到使用者，準確來說，是不會危害到嬰兒，因為唯一會使用它們的人就是那嬰兒推車。」

「可是這上面有槍柄。」奈瑟頓發現了這一點。槍柄的形狀有點像一隻鸚鵡的側臉，與槍管上的配色相同，有著同樣的奶油色，但沒有鮮紅，而且是啞光的，質地如骨。

「握把跟手動扳機都是你們那個艾德沃的點子，依照洛比爾提的規格去做。還滿不賴的他這人。」

「我不懂，這只是一架嬰兒推車而已，到底為什麼要配備這種東西？」

「所以說你不是俄羅斯人啊！對吧？首先呢，任何一把對人體造成的攻擊效果絕對足以引起你的注意，拿這當退場手段真的滿壯觀的。現在假設，你看到有個綁匪往那邊跑，腦子裡的千絲萬縷開始胡亂轉，他就有空隙逃跑——至少會試著逃。但系統會自動鎖定目標，確定攻擊對象後就會把裝配工發射到需要執行任務的地方去。」

「你把它們完全關掉了，對吧？」

「不是永久性的，鑰匙在洛比爾那裡。」

「她到底要這種東西幹麼？」

「拿這問題去問她吧。」低頭鑽進帳篷裡的艾許說。此時，有個東西正笨拙地從她臉頰上逃開，四腳倉皇地越過她頸子。

「芙林什麼時候會到？」奈瑟頓瞥了一眼擴充亞體後問。

「我本來以為她應該差不多這時候過來，」艾許說。「但是剛剛聽說她在忙，所以我們要等一下。」她用某種粗糙的鳥語朝歐辛簡短地嘎了幾聲。他闔上薄荷糖手槍的蓋子。「另外，」艾許說：「因為芙林無法像個新原始主義研究員那樣滔滔雄辯，關於這個問題，我們找了個解決方法。」

「什麼方法？」奈瑟頓問。

「你可以把它叫做排泄物移植療法。」

「認真的嗎？」奈瑟頓看著她。

「意思是植入一個能自動合成屁話的植入物。」艾許拉開一副微笑。「我想你永遠都不會需要這種手術。」

103 壽司糧倉

辦公室與壽司糧倉之間的那條路與其說是通道，其實只是條大一點的倉鼠跑道。麥迪森用瓦片袋築出兩道七英尺高的牆，中間夾著走道，一路穿過冷鐵後方牆上的洞、隔壁的空店面、另一端牆上的洞，再通往再下一間店面與再過去的那個洞，最後抵達老洪的廚房。

剛從後巷進到冷鐵，芙林就看到戴著其中一頂白色頭冠的柏頓，他臉色蒼白，康諾則戴著另一頂。「要跟我換工作嗎？」克洛維斯看到塔科瑪，於是問她。「反正這兩個傢伙都很少在家。」

「他們已經讓柏頓上工了？」芙林問。

「沒人拿槍逼他，」克洛維斯說。「他樂得從自己的身體裡出去。康諾剛才有回來過，吃東西和睡覺。」

葛利夫看起來完全不曉得芙林心裡在想什麼。她不確定洛比爾可能聽到了哪些內容，或葛利夫知道了多少。她想要立刻去看他的手，但他正把它們插在夾克口袋裡。

老洪的廚房因為煮飯的蒸汽而潮溼。他領著他們進到前廳，裡頭擺滿座位，用的全都是漆成紅色的二手野餐桌，接著他將他們帶到凹室。凹室的其中一面牆由刷了紅漆的層板架成，裡頭單獨放了一張野餐桌，紅牆上則掛著政治騙徒的裱框海報。那是一個來自舊金山的樂團，她高中時喜歡過他們一陣子。混凝土地面也漆了紅漆，因磨損而斑駁，她把威輪小子放在椅子下方，坐下來，面對著那張政治騙徒海報。葛利夫選了她對面的位子。有個小孩用玻璃杯端了兩杯茶來，她認得他，記得是麥迪森的表弟。

「如果你們要吃東西，隨便叫人喊一聲就好。」老洪說。

「老洪，謝了。」她說。老洪轉回廚房去，她盯著葛利夫。

他禮貌地笑了一下，拿起平板電腦在上面看了一陣，又抬起頭對上她的視線。「現在我們知道了，妳的母親並不打算搬到其他地方的避難屋，我們正在研究如何將你們住處的安全措施提升到最高。目前的想法是盡可能保持低調，最好是低調到彷彿透明。我們不想要打擾妳的母親。我們認為，也許適合建成複合園區型態的建築群。」

「皮克的房子就是蓋成那樣，」她說。「我不要。」

「不會的，正好相反。我們用的是隱形架構，所有東西看起來都會和原先一樣，任何新增的建築物都會像是本來就存在。我們正在和幾位專精的建築師討論。其實現在說這都有點晚了，但我們得立刻辦妥，大部分工程會在晚上進行，在安靜、無形中完成。」他用指尖在平板上滑過一些東西。

「你們做得到這種事？」

「當然，是在資金充足的情況下。而所謂充足，妳的公司絕對有那個本錢。」

「不是我的。」

「一部分是妳的。」他微笑著。

「只是書面上。」

「這棟建築物，」他說。「可不是書面。」

她望向壽司糧倉的前廳。她注意到四名叫不出名字的柏頓武裝團成員，正兩兩坐在不同的桌子旁，座位下都塞著黑色的Cordura尼龍裝備袋，而剩下的顧客則穿著克庫沃發的鄉下人衣服。「這件事對我來說不像真的。」她說，轉回來看他。「最近有很多事情都不像真的。」她低頭注視著他的雙手。

「比如哪些？」

「你就是她。」她抬起頭，對上他顏色明亮的雙眼。不是卡通裡那種藍到不真實的顏色，應該說完全不算藍色。它們現在張大了。幾張桌外，有個女人正大笑。他緩緩放下平板，擺放在桌上，安靜地放著。這是她從皮克家回來的那趟車程之後，第一次覺得想要掉眼淚。

他吞了口水，眨了眨眼睛。「說真的，我會成為其他人。」

「所以你不會變成她？」

「我們的生活在列夫第一次與這個世界通訊前完全相同，但這裡已不再是他們的過去，所以她也不會是我的未來。也許我們永遠也找不到確切的起始點。但總之，在那則訊息被接收後，我們就分歧了。等到她第一次聯絡我，我的生活裡已經出現了某些她不知道的事。」

「她寄信給你嗎？」

「打電話。」他說。「我那時在華盛頓的某個聚會上。」

「她有告訴你她就是你嗎？」

「沒有。但她那時告訴我，前一刻跟我說話的那個女人是個內賊，是幫俄羅斯聯邦工作的臥底探員。那個女人，在很多方面上其實都很像在美國的我。然後她，我說安思立，這個突然打電話來的陌生人，跟我說了某件事，證明了那個女人的身分。或者該說，如果我用機密搜尋引擎去查證，就能證明。那之後的四十八小時就像一個逐步揭開真相的過程，然後我就猜到了。」他說。「就在我們第三次通電話。那時她告訴我，她跟她自己打了個賭，賭我會猜中，所以她贏了。」他輕輕一笑。「但我其實是發現她不僅知道關於這個世界的事，也清楚知道我在這個世界裡擁有的最隱密身分。那應該是沒人能夠知道的，就連我的上司也被蒙在鼓裡。在那之後，她繼續指認出在我所屬的組織和我負責對口的美國機構中，還有哪些臥底探員，國內外都有。在她當初年輕時，這些人都已經存在很多年沒被發現，其中一個甚至超過十年，這之中花費的戰略成本代價極高。現在的我沒辦法對這些人採取什麼動作，否則會引來太多注意，讓我自己受到懷疑。但是，光是握有這些資訊就足以對我的工作造成非常有利的影響。」

「這是什麼時候的事？」

「星期四。」他說。

「所以其實沒有很久。」

「在那之後我幾乎沒睡。真正說服我的並不是什麼專業上的直覺或判斷，而是從來沒人像她那麼了解我。我這輩子活到現在，有些想法和感覺一直都在，但我從來沒說，沒對任何人說過。」他別開視線，又轉回來，神情羞怯。

「我可以在你身上看到她的影子了，」芙林說。「但直到今天早上維伏告訴我那個托盤的事前，我都沒想過要把你們兩個連在一起。」

「托盤？」

「就像放在我家的那個，倫敦的克洛維斯也有一個。那邊的她已經是個老太太，開了一間賣美國古董的店，是洛比爾的朋友。洛比爾去找克洛維斯，說需要她幫忙喚醒對某個東西的記憶時，也帶了維伏一起去。聽到他說這件事，我就想到你的手。你的手就是她的手。我看過。」

「這真是非常奇怪的事，對吧……」他低頭看著自己的雙手。

「所以洛比爾真的是你的名字嗎？」

「安思立・詹姆士・葛利菲德・洛比爾・霍茲華斯。」他說。「洛比爾是我母親娘家的姓。她不喜歡用連字號，說對連字號過敏。」他從夾克口袋拿出一條藍色手帕，不是國安部藍，比那更深，近乎黑色，並輕按自己的眼睛。「不好意思，」他說。「我有點激動。」他看著她。「除了安思立之外，妳是我第一個提到這件事的人。」

「沒關係。」她說，但不確定現在講這句話是能代表什麼意思。「她聽得到我們的對話嗎？現在也聽得到嗎？」

「不行，除非我們處於某類裝置的範圍內。」

「你會告訴她嗎？說我已經知道了？」

「妳希望怎麼做呢？」這時的他偏著頭。她從來沒覺得他這麼像洛比爾。

「我想要自己跟她說。」

「那就讓妳說吧。艾許剛才傳訊息來，說他們需要妳過去了，越快越好。」

104
紅色醫療錠

芙林抵達時，奈瑟頓正好盯著擴充亞體，於是他看到了那一瞬間。擴充亞體突然有了靈魂和存在感，彷彿存在幻想中的人突然迸至現實。她朝桌邊的臉看了一圈。「洛比爾人呢？」她問。

「妳之後才是跟她開會，」艾許說。「我們要先解決妳明天宴會的裝備。」

「什麼樣的裝備？」

「有兩種。」艾許說。

歐辛打開玫瑰木製的槍盒。

「這裡的是武器。」艾許說。

「它們為什麼長這個樣子？」芙林對奈瑟頓挑起一邊眉毛。

「它們本來內建在一架擁有高度保護措施的兒童推車裡，」奈瑟頓說。「專門用來對付綁匪。」

「這是槍嗎？」

「妳能把它們當作槍的話最好。」艾許說。「永遠不要拿來指向任何妳不想殺的人。當妳按下這個裝飾鉚釘，」她指向鸚鵡頭槍柄裡側弧線上的一個點。「並把槍管指向某處，就會觸發某些後續動作。但因為妳的動作和觸發之間的關係不是必然，所以它們不完全算是槍枝。它們的系統會在妳觸發、尋得生物性目標之後，迅速派出一群裝配工，這些裝配工會不顧一切地追蹤並找到目標。拿一把起來。」

擴充亞體俯過身，用她食指的指甲敲了敲離最近的那把槍。「看起來像老式的掌心雷，只不過是薄荷拐杖糖做成的。」她用兩隻手把槍從凹槽裡捧出來。奈瑟頓注意到，她沒讓槍口對著在場的任何一個人，手法俐落。她平張手掌，槍躺在上面。

「它現在是失效狀態，」歐辛說。「要做成這樣可是花了我們不少工夫呢。妳可以拿拿看握把。」她在鸚鵡頭周圍收攏手掌，再向前伸出，充滿節慶氛圍的槍管對準了艾許天鵝絨帳篷布上一塊光禿禿的補丁，大小跟手掌差不多。「我去維伏前女友的晚會時要帶著這些東西？」

「當然不是。」艾許說。「會場內禁止攜帶任何形式的武器，而且你們得先經過徹底掃描，才能入場。再說，現在的倫敦，持有這種東西無論怎樣絕對算是違法。」

「那你們為什麼要給我看這東西？」她把那個裝置放回大小剛好一致的凹槽中，坐下。

「就我所知，」艾許說。「妳可能會在某些情況下收到一把這樣的裝置。現在拿給妳看是為了讓妳能認得，並在必要時刻知道怎麼使用。」

「瞄準、發射。」歐辛說。「它們對非生物的無機組織完全無效，僅限軟組織。」他闔上蓋子。

「再來是第二件事。」艾許張開其中一隻手，掌心向上，露出一個奈瑟頓認為是醫療錠的裝置，不過是紅色的。「這會在妳身上裝進一個認知束，它能夠讓妳說起話來像個新原始主義研究員。如果說話對象也是新原始主義研究員，可能會無效，不過我認為這一點還有待商榷。」

「它有這種效果？」芙林盯著那個東西問道。「怎麼做？」

「妳可以把它想像成某種偽裝。操作方法非常簡單，就像戴面具一樣，只要裝上，每當有人問到特定問題時就自動觸發。」

「然後呢？」

「妳就會滔滔不絕地噴出一段相當精美而流利的廢話。」

「我會知道那些話是什麼意思嗎？」

「它們沒有任何意義。」艾許說。「要是讓它繼續跑下去，妳很快就會開始重複自己說的話了。」

「總之是屁話屁到蠱惑人心？」

「預期是如此。那麼，我要把它裝進妳的擴充亞體裡了。」

「你們從哪兒弄到這東西的？」芙林問。

「洛比爾。」歐辛說。

「請把妳的手背給我。」艾許說。

芙林把擴充亞體的手放到桌上，掌心朝下，放在艾許其中一個已鏽蝕的顯示螢幕底座旁，張開手指。艾許將紅色醫療錠輕柔地抵住擴充亞體的手背。它停在那裡，彷彿什麼事都沒發生。

「然後呢？」芙林抬頭看艾許。

「正在載入。」艾許說。

芙林轉向奈瑟頓。「你剛才在幹麼？」她問。

「欣賞妳的槍啊，等妳來。妳呢？」

「在和葛利夫談事情。」他看不出她臉上的表情是什麼意思。「他們在討論怎麼加強我們家房子的防禦，說是會用一些照理來說不會嚇到我媽的東西。」

「噢，那個神祕男。」歐辛說。「所以妳見過他本人了。」

芙林轉向他。「對啊。」

「知道她是怎麼找到他的嗎？」歐辛問。

「不知道，」芙林說。「不過說起來，她不就很擅長這種事嗎？」

「當然，無庸置疑。」歐辛說。「不過，在完全不曉得這人的來歷的情況下，我們似乎越來越常聽他發出的命令了。」

「我們也不知道洛比爾是什麼來歷啊，」芙林說。「對葛利夫大概也是同樣狀況吧。」

艾許彎腰向前，拿走醫療錠，塞回她的束口提袋裡。「來測試一下吧。」她對芙林說。「請妳告訴我們，妳認為黛卓・魏斯特的作品對於現代社會的重要性在哪裡。」

芙林看著她。「魏斯特的作品能夠間接驅策觀者，讓觀者歷經一段在有限條件下精心完成的反覆創作過程。儘管我們對真實與身體存有既定的神話，自己卻容易對這種創作方式畫地自限，但黛卓的創作卻能讓我們感受到那些成串的肉體記憶中表現出的敏銳與溫柔。這種藝術不在於表現當下的我們具有什麼身分，而在於我們成為他者時會是什麼樣子。」她眨了眼睛。「靠，媽呀。」擴充亞體的雙眼圓瞠。

「我會希望它的用語能夠更口語一點，」艾許說。「不過那也許就跟我們想追求的效果有點矛盾了。盡量別讓它一直說下去，這東西沒那麼扎實，早晚會被拆穿。」

「我可以接手，解釋給黛卓聽。」奈瑟頓建議道。

「很好。」艾許說。

105 骨頭裡的靜電

電梯裡，她試著去回想維伏跟她解釋黛卓作品時是怎麼說的，想知道她能不能在自己腦袋裡也聽到裝置的胡說八道，但失敗了。「說出那些話的是什麼玩意兒？」她問他。

「認知束。」他說。電梯門打開，她聞到廚房裡飄來列夫烹煮食物的香味。「它會針對使用者選擇的任何主題，以給定的術語去建構本質上毫無意義的陳述。那房間妳之前去過，我就不陪妳上去了。」

他在樓梯的最底端停步。

「所以話是我說的，」她說。「但並不是我想的。」

「沒錯，不過其他人不知道。以它這種硬剪硬貼的方式，出來的成果其實還不算太糟。」

「真讓我頭皮發麻。」

「以我們的情況而言，我認為這招其實還不錯。妳最好上去了。」

「等我回去之後，你再用威輪過來。」

「它在哪裡？」

「冷鐵後面的一張椅子，那些床旁邊。」

「祝妳好運。」他說。

她轉身登上鋪了繁碎圖案長地毯的樓梯，在平臺處轉彎，再次向上爬。到了樓梯頂端，所有家具都發著柔和的微光，玻璃擦得閃閃發亮。她希望自己能停下來好好看看這些東西，但洛比爾已等在雙開門旁邊。門只開了一側，她的手放在門把上。「妳好，」她說。「請進。」她再次進入那片綠景之中，一切都鑲著金邊，裡頭放了單獨一盞檯燈，白熾燈絲在鑽石切割的玻璃罩裡發著光。「我得知葛利夫正在為妳母親布置保護措施。」

芙林看著長桌，深色桌面平順光滑得恰到好處，也不至於太過浮誇。她感覺這房間對她來說已不再像聖誕老人的總部，而她好希望它還是。這其實是一間非常正式的會客房，幾乎像辦公室。芙林看著眼前的洛比爾，身著西裝的她明顯有著葛利夫的身影，比芙林本來預期的還要明顯。「他就是妳。」她說。「他是年輕時候的妳。」

洛比爾的頭傾向一側。「是妳自己猜到還是他跟妳說的？」

「你們有同一雙手。奈瑟頓看到放在我家壁爐架上的托盤，說他回來之後在克洛維斯的店裡也看過一個，然後他說這裡的克洛維斯是個老太太。我一想到她同時在那邊又在這邊，就猜到了……」她停了下來。「雖然兩邊時代不同，但我想妳可能也存在於那邊。」

「是這樣沒錯。」洛比爾說著，把門關上。

「所以這樣來說，這裡也有一個我嗎？」芙林問。

「我們沒辦法確定這點。妳的出生紀錄被保存下來了，但沒有死亡紀錄。我想奈瑟頓已經跟妳解釋過，這裡曾經亂成一團。開獎後期的紀錄多半不完整，甚至不存在，這點在美國多少也都一樣。當時控制美國的是軍事政府，時間很短，他們銷毀了大批的資料，看來沒有任何規律可言，也沒有人知道原因。如果妳活到現在，那應該跟我差不多年紀，這表示妳要不非常有錢，就是人面極廣。在我們這裡，這兩者基本上是同一件事。而這就代表我們應該有辦法能找到妳。」

「妳不介意我知道那件事嗎？」

「完全不會。為什麼覺得我會？」

「因為那是祕密？」

「但不需要對妳保密。來吧，坐這。」洛比爾走向長桌主位旁那兩張苔蘚綠的高背扶手椅，等芙林在其中一張坐下，便坐上另一張。「我知道奈瑟頓很滿意認知束的效果。」

「很高興聽到有人喜歡這東西。」

「他們也讓妳看過那兩把槍了。」

「為什麼我會需要槍？」

「妳只會用到其中一把，」她說。「另一把應該是給康諾或是妳哥哥用的，視情況而定。我希望你們都用不到，但這整件事背後的人行事作風粗暴，所以我們最好也先幫自己備好粗暴的對策。」

高聳的窗戶就藏在綠色簾布後面。芙林想像外面是一片掛滿更多綠色簾布的迷宮，就像冷鐵裡那些藍色防水布一樣。「岡札雷斯是怎麼回事？葛利夫說有人殺了她。」

「對，而這件事為整個局面定了調。」

「現在妳想要改變它？」

「看情況決定。我們走到這個地步，整個情況已經像是氣候變遷，而不是陰謀了。」

「看什麼情況決定？」

「目前看起來應該是指黛卓的晚會。」

「怎麼說？」

「冷鐵和俄羅斯娃娃……我們暫且就用你們的人取的名字。這兩者在競爭誰先占有妳的世界，你來我往製造比對方更大型的次秒級金融事件。我們還沒贏——也沒輸，差距沒有大到可以說我們輸了，但也沒有贏。列夫正以冷鐵的名義僱用了一個極為傑出的組織，但他們只能算是臨時權充。而俄羅斯娃娃是為了殺掉妳才成立，除此之外，別無所求。如今看來，他們似乎也在我們這裡拉攏了某個更強大的國家級金融機構。為了讓冷鐵能占據主導地位，我需要阻止他們，才有可能阻止岡札雷斯遭到暗殺。以這裡的政治條件，除非我先拿到證據證明誰殺害了艾葉莉塔，或是取得合理的犯案摹寫，不然這些事情都無法實現。我沒辦法去詳細解釋這個世界的權力運作，但一定會有某個權力強大的人對俄羅斯娃娃有興趣。有一件事不會改變：他們遲早會踩到某隻老虎的尾巴，或擋到誰的路。到時候我就可以利用這一點，為那個第三方送上助力，一舉壓垮我們的對手。為了讓這一連串的事情能夠實現，妳和奈瑟頓就必須在黛卓的宴會上取得成功的結果。」

芙林看著切割玻璃與餐具櫃上的銀器，轉頭看向洛比爾。「所以一切都取決於我有沒有指認出陽臺上的那個混蛋？」

「對。」

「媽的壓力這麼大。」

「是的，事情的確如此。不過，我們也走到這一步了。如果妳能成功認出他，並通知我，就能把後續事件推上軌道。」

「如果我沒成功呢？如果我根本做不到呢？」

「我們最好別糾結在這種可能性上。不過如果妳確實達成任務，我們要面對的就是另一層次的難題。黛卓這場聚會受到協議保護，嚴格禁止使用個人通訊裝置，但是透過擴充亞體這種遙現裝置，妳和潘思基先生反倒成為例外，不過你們會受到非常嚴密的監控。所以到時問題就會變成：假設妳成功指認出我們的兇手，該怎麼把這件事告訴我。」

「所以我該怎麼做？」

「剛才安裝進妳擴充亞體裡的這個認知束，事實上真的是一條神經束，裡頭裝載的通訊平臺，連黛卓宴會採用的保全系統都偵測不到。它能讓妳聽到我的聲音，而當妳聽到的時候，我必須先提醒妳，妳會覺得那聲音像是妳『骨頭裡的靜電』。我知道這聽起來很嚇人，但這是我們最安全的選擇。」

「如果他真的在那邊呢？」

「事情若往這條路上發展，我們要考慮的狀況就更有趣了。這也是為什麼，當妳強烈反對使用那項極為卑劣的化學武器時，我會如此滿意。」

「妳為什麼要那樣測試我？」

「因為當事情繼續推進下去，我會需要妳固守本性，當一個絕對不會做出那種事情的人。」

「妳一直想知道所有的細節，」她說：「卻不願意多告訴我一點。」

「我們需要妳專注在當下。」

「誰是『我們』？」

「就是妳和我，親愛的。」洛比爾說，伸手過來拍了拍她的手。

106 屁眼小鎮

「哈囉？」威輪的視窗開啟時，他正安穩地坐在戈壁大冒險的圓頂閣樓裡。「芙林？」

「她還沒回來。」有個女人的聲音說，口音有點熟悉。視窗裡的畫面看起來很抽象，一片相同的藍色背景上掛了幾條白色垂直線。

「塔科瑪？」

「克洛維斯。」她說。「而你是奈瑟頓。」她把威輪小子拿了起來，轉了一個方向。

他正從下往上望。儘管這不是她最好看的角度，奈瑟頓還是覺得眼前那張臉頗有吸引力。剪短的黑髮。他試著在其中找到那位經營克洛維斯限定的女士的臉，卻只看到她年老的骨架等在那裡，令人心驚。或許上帝注視人類的神情就是如此……如果真有上帝的話。「我是維伏，」他說。「妳好。」

「她在這裡。」克洛維斯說，把威輪小子轉向，於是他便俯視著芙林。她的頭被某種看起來奇怪、笨拙、閃閃發光的白色結構物圍繞，頸下墊著白色枕頭。她閉著眼睛。這情景有點像他在後艙裡俯看著擴充亞體，只不過眼前的是芙林本人，雖然她神遊到別的地方了。

「她聽得到我們說話嗎？」他問。

「聽不到。這個頭冠是個自律神經斷流器，他們是這麼告訴我的。我以為你們那邊已經很懂這種技術。」

「我們有這東西，」他說。「但很明顯在下我不是技師。不過，這個裝置在我們這邊的版本看起來像透明塑膠髮帶。」

「它們基本上是按照你們的規格製造，不過我們得在一些細節上臨時湊合。」她再次轉向。芙林的哥哥躺在隔壁床上，戴著同樣的頭冠。第三張床上則躺了另一個人，他不認得那張臉，這兩人都蓋著藍色的毯子。他剛到這裡時看到的畫面，應該就是柏頓床尾的床架欄杆，背景是襯著的毯子。第二個男人的身體看起來似乎只有小孩般大。

「那是誰？」他問。

「康諾啊。」

「潘思基。我只看過他變成舞蹈大師的樣子。」

「你說誰？」

「列夫哥哥的武術教練，顯然也是舞棍一名。」

「要是可以到那邊，仔細看看你們那個世界，我願意放棄我左邊的蛋蛋。」她說，把他重新轉過來看著她。「我能為你做什麼呢，奈瑟頓先生？」

「妳那邊有窗戶嗎？」

「不算是有，窗戶在這片蠢牆的另一邊，」她把他轉過去，讓他看到一道似乎用許多白色信封堆疊成的簡陋平面，裡面可能還夾著一些紙本文件。「但都已噴上聚合物了，所以你看不到外面，就算看得到，也只會跟這座屁眼小鎮的街邊商場後巷大眼瞪小眼。」

「你們的鎮就叫這名字嗎？」

「外號啦，我取的。我想我姊應該也是這麼叫。我們心腸黑。」

「我見過她，」他說。「她心腸不怎麼黑。」

「她跟我說過她見到你了。」

「妳知道芙林什麼時候回來嗎？」

「不知道。你要等她嗎？要不要看新聞？我這裡剛好有塊平板。」

「新聞？」

「今天的本地趣聞。我們讓路加福音四之五撤退了，但沒人說得出為什麼。葛利夫非常不喜歡這發展。他本來已經找了兩家公關公司去削低他們的媒體覆蓋，而且也生效了，結果他們現在因為某些無法看穿的原因撤離，反而變成全國焦點，畢竟這不是他們平常的作風。是說你沒辦法換頻道就是了。」

「我想看看。」他說。「這裡的一切都讓我著迷。」

「這裡什麼都有。」

107 小傢伙

芙林張開雙眼。

「妳那個小傢伙在這裡。」克洛維斯說。

「維伏嗎？」

「妳還有其他小傢伙嗎？」

「他在哪？」

「在看新聞。」她提起芙林頭上的頭冠，放到床邊的桌子上。

芙林側轉身體，緩慢坐起，把腳放到床邊地上。剛才她和洛比爾一起站在列夫的廚房看著外頭的花園，她感覺此時閉上眼應該還是能看到那畫面。她這麼做了，卻沒看到。於是她張開雙眼。

「妳還好嗎？」克洛維斯問，仔細地觀察著她。

「時差，應該吧。」芙林說。她站起來，克洛維斯明顯準備好要在她跌倒時撐住她。「我沒事。柏頓還好嗎？」

「還不錯。先是回來尿尿，又吃了晚餐、補充水分，華特．里德那邊挺滿意他的狀況。」

芙林走到她原先放威輪的椅子。克洛維斯把本來架著威輪螢幕的伸縮桿收短，將運動衫揉成一團，墊在她自己的平板後面，讓它靠著椅背立起。威輪小子正在看人類自體燃燒的那集《摩登保母》

「嘿，」她說。「嗨。」

「哇！」奈瑟頓嚇了一跳。威輪小子維持著輪子不動，將球形的主體向後轉，抬起它的平板螢幕和鏡頭，向上看著她。「這真的嚇到我了，」他說。「我一直想像我的身體會在戈壁大冒險的瞭望圓頂裡燒起來。新聞結束之後就在播這個，我又沒辦法轉臺。」

「你要繼續看完嗎？後半段在講去曼哈頓下城區尖端那邊水肺潛水。」

「不要！我是為了找妳才過來的。」

「我得吃點東西，我帶你去壽司糧倉。」

「那是什麼？」

「老洪的餐廳，在這棟商場的另外一邊。麥迪森鑽了一堆洞，用瓦片袋築了一條倉鼠跑道，可以從這裡通過去。」有人用水藍色大力膠帶在藍色防水布上黏了一面塑膠裱框的鏡子，應該是克洛維斯。芙林對著自己在鏡子裡的倒影檢查了一下儀容。「那頂頭冠根本對我髮型有害。」她把威輪放在地板上，在椅子上坐下，開始穿運動鞋。威輪小子伸長平板螢幕，身體轉了一圈，用輪子滾向這塊空間的另一端，平板螢幕胡亂轉著。「別亂跑啦。」她起身朝威輪小子走去，拿起它，低頭穿進牆上的窄縫。

「這地方好怪，」穿到另一側之後，他說。「看起來像某種久遠以前的遊戲。」

「反正是很無聊的遊戲。」

「遊戲一向無聊。這走道是幹麼用的？」

「如果受到攻擊，我們可以用它走到壽司糧倉吃特製蝦丼。」

「這符合任何邏輯嗎？」

「男人就喜歡這樣。不過我覺得提議的應該是洛比爾，再加上柏頓和我朋友麥迪森的自我詮釋。」

「誰是麥迪森？」

她踏出中央牆面上的洞。「我朋友的老公，好人一個。他有在玩《蘇凱27》。」

「那是什麼？」

「飛行模擬遊戲，老式俄羅斯戰機的名字。洛比爾就是葛利夫。」

他沒說話。她在瓦片袋牆之間停了下來，舉起威輪小子。「就是葛利夫？」他問。

「葛利夫。他變成洛比爾，但又不能說完全是同一個人。因為當洛比爾還是葛利夫的時候，沒有發生過我們現在這些事，所以這裡已經不能算是洛比爾的過去了，他們後來的人生也會各自不同。」

她繼續走著。

「妳看起來好像……」他說。「很輕易就接受了這些事。」

「活在未來世界的人是你耶，你那邊還有會吃人的奈米機器人、有備用身體，政府還被國王、幫派分子和其他亂七八糟的人掌控，你不也接受了那些？」

「沒有。」在她低頭鑽進牆洞，穿進老洪的廚房裡之前，他這麼說。「我沒有接受。我討厭那一切。」

108 冷鐵的早晨

湯米走了進來，在她泡棉墊腳邊附近一股腦兒蹲坐在自己的屁股上，手中抓著帽子。她仍因為從塔科瑪那兒拿到的藥丸而昏沉，但也睡了一整週來最沉穩的一覺。「坐到墊子上，湯米，你會把膝蓋坐壞的。」

「他們最多只能給妳睡這種東西嗎？」他問著，用從腳後跟旋轉身體，坐上墊子一角。

「病床睡起來太像醫院，而且柏頓和康諾他倆老是在放屁。路加福音四之五的人整票不見是怎麼回事？確定不是被我們買通的嗎？」

「肯定不是你們買的。」他說。「所以我才趁其他人叫我來通知妳之前，先挖妳起床說個清楚。」

「怎麼了？」她用手肘將自己撐起來。

「我認為另外那夥人把他們拉走，是因為他們能夠把媒體吸過來。他們本身已經沒有吸引力了，但加上你們在裡面攪和，媒體就又會傾巢而出。就算他們只是稍微脫稿演出，比方說在現在這種情況下突然拔營，也會讓他們變得更有趣，即使這只能做些沒內容的循環報導。你們的公關雖然一直透過操作降低他們的曝光率，盡量降低你們露臉的機會，可是現在他們就那麼離開，多少會把新聞又推上水面。」

「所以說，為什麼會有人要他們離開？」

「這樣一來，當別的什麼東西開拔到鎮上，路加這夥人才不會變成引來媒體關心的額外節目。」他說。「他們會極盡所能，不讓那些來到這裡的東西受到任何注意。」

「比方說什麼？」

「國安部。而且是一大票戰略部隊，有車，還有人。葛利夫的線人透露，現在有兩大支車隊往這邊過來，白卡車的數量不是開玩笑地多。此外再加上他們在皮克家被炸剩的廢墟那邊的特遣隊，規模不小，班・卡特的表哥就在裡面。班從他那兒聽到風聲說他們今天就要往這邊前進，藉口是掃蕩柯貝爾・皮克那個跨了好幾個郡的邪惡製藥帝國，清空留下的武裝殘黨。他們就是表現得一副像要順勢消滅妳那個自組警衛隊的哥哥、妳哥的好麻吉們，還有那副退伍軍人事務部給的義體。」

「他們全都往這裡過來？」

「不用懷疑。」

「然後我們是邪惡殘黨？」

「完全沒錯。」

「他們腐敗成這樣？」

「用現代世界的標準，或者說至少是過去二十四小時的標準來看，沒錯，確實是這樣。他們的確很腐敗。不過我覺得是妳對他們的期望太高，他們這些人本來就是腐敗中的佼佼者。」

「那等他們到了之後呢？」

「劇本把我們寫成抗拒逮捕。不管到時我們實際的動作是什麼，我們就是抗拒逮捕。僅僅把瓦片袋堆起來是擋不住智慧型武器的，它們就是專門打造出來對付這種臨機應變的城市型堡壘。這棟建築物的屋頂到時候大概也是有跟沒有一樣。而且國安部還有真正的攻擊型無人機，就算我們躲進地下碉堡也沒什麼差別。更何況，妳哥手下那些小夥子不管遇到什麼狀況，本質上就是一群不喜歡和平解決事端的人。」

「為什麼會發生這種事？」

「因為葛利夫在面對這些事情時最好的選擇，就是兩手中塞滿球棒的握柄，讓別人插不進手。如今結果出來：對方買進一切資源，將國安部收進自己口袋，什麼都不剩，已經沒有任何對象可以讓我們收買用來爭奪國安部的主導權了。」

「要不然讓葛利夫去拉攏岡札雷斯呢？」

「我認為他已經在這麼做了，雖然雙方明顯還有一些歧見。不過這裡面還加上些政治因素，不管有沒有總統身分，國安部都不會站在她那邊。」

「他們什麼時候會到？」

「傍晚。不過通常過了午夜才會行動。」

「你可以在他們進來小鎮時去碰頭，幫忙維持秩序什麼的，湯米。我認為你沒必要加入這場戰鬥。」

「去妳的沒必要。」他說，語氣完全快活。「妳要吃早餐捲餅嗎？我幫妳買了一份。」

「怎麼我都沒聞到？」

「我叫他們包了兩層，免得弄髒我的制服。」他說著，手伸進夾克一邊的寬大口袋。

109 黑絲盤釦

他在黛卓語音信箱那座高大冷峻的轉運大廳裡，試圖讓自己睡在一張花崗岩長凳上，聽著某個咬字難辨的廣播嗓音，嚴肅地公告著每班火車或白鯨飛艇的出發時刻。燈光閃動了一下。

他睜開雙眼。人其實就躺在圓頂裡的皮革軟墊上，圓頂外一片漆黑的車庫又閃動另一道光。他坐起身，揉揉雙眼，向外瞅。

集魚燈又亮起來，落在歐辛身上，他高舉一隻手，拿著一套掛在衣架上的深色服裝。他身旁是艾許，扳著與平時無異的冷酷臉孔，身穿類似私家車司機的制服，全黑的漿直束腰長外衣，胸前橫著絲線編成的黑色盤釦。她戴著大帽子，看起來像某蘇聯海軍司令，閃閃發亮的硬殼帽沿遮掩了她的雙眼。

此時他想起芙林說過關於洛比爾和葛利夫的事，覺得自己的思緒整個打結了，半是因為她說的那句話本身，半是因為自己居然對此無言以對。他還真沒有遇過說不出話的情況，就算是有，也是極少。不過關於洛比爾和葛利夫某種程度上其實是同一個人，此刻的他倒沒有遇到任何思緒消化上的困難。他很慶幸自己年紀太小，沒有什麼更年輕的自己流落海外，存活在芙林的時代。

燈又閃起。

110 不搞奢華

他們在她到達前就先幫擴充亞體沖過澡、整理髮型，還上了妝。艾許挑的服裝很適合它，比芙林這輩子穿過的任何東西都適合。艾許解釋，安妮・庫芮吉並不有錢，所以她沒挑什麼奢華的東西。不過艾許所謂的不搞奢華，就是一件類似天鵝絨材質的小黑裙，看上去像沒使用過的碳化物砂紙，摸起來卻又柔軟得像絲。搭配的首飾有一只用古老塑膠假牙和某種類似黑色甘草糖的東西做成的圓形手鐲，以及黑色鈦絲纏成的硬質項鍊。項鍊上串著許多形色各異的拉鍊環，彷彿曾埋藏地底，上頭的漆與鍍層早已遭到腐蝕。艾許說這兩件東西都是真正的新原始主義藝品，手鐲來自愛爾蘭，項鍊則來自底特律。黑色鞋子的材質和裙裝相同，有著楔形鞋跟，穿起來比她家裡那幾雙運動鞋都舒服。她真希望他們能等她人到之後讓她自己將這些東西全部穿上。然而，當她望著全身鏡，內心又湧起那股熟悉的痛苦：那是誰？她開始覺得，擴充亞體似乎長得像某個她認識的人，但她知道，它其實誰也不像。

鏡中閃現帶著金色皇冠的徽章。有那麼一刻，她以為這就像是吉米的店裡那頭鏡中牛，但最後發現只是洛比爾的來電。

「湯米認為國安部要對我們動手了。」她說。

「他的假設沒有差太遠。」

「葛利夫不能想想辦法嗎？」

「還不能。他們的私部門辦公室主管被中國人收買了，雖然我們手上握有證明，但要這麼做還是得等到合適的時機來臨。我們目前似乎走到了死胡同，原則上必須要能直接命令他們停止動作，並撤回成命。」

「不然叫葛利夫去跟總統這樣說呢？說她會遭到暗殺，但如果她命令他們回頭，妳就能阻止暗殺發生？」

「事情沒那麼簡單。」洛比爾說。「我們尚未建立足夠的信任感。總統辦公室裡充斥著那些很快就會開始計畫暗殺她的人，剩下的都是單純的政客。」

「妳認真的？所以我們無計可施？」

「克洛維斯，」洛比爾說。「我說的是這邊的克洛維斯，她答應讓姨媽對她的檔案庫刨根挖底。從飛到英國前的那些資料中，她整理出一列列屬於那個年代的資料群，我也不知道那個量是多少。如果要說克洛維斯是間諜，不如說她是檔案收藏家，要是真有什麼東西可以讓我們在眼前狀況運用，姨媽都會找出來。另一方面，假如妳今晚的演出成功，我們就能逆轉戰局。只不過究竟要怎樣才算成功，我們無法預測。」

她咬緊嘴脣，過了一會兒才想起自己不能毀了擴充亞體的妝，於是放開。

「妳看起來真是動人。」洛比爾說道。這讓她想到，洛比爾現在可以看見擴充亞體的視線。「和柏頓打過招呼了嗎？」

「還沒。」她說。

「妳該打個招呼，他和康諾都在客廳。妳出發前往法靈頓之後就見不到他了，他會待在後車箱裡。他受了傷還能勝任這項任務，我非常高興。」

「後車箱？」

「它摺疊起來後滿平整的，看起來就像一臺老式的瑞典下水道疏通機。跟妳哥哥打個招呼吧，我希望妳這麼做。」皇冠消失。

她走到門前，打開。

那兩個人正對著彼此出拳。她還記得這副情景，遠在康諾受傷前就看過，甚至遠在他們入伍前。他們有一套自己的規則：彼此面對面，身體的移動不多，只會在兩腳之間變換重心。就算動了身體，基本上動的也是手。他們會以快得難以跟上的速度揮出拳頭，再次回到之前的狀態，變換重心，但此時通常已經有一人贏了。她眼前的畫面就跟當時一樣，只不過現在康諾人在列夫哥哥的擴充亞體體內，而柏頓則在那套白色的外骨骼訓練裝裡，它原本應該是頭的位置緊附著一只鐘形玻璃罩，另外還有一對逼真到詭異的人類手臂，但她記得那雙手本來是白色的卡通機器人風格，鐘形罩內還有一具小型機器人，重複著外骨骼做出來的所有動作，不過實際上應該是相反，因為是柏頓在小機器人裡面。他們都叫那東西「人造小人」。柏頓那副外骨骼新手臂的日晒膚色會讓她聯想到皮克。這時他倆的手臂突然揮動、交錯在一塊兒，不過康諾出拳較迅速……她覺得啦。

「我打斷了你這鐵皮混蛋的一根手指，你這下慘了。」康諾說。他的擴充亞體穿著極貼身的黑色服裝，但活動性就跟空手道服差不多。

此時圓罩中的小人形轉身，外骨骼也依樣動作。「芙林。」一個彷彿電視購物節目裡會有的陌生聲音說。「嘿。」

「靠，柏頓。」她說。「我還以為那次巷戰後你就要離我們而去。」她有點想緊緊抱住那東西，隨即又覺得那樣看起來腦袋不太正常……而且那東西的手真的太詭異了。

「看來妳真的有好一陣子都那樣以為。」那聲音說。「其實我不太記得自己砍了那個找上門來的傢伙，說真的，我對整個過程都沒什麼印象，只記得一睜眼就到了這裡，不小心被自己帥醒。」

「如果你那點皮毛小傷是在值勤時受的，」康諾說。他的擴充亞體將兩隻大手插進黑色長褲的口袋裡。「我猜大概也勉勉強強能算得上受過傷的戰士啦。」

那具外骨骼假裝向康諾出拳，快得像貓，然而康諾不知道怎麼辦到，速度和那對日晒手臂一樣快，已從拳頭揮去的位置消失。

「洛比爾叫我跟你打招呼。」她對柏頓說。「她很高興你歸隊，我也是。」

「我可是萬能猴⓯和強力千斤頂的綜合體。」他用那電視購物的聲音說。「我加入陸戰隊就是為了練成這樣。」

⓯ trunk monkey。引自二〇〇〇年起由汽車品牌SUBARU愛好者Sean Sosik-Hamor突發奇想的概念，是一隻會幫忙駕駛完成各種任務的猴子，平常住在車廂裡，形象有些瘋狂。後來被拍成廣告，變成一種媒體形象。

111 吉爾

奈瑟頓沿著黑色的加長型禮車繞了一圈。這輛車就是要載他們前往法靈頓的工具，也是艾許穿成那樣的原因。她告訴他，這輛車製造於二〇二九年，也是吉爾生產線上出廠的最後一輛，從沒列入列夫父親的收藏品，而是他祖父的私人車輛，打從他還在這棟屋子生活時就在使用。顯然，是洛比爾指定要在這個時機派它上場。

它的車身黯淡，又帶有微弱的光澤感，讓他想起芙林的新禮服。車身上有少數幾處沒有黑得那麼深邃，都是表面經過珍珠面噴砂處理的不鏽鋼材質，藉此減去其反光性質。比方尺寸碩大的輪胎，以及徹底實踐極簡主義風格的寬闊水箱罩。看起來就直接用雷射切割，從原廠材料上直接切出一整段。引擎蓋只比後車箱稍長一些，但感覺起來這兩段都能輕易讓稍微再大些的人造小人用來打網球。不過他怎麼都找不到後車窗，彷彿車將領子立了起來。他覺得這輛車的外觀有種隨時就要震怒的嚴肅氣質，非常驚人。洛比爾搞不好就是因為這樣才選中它，雖然他不太能具體理解這能有什麼效果。由於對內裝感到好奇，他整個人向前傾去。

「別碰，」身後的艾許說。「你會被電死的。」

他轉身，視線碰上她藏在硬殼帽沿底下的雙重凝視。「真的假的？」

「這輛車跟之前的嬰兒車一樣，都對旁人有點信任問題，而且現在仍然有效。」

他退了一步。「她為什麼挑這輛？一點都不像我的作風，肯定也不是安妮的作風。如果我真的今晚就要出席，那我會搭計程車到場。」

「你的確今晚就要出席，要不然我也不會穿成這樣。」

「我的意思是，我希望我們的到訪不要帶著過強的企圖。」

「你有哪次不帶企圖？」

奈瑟頓嘆了口氣。

「我認為，」艾許說。「她這麼做有宣示意義。這輛車絕對可供辨識，查得出屬於列夫的祖父。無論黛卓的安全模組是由什麼構成，肯定都能知道這輛車的出發地是這裡。過去我們總是將你跟祖博夫家族的關係切開，無論說得多天花亂墜，但這次一旦你抵達現場，那些偽裝都將失效。她可能是看出這麼做有好處吧。一般來說，暗示自己和竊賊有關係都會有些好處……當然也會有壞處就是了。」她打量了他。「你穿這套還不錯看嘛。」

奈瑟頓低頭看看這一身她為他訂製的黑色西裝，又抬起頭。「我這一身黑是因為場合需要——還是說因為訂製的人是妳？」

「都是。」艾許說。在那帽沿底下還能看見的部分，有一群分不太出種類、位處遠方的野獸，選擇在那個當下從她前額遷徙而過，就像一團躁動的不祥雲氣聚積在那頂帽子下方。

「妳會在那邊等我們嗎？」

「他們不准我們在兩公里範圍內停車。」她說。「你準備要離開時，他們會通知我們。不過我敢說到時洛比爾會提前通知。」

「我們何時出發？」他往上瞥了一眼戈壁大冒險。

「十分鐘後。得先把柏頓塞進後車箱。」

「那我上個廁所。」他開始往舷梯走，心裡想著順便確認一下吧檯是否仍鎖著，雖然他很肯定一定是。

112 往法靈頓途中

路程不遠，艾許這麼說。

這輛車的內部感覺比賓士RV的起居室還大——實際上沒有，但感覺像是。有點類似還小的時候看到大人的家具會有的感覺。車裡所有配色都是黑的，黑得讓她反而沒那麼喜歡自己的裙子。全都弄成這樣，大概是有什麼大事。

車外的光線帶著雨氣，帶著銀，帶著粉色，就和她第一次來到此地時，從那輛白色廂型車的發射座臺升空後看到的一樣。

奈瑟頓坐在她身旁，距離剛好遠得差點搆不到他人，但要是他們再靠近些，看起來就會像在約會。康諾和艾許坐在前座，他們兩人之間的空間還夠再塞下兩人。

她多希望車裡有咖啡機，但那會讓她想起湯米和卡洛斯，還有老家那邊的每一個人。國安部正從三個不同方向派出車隊往那裡進發。「我還能打個電話回家嗎？」她問艾許，猜想艾許隔著隔板應該還能聽到她說話。

「可以，不過要打就現在打，我們很快要到了。」

等待柏頓塞進後車箱並摺疊收齊的空檔，艾許已經幫她將手機裡的號碼轉換到擴充亞體上，並設定好撥電話的方式。她叫出徽章清單，滑到梅肯那包覆著一塊紅色肉雜碎的黃色徽章，碰了下上顎。

「嘿。」梅肯說。

「現在什麼情況？」

「我們的訪客依然在路上。」他說。

「媽的……」

「講話別那麼難聽。」

「有誰和我媽待在一起？」

「珍妮絲，還有卡洛斯跟他的幾個朋友。」

芙林看見躺在白色床鋪上的自己，還戴著白色頭冠，她旁邊還有柏頓和康諾，各自躺在自己的床上。要是那一邊的她死了，那這邊的自己會怎樣？她第一次想到這件事。什麼都不會發生，她的擴充亞體會透過遠在雲端上的東西進入自動駕駛狀態，如此而已。到時候，要是問它有關黛卓藝術創作的問題，它還會滿口胡扯嗎？那會成為她曾經存在於此的唯一證據嗎？

「掛斷吧。」艾許說。「我們已經要開進他們的協定範圍內了。」

一進入艾葉莉塔那棟大樓的基座範圍，朦朦朧朧中，她又聽見了那些妖精警局調度員的竊竊私語。

113 充氣城堡

一架美智姬揮舞著發光的短手杖指揮他們的吉爾停下。他們前一輛車的外表近似那輛熨斗型的銀色六輪賓利，不過車身是洛比爾座車解除偽裝後的顏色。整顆頭都剃光、臉上有毛利人紋面的一對夫妻踏出如光滑石墨般的楔型車體，迅速走入眼前這座像充氣城堡的玩意兒裡頭。這座外觀莊嚴的充氣城堡明顯不符伊甸池大廈，或任一座碎片大廈固有的建築風格，他猜想裡面一定有各式各樣的掃描器。入口的配置人員全是美智姬，每架都是相同的灰色，並穿著勉強算是半軍事風格的制服。他還記得黛卓的白鯨上那架美智姬從欄杆旁猛躍而出前，彷彿豎起汗毛似地張出武器的模樣，也想起瑞妮所述，她看見那些東西降落在島族的島上，像蜘蛛一樣到處爬行。

艾許和康諾像是說好了一般各自開啟身旁的車門。吉爾的車門巨大到想必得靠伺服馬達提供動力，不過門推開時卻靜默無聲。同一時間，艾許站向奈瑟頓那一側，康諾在芙林那一側，整齊劃一地開啟了乘客座的車門。

奈瑟頓不假思索地靠向芙林，捏捏她的手。「看我們怎麼把他們唬住。」他說，但不知道自己這句話是打哪兒生出來。她回給他一個有點受到驚嚇的怪異微笑，雙雙從各自那側的車門下車。空氣潮溼，比他預期的還冷，但有一種清新感。一架美智姬用無光的手杖掃描康諾，另一架也掃了艾許，接著他和芙林就順著指揮走進膨脹的灰色充氣體，彷彿走過某頭巨大玩具象的腿間。

接下來約十五分鐘，他們都待在某種會引發適量身心解離狀態的力場中，經過各式各樣令人不快的機器人入口，接受各種掃描和戳刺。完成這些檢查後，迎面而來的是一架穿著古風和服的美智姬，以一種精心設計過的哀戚姿態招呼他們。

「感謝兩位前來參與艾葉莉塔・魏斯特的生命紀念晚會，您的光臨讓我們備感榮幸。您的私人保全人員已於他處通過入口檢驗，並於會場等候。請搭乘左手邊第三部電梯。」

「謝謝。」奈瑟頓說，牽起擴充亞體的手。那對紋面夫妻早就不知消失在何處，甚至也完全看不到其他人。這個迎賓大廳和黛卓的語音信箱有著同樣的親切態度，但也不過就是制式的。

「生命紀念晚會？」他帶著芙林前往電梯時，她問道。

「它的確是這麼說的。」

「拜壬・博查德的爸媽也辦了一場這種東西。」

「誰？」

「拜壬・博查德，我在瓊斯咖啡的主管。他在情人節當天被一輛機械駕駛的十八輪卡車輾過去。我覺得好罪惡，因為自從他把我炒掉，我就一直不爽他。但我還是去參加了。」

「他們看來已經接受艾葉莉塔過世了。」

「但我不懂，他們怎麼能確定她真的死了。要是我們早知道就好了，應該要帶一些花過來。」

「黛卓完全沒提到今天的宴會內容，這些安排看起來是場驚喜。」

「驚喜葬禮？你們這裡的人都是這麼做嗎？」

「至少這是我參加的第一場。」

「五十六樓。」她指了指那一整列的按鍵。

電梯門在他觸碰了按鈕後就打開了。他們踏進去，門在身後關上。電梯上升時完全無聲且快速，讓人稍感暈眩。他很確定現場一定有提供酒精。

114 生命紀念晚會

走出電梯後，她從兩群穿著黑衣的人之間看見了河上的那道彎。她第一次到達這個世界看到的就是這個景色。所有的窗戶都沒有偏光，而室內的所有牆面都已搬除一空。不過，與其說都被移開，倒不如說那些牆彷彿本來就不在那些位置上。現在這裡是一個通透的大空間，就像列夫他父親的藝廊。康諾站在電梯附近，將面前所有事物納入眼中。他整個人似乎正處於絕佳狀態。她猜想，他終於又找回過去那個她眼中看到的他了，那個還沒被炸飛的他真正的自我。他已經完全進入保鑣模式，所以並不怎麼笑，但心裡一定高興得就要笑出來。

「除了這部電梯外沒有別的路可以進出。」他們走到他旁邊時，他表示。「另外有樓梯可以通向上下一層樓。你們會在這裡看到某些醜得要命的混蛋，都跟我一樣是保全。混蛋也有女的。這感覺就像在某個住滿有錢人的小鎮召開的壞蛋同樂會。」

「來到這邊之後，我從來沒在同一個地方看過這麼多人。」她說。接著她聽見有個東西嚎叫的聲音，從擴充亞體內的每一寸骨頭深處中鑽出。「我在測試量子纏結。」那是她聽過最讓人無法忍受的聲音，像是某種有著抑揚頓挫的疼痛。她知道那是洛比爾。「請回應。」

她用舌尖上的小小磁鐵觸了兩下上顎，從左向前滑動了四分之一。

「很好。」骨頭又響起那可怕的共鳴。「四處走動。叫維伏跟著做。」

「我們走走吧。」她告訴維伏。此時一群紋面的紐西蘭人經過他們。她記得在《摩登保母》中看過，那種紋身叫塔莫克。技術上來說，塔莫克並不算刺青，因為那是刻上去的，像開路一樣，是在肌膚上完成的輕型雕刻品。她看到其中一名金髮女人的側臉，臉上的紋路像會在戰鬥獨木舟上看到的東西，她猜那就是他們的老大。他們看起來就不像是來參加宴會，更不像要來紀念什麼生命。她經過他們時，金髮女人的臉周遭起了一點變化，是影像擷取造成的斷續抖動，但不是很明顯。她想起洛比爾說過，她會在自己的視野中看見一些雜訊干擾。

「與我們保持最少兩公尺的距離。」維伏對康諾說。「要是我們與人加入對話，就把距離加倍。」

「我可是訓練有素的。」康諾說。「洛比爾已經在一場虛擬加冕儀式中教過我。保護過那個該死的西班牙國王後，這只算游泳池畔的休閒活動。」

一架美智姬托著整盤酒杯，裡頭裝著淺黃色的酒液，想向她遞上一杯。「不用，謝謝。」她說，看見維伏面露微笑，正要伸手過去，但隨即定住。那模樣簡直像看見產生觸覺回饋裝置干擾的柏頓。接著他的手變換方向，轉向一杯靠在托盤邊緣的氣泡水，一臉掙扎地將它拿走。「跟我來。」他說。

「去哪？」

「往這邊走，安妮。」他牽起她的手，領著她走向中央，遠離窗邊，手中的水杯始終靠近胸口。她記得自己花了好長時間才把這個地方繞完一圈。不禁想著那些蟲子是否正在外面，以及它們究竟是什麼。

場地中央附近有一面全黑的方型螢幕，從地板往上頂到天花板。螢幕四周都是人，他們說著話，手中捧著飲品。那面螢幕就像她第一次見到維伏時，擺在他桌上那種老舊平面顯示器的超大型版本。

維伏不停走動，似乎很清楚自己要往哪處前進，雖然她認為他並不。從某個稍稍不同的角度，她才發現那面黑色螢幕上並非空無一物，事實上正隱約投放著一張女人的臉孔。「那是什麼？」她朝螢幕的方向抬抬頭，向維伏問道。

「艾葉莉塔。」他說。

「你們這邊的人都這樣紀念嗎？」

「我以前從沒見過這種方式，而且——」他中斷自己的話。「找到黛卓了。」他說。

黛卓比她以為的更小隻，個頭和塔科瑪差不多。她長得像會在某部影片或廣告中出現的那類人。在她老家，出現那種人可是件不得了的事，就算只是見到有那種氣質的人亦同。皮克身上有一點點那種氣質，因為他常跟那樣的人相處，耳濡目染來的，並不是他想要讓自己變成那樣。但皮克還只是本地人。在來自邁阿密或其他什麼地方的布蘭・沃麥特身上，那種電視上的男人會有的氣質就濃厚得多，要是他已經結婚，那他老婆肯定也充滿那類氣質。至於黛卓就完全是那種成分的人，還多了一身刺青，那些方形的黑色螺旋圖樣從她的黑色禮服上緣往上爬，滿滿覆蓋住她的鎖骨。芙林意識到自己正在等待那些刺青動起來，彷彿要那樣才是理所當然。只不過她也認為，假如那些刺青真的會動，維伏應該會先提醒她才對。

「安妮，」維伏說。「妳之前在康瑙特也見過黛卓。我知道妳不曉得會再見到她，不過我跟她提過，妳對她的創作和藝術生涯有一套見解。她很想聽妳說說看。」

黛卓冷漠地盯著她。「新原始主義者。」她的語氣就像根本鄙視這個用詞。「妳和他們都在做些什麼？」

她不確定自己接收到的問題是否得和黛卓的藝術創作直接相關，植入的唬弄程式才會觸發？她想應該是。「我研究那些人，」她在腦內追索著那面用破破爛爛的《國家地理雜誌》黃色書脊搭起來的牆，追索著《摩登保母》，還有所有她能回想的東西。「也研究他們製作的物品。」

「他們製作什麼？」

她能想到的，只有卡洛斯和其他人用Kydex作出來的那些東西。「刀鞘、槍套、珠寶。」珠寶是亂說的，但她不管了。

「那些東西和我的藝術有什麼關係？」

「妳企圖以一種英雄的姿態，納入霸權外的真實。」植入程式開始說話。「也就是那些他者。激發妳那無邊無際好奇心的是發自本質的人性，以及妳的溫暖。」芙林覺得自己的眼神太愁苦，於是強迫自己露出一點微笑。

黛卓看著維伏。「我的溫暖？」

「沒錯。」維伏說。「安妮認為妳作品中的人性本質是最常被外界忽視的角度，她的分析就是為了彌補這點。我認為這種論點非常具有啟發性。」

「真的。」黛卓盯著他。

「安妮在妳面前很害羞，」他說。「畢竟妳的作品就是她的一切。」

「真的？」

「能夠再度見到妳，我真的、真的……」芙林說。「很高興。」

「那副擴充亞體長得一點也不像妳呢。」黛卓說。「妳現在人在一艘前往巴西的白鯨上，是嗎？」

「她本來應該要冥想的，」維伏說。「但為了來這裡，她耍了一點小手段。她要去蹲點的那個團體堅持訪客必須把所有植入裝置都拿掉，所以說起來，她為了研究投入這麼多心力也真是了不起。」

「這一具實際上是誰？」她持續盯著芙林。

「我不知道。」芙林說。

「租來的，」維伏說。「是我在冒牌者症候群找到的。」

「妳姊姊的事，我很遺憾。」芙林說。「我們到場以後，才知道這場聚會是為她舉辦。妳一定非常難過。」

「直到昨天下午以前，我父親還對要不要辦這場聚會舉棋不定。」黛卓說。語氣聽來一點也不難過。

「他也有出席嗎？」芙林問。

「他在巴爾的摩。」黛卓說。「他不旅行。」此時，就在黛卓身後，隔著人群，那個陽臺上的男人現身。這次身上穿的不是當時的暗褐色袍子，而是一套黑色西裝。他的深色鬍鬚留長了一些，經過打理，臉上掛著微笑。

「幹。」芙林用氣音暗罵一聲。

黛卓雙眼一擰。「什麼？」

她用舌尖滑動四分之一。那個男人身周泛起一道不斷抖動的框。

「抱歉。」芙林。「我太尷尬了。妳是全世界我最喜愛的藝術家，我一直覺得自己好像換氣過度……還在妳剛失去姊姊時問妳爸爸的事……」

黛卓凝視著她。「我以為她是英國人。」這話是對維伏說的。

「她在巴西那邊蹲點的那群新原始主義者是美國人，」維伏說。「她想讓自己更融入一點。」

那個陽臺的男人直接走過他們，忽視他們的存在。然而芙林覺得奇怪，怎麼會有人不想多看黛卓一眼？

「不過我們來錯時機了，」維伏說。芙林看得出來，目前為止他都不曉得她已經鎖定了他們要找的人，所以還在虛張聲勢。他們應該先講好暗號才對。「但至少我能重新引見妳們兩位——」

「下樓吧，」黛卓說。「那裡比較方便聊。」

「跟她走。」骨頭中的聲音說。跟那聲音比起來，用指甲刮黑板溫和得像在撫摸小貓。

「這邊走。」黛卓說，領著他們走向面對河流的窗戶。他們繞過窗邊的矮牆，走下一段用白色石材砌成的寬敞階梯。芙林回頭，看見康諾跟在他們身後，正被兩具白淨陶瓷面孔的機器女孩包夾著。它們的臉完全一致，沒有任何五官，身上穿著寬鬆的黑色束腰上衣，拉鍊緊緊束收在踝處的褲子，雙腳素白，沒有腳趾。它們剛才一直站在階梯的上端，她猜那是為了守在那裡。維伏走在她身邊，手中依然捧著那杯水，但好像還沒喝過。

走下階梯後，眼前景象就更接近她從四軸機看到的畫面。這裡像列夫家一樓，呈現經過改造、重建得更富現代感，每個方向都能通往別的房間。黛卓帶他們走進其中一間，房裡開了直視河流的窗，但芙林發現他們才一走進去，所有窗戶就都轉成了霧面。那兒站著另一個黛卓，穿著一樣的裝束，似乎看見了他們，卻毫無反應。還有一個穿著健身服的黑髮女人坐在扶手椅裡，手中抓著幾張白紙，表情感覺不太自在，但或許只是錯覺。女人抬起頭。「十分鐘後換妳上場。」黛卓告訴她。芙林這下立即明白這個女人並不是晚會的賓客。

「那是妳的擴充亞體嗎？」芙林看著另一個黛卓問道。

「不然妳看她像什麼？」黛卓問。「它會代替我演說，或者說是瑪莉會透過它代替我演說。她是一位聲優。」

瑪莉站了起來，手中仍抓著白紙。

「把它帶去別的地方，」黛卓說。「我們有些事情要談。」

瑪莉牽著黛卓的擴充亞體，帶它離開，於轉角處消失。芙林看著她走出去，感到氣氛尷尬。

「妳認為自己在這裡很安全吧。」黛卓說。

「是的。」芙林不假思索就這麼說。

「事實上，妳一點也不安全。不管妳是誰，居然讓這個白痴帶妳來這裡。」她看著維伏，維伏的表情像被戳痛似地，將水杯放在離他最近的某件家具上。「把那玩意兒拆了。」黛卓指著康諾說道，顯然是對兩個機器女孩下的令。其中一架迅即用肉眼跟不上的速度，頭下腳上地蹲伏在天花板上，並伸長了螳螂般的白色手臂。

芙林看見康諾露出微笑，但隨即失去他的身影。一道空白的曲面牆壁將芙林、維伏和黛卓包圍起來。那道牆似乎確實存在，卻又看似沒有。芙林伸出手，用擴充亞體的指節敲敲牆面，感到確實的疼痛。

「牆是真的。」黛卓說。「不管操縱妳那位保鑣的人是誰，應該都已回到你們來自的那個地方，或說那個年代，並讓那邊的所有人知道：妳的麻煩大了。」她對康諾的設想是對的。如果那些機器人摧毀了列夫他哥的亞體，身在冷鐵後側房間的康諾就會在柏頓身旁醒來。「只不過他們不會知道妳的麻煩到底有多大。」

接著，陽臺上的男人穿過那道牆踏進來，彷彿牆並不存在，又或者他和牆可以暫時占據同一個時空。

「你怎麼辦到的？」她不禁問。親眼目睹這種事實在很難不發問。

「裝配工。」他說。「我們能做到這種事；我們可以任意異變。」他笑起來。

「任意什麼？」

「我們沒有固定型體。」他揮揮手，讓手穿過牆，像在展示能力。他跨向此時康諾應該在的另一邊，將自己的臉湊進去，又馬上向後抽身。「它們需要幫手。」他對黛卓說。

「我動不了。」奈瑟頓說。

「這還用說，」那男人說，接著看芙林。「她也一樣。」

他說得沒錯。

另外兩架機器女孩從男人過來的位置穿進牆面，又從他將整顆頭穿過去的位置離開，消失無蹤。

115 解離狀態

電梯下降的時候，奈瑟頓心想，他們大概在這裡用了某種和安檢掃描時類似的裝置，因為它又再度誘發起他的解離狀態。他實在很難對解離狀態產生反感，甚至覺得這能取代喝酒。

不過他們身上還被施加了別的東西，削弱了他的行動自由。他雙眼還能動，也能在黛卓或她那位同夥下指令後走動，或站到他們要他待著的位置。但舉其他例子：他不能舉起雙手，或者握起拳頭——他試過。雖然他並不真的打算在這種時機握起拳頭。

電梯門在環繞他們四周的牆面上出現。要完成這件事可要動用不少裝配工。他隱約想起，似乎有那麼幾條法規是用來規範裝配工的大量使用，但說不定那些法規在這裡不適用，或者單純是他們無視了法規。

他身旁的芙林狀況看來差不多，那副擴充亞體的身軀讓他想起她人不在當中的狀態。

「出去。」他們到達地面後，黛卓推了他一把。

他們回到大廳，黛卓的同夥領著路。奈瑟頓發現，那個男人往左看時，自己也會無意識地照做。接著他們又同時往前看，穿過玻璃門，望向那座充氣城堡原本所在的地方。城堡已經不見了，只有一輛黑色的車等著，但車身沒有吉爾那麼長。那些原本配置在充氣城堡裡、有著灰色外表的美智姬如今整隊成兩列，兩兩一對，面朝彼此。玻璃門像嘆氣般輕聲開啟，他踏進那兩列機器人之間，突然從那俗套的儀式中隱約感到慶典般的洋洋得意。

在走向車輛的途中他聽到了某個聲音，或者說是身體感覺到的。那是一陣單一、綿長、低到讓人不適的超低音，似乎來自他們頭上。黛卓的同夥明顯也聽到了，他開始向車跑去，車子的後座門也同時開啟。奈瑟頓當然也跟著跑了起來。他們穿過一道奈瑟頓覺得本來是窗的東西，但那扇窗已在剛才化作炫目光彩，紙屑般飄落四周，那些閃閃發亮的微金色碎片柔軟得像木屑，不會傷人。

某樣白色、圓形且光滑的東西劃出一道弧線，越過等在那兒的車輛，落到街道上。那個東西高高回彈，正好落在車頂。

一顆美智姬的頭。

接著掉下一隻白色手臂，擊中車頂，肘部彎起，手指還抓成爪型，讓他想起他和瑞妮在島族島嶼上傳來的顯像流中，看過的一隻斷手的靜止剪影。

某人推了他一把，他猜是黛卓的同夥，費力地將他推進有著灰色珍珠光澤內裝的等待車內。然後那人尖叫，就在離奈瑟頓耳朵非常近的位置。某樣東西和尖叫聲一起爆炸開，他認定那東西應該是血。

116 跳水砲彈

夏天的時候，他們所有人會一起去鎮上的游泳池，就在郡警局和鎮立監獄旁邊，柏頓和康諾會跑到比較高的跳板上發射跳水砲彈，把頭埋在彎曲的膝蓋間，雙手抓緊、拉近腳踝直到抵住屁股，整個人縮成一團球，跳下去，在浮出水面時開心大笑，為自己的舉動歡呼。或有時就只是嘲笑里昂的舉動，因為他會故意從同樣的高度跳下來，在空中一個伸展，整個肚子擊中水面，撞起好大一陣水花，只是為了笑他們有多努力在做這種無腦事。

當黛卓抬頭看向那奇怪聲音的來源，芙林腦中想的全是這件事。因為她們之間的模仿聯繫，黛卓的動作也帶著芙林往同個方向看去。影像擷取造成的干擾在康諾的擴充亞體周身閃爍起來，此時變成一條不斷往下墜落的線條，穿著黑色西裝的它正以跳水砲彈的方式猛力砸向那個陽臺上的男人，和他身後的美智姬。後者正拚命想把男人弄進車裡，以至於康諾這一擊大多撞在了它身上。美智姬和康諾的擴充亞體在她兩英尺外的地方炸開，彷彿擋風玻璃上的蟲子，血像噁心動畫裡會有的那樣大量噴灑。

有個人——是黛卓——拽住她裙子後背的頂端，把她用力往車裡扯，可能因為出於當下的憤怒，還非常用力地踹了她的腳踝。陽臺上的男人發出尖叫，抱住右臂。那隻手臂上蓋滿了芙林不確定是誰的血。接著他被另一架美智姬匆匆推進車裡，車門在機器人身後關上。

「新門。」黛卓的聲音凌駕在男人痛苦的抽泣聲上，他們隨即揚長而去。

117 那張扎滿鐵刺的嚴峻臉龐

兩架美智姫的其中一架正在用醫療錠治療鬍子男的右手臂。它把醫療錠放在他右肩上，醫療錠隨即膨脹、下垂，掛落在他大腿上方，吞沒了肩膀以下的手臂部分。血液在裡頭旋轉，和那東西內部的黃色液體混和在一起。男人閉上眼睛，臉色看起來平靜放鬆。無論他的解離狀態是什麼感覺，看到他如此享受，都令奈瑟頓感到羨慕。

奈瑟頓自己倒是一點也沒有解離感，剛才誘導他進入那種狀態的不知名裝置，可能因為潘思基用擴充亞體造成的衝擊突然關掉了。如果不是這個原因，應該就是解離力場僅限伊甸池大廈的範圍內發生，而他們已經離那棟大廈有點距離。無論如何，他現在都不再被迫模仿那名男人的動作。他自己是這麼解釋的……不然他的眼睛怎麼還能張著？

他和芙林兩人坐在寬大的後座，他轉頭看向身旁的她。身處擴充亞體之中，現在的她存在感看起來非常強烈，臉頰上劃過一抹潘思基的血（應該說他那已然報銷的擴充亞體），裙子上也濺滿了血跡，但因為是在黑色的布料上，幾乎看不出來。她給了他一個無法判別的神情，假如那張臉還真剩下什麼需要判別的話。

蹲在鬍子男前方的美智姫拿掉他身上的醫療錠，醫療錠逐漸收縮、變小，裡頭的液體顏色也逐漸變深。這個車廂隔間的灰色地毯上有群清潔工正在努力運作，毫不起眼的米白色六足昆蟲正清除著地毯上的血跡。黛卓和鬍子男坐在背對駕駛的座位，面對車尾，分在座位的左右兩端，中間則坐著第二架美智姬，負責看守奈瑟頓和芙林。為了執行這項任務，它的臉上已經生出數對閃閃發亮的黑色蜘蛛眼睛，雙臂已然伸長，手肘前後的上下臂都是，同時手掌也變成刀口般的鰭狀白色陶瓷，像兩把抹刀的刀片，優雅而充滿威脅。

黛卓的視線從鬍子男身上移向奈瑟頓。「要是早知道你會來壞事，我會在遇見你的那天就親手把你殺掉。」

這是他不曾面對過的場面，從來沒有。他盡量維持住自己的表情，希望此時自己表現出來的態度不動聲色。

「我真心希望當初能預知事情會發展成這樣。」黛卓說。「如果我曉得你送的那份愚蠢禮物到底是什麼，知道什麼是斷根，我根本就不會接受。偏偏你認識祖博夫家的人，認識他們那個沒用的兒子，而我又覺得他們是個值得結交的對象。那個時候，艾葉莉塔甚至還沒變成我們的問題。」

「別說了，」鬍子男張開眼睛說。「還不安全。我們很快就會到那裡，到時候妳想講什麼都無所謂。」

黛卓皺起眉頭，她向來不喜歡別人告訴她該怎麼做。她調整了一下自己裙子的上身。「感覺好點了嗎？」她問他。

「好多了。斷了一根鎖骨、三根肋骨，還有輕微的腦震盪。」他看向奈瑟頓。「等我們到達，不如就先讓你也體會一下我嘗到的滋味吧，如何？」

此時窗戶解除了偏光，奈瑟頓認為應該是那男人做的。他看到他們正轉進切普賽街，而他當下的第一反應是想要提醒他們這是違反扮演區規則的行為。不過隨後他就發現街上有多空曠：沒有出租車、沒有貨車、沒有板車，也沒有拉動這些車輛的馬。他們正朝著西走，經過了販賣披肩和羽毛、香水與銀飾及所有華麗貨品的店鋪。他曾與母親一起步行逛過所有店家，偷偷擷取下那些充滿魔力的手繪招牌。不知道那些擷取的影像都到哪裡去了，他真的一點也想不起來。兩旁的人行道極為空曠，但它們不該是這樣。白日才剛結束，應該仍充滿繁忙的人群，但此時路上幾位孤單的行人卻看來既迷惘、又困惑、又焦慮。他突然意識到，那些出租馬車夫、訂製裁縫、無須工作的閒逸紳士和街頭少年應該都收到了同樣的訊號。它們是由雲端操控的擴充亞體，負責扮演權充場面的象徵性人物，而此時站在他眼前的這些則是「真的人」，所以無論擴充亞體收到怎樣的指示，這些人都不知道要照做。這些路人在車子開過時紛紛轉開視線，就像當初他在柯芬園，人們一瞥見洛比爾的執法杖便立刻別過眼那樣。

「這裡是空的。」芙林說，聽起來充滿純粹的失望。

奈瑟頓把身體偏向車側，努力隔著駕駛座後方高聳的灰色椅背張望前方，隨後他便透過擋風玻璃，看到了體積巨大、閃閃發亮的新門。他跟母親只有一次曾走到這麼遠的地方，但她很快便又帶他折返。因為她討厭那棟建築物插滿鐵條、花崗岩側翼充斥坑疤的模樣。

她告訴他，曾有一座監獄在倫敦市最西邊的城門矗立了一千多年，而這，就是那座監獄最極致、也是最終的呈現。或者說，這曾經是它最終和最極致的模樣，因為監獄本身已於一九〇二年拆除，那是開獎期前一個時代的開頭，一切都莫名樂觀。然而，裝配工又在他出生前的幾年重建了那座監獄。統治的竊賊們（她永遠也不會在他面前用這個字稱呼他們）認為它的回歸是件明智且必要的事。

而今，站在他們面前的，就是他小時候也曾仰頭注視過的那扇橡木門板，嵌在巨大的閘門裡，包覆鐵皮、布滿鐵釘尖刺。母親那時告訴他，這也是曾經嚇壞狄更斯的那扇大門，雖然當時他以為是狄更斯被某個人嚇到。

彼時的新門令奈瑟頓心生恐懼，此時亦然。

118 陽臺上的男人

那不是康諾。不是康諾。那是個擴充亞體。列夫哥哥的擴充亞體。帕佛。維伏叫它帕佛。也叫它舞蹈大師。而且康諾本來就想那麼做。他試圖用它殺死這個王八蛋。他沒事。他會回到那張白色的床上，回到柏頓旁邊，因為自己失手而氣得火冒三丈。畢竟，那可是五十五層樓，一路向下，而他只差了一點點。就算是他也沒法在那種狀態下瞄準那個機器女孩。

她知道她曾看過那畫面，也能說出剛才發生了什麼，腦中卻完全記不起看到的那個景象。剛才進入會場前的充氣安檢帳篷裡，那些機器女孩對他們進行了一連串的搜身和掃描，或許就是那些掃描裝置造成的效果。就像你在接受手術時會拿到的那種藥，會讓你沒有真的睡著，但也不記得發生的事。

看來他們依舊封鎖著整條切普賽街。

然後她就看到維伏伸長了脖子，拚命望向的那個東西，像顆被壓爛的巨大石頭鳳梨，長滿棘手的黑色鐵刺，建造的目的就是為了把人嚇得屁滾尿流。那棟建築的外表之詭異，讓她覺得從來沒在《國家地理雜誌》裡看到實在奇怪。不管是誰都會覺得這應該是個很大的旅遊景點。

車門打開，機器女孩押著他們出去，確保他們不會試圖逃跑。

車外沒人，沒有誰在等他們，只有她、維伏、黛卓、陽臺上的男人和兩個機器女孩。它們臉上雀斑似地沾著擴充亞體的血，像某種機器人皮膚病。其中一個機器女孩用白色手掌抓著她的上臂，從身後指引她該走向哪裡，另一個則抓著維伏。

他們穿過一扇大門，讓她想起某部描述地獄的浸信會動畫。柏頓和里昂當時覺得動畫裡那些墮落的女人全都辣翻了。

他們走進那棟詭異建築蔭蔽的室內，步入它的冷冽中。裡頭有許多鐵條扎成的門，雖然上了白漆，鐵鏽仍抵擋不住地滲透出來。石板鋪成的地面像無數小徑，帶領他們步入某座極端邪惡的花園。黯淡的燈光彷彿生了病的巨大動物的眼睛。以及看起來根本容納不下任何景色的無數小窗。他們登上一座狹窄的石製階梯，寬度只夠他們一個一個前進。這場面簡直能拍成任何一集《摩登保母》的片頭，而他們是超自然現象的調查員，正要進到某個曾有一堆人遭受可怕待遇並葬身其中之處。又或者，這地方也可能是純粹因風水糟到了極點，變成專吸各種壞能量的厄運黑洞。不過照眼前的場景來看，她想應該會是受到折磨然後死掉的版本。

芙林在到達階梯頂端時回頭看她的機器女孩，發現它為了更全面地監視她的一舉一動，在臉上長出了更多眼睛，緊盯著她的方向。黛卓和那個陽臺上的男人全都不發一語，黛卓四處張望，彷彿閒得發慌。他們穿過一座露天的院子，多雲的夜空隱隱發著暗光，接著又進入某個像是海夫提旅店天井的地方。不過這裡更狹小，充滿久遠以前的時代氛圍。周圍看起來應該是牢房，有四層樓高，一路往上疊至玻璃屋頂。那些玻璃是嵌在深色金屬框中的小小窗格。燈光亮得恍恍惚惚，在牢房的地板上照出無數條細薄明亮的柵欄狀光影，她猜想那應該不是原本的設計。機器女孩把隊伍帶到一對刷白的石椅旁。石椅的構造簡單到極致，彷彿是小孩用大塊木材做出來的，只是尺寸大了些。他們兩人被押著坐下，一人一邊，中間隔了約六英尺的距離。她感覺有個粗糙的東西摩擦她兩隻手腕，低頭就看見自己正被束縛在充當椅子扶手的厚石塊上。扣住她手腕的鐵手銬粗重、鏽蝕，呈現經常使用而有的明亮棕色，彷佛已在這裡存在了數百年。這一切的一切，都讓她以為皮克會在下一秒走進來。就事情發展的方向來看，她感覺也許他真的會。

石頭椅面冰涼，穿過裙子的布料透過來。

「我們要等一個人。」陽臺上的男人告訴她。他似乎已從康諾試圖對他做的事情中恢復過來了，至少身體上是如此。

「為什麼？」她問他，彷佛他真的會回答似地。

「他想在現場看著妳死。」他看著她說道。「不是妳的擴充亞體，而是妳。妳會死，死在一場無人機攻擊行動中，就在妳實際存在的那個地方，死在妳自己的身體裡。你們的總部已被政府的維安武力包圍，馬上就會夷為平地。」

「所以那個人是誰？」她現在只想得到這句話。

「市政團代表。」黛卓說。「他得待到聽完我的感謝辭。」

「感謝什麼？」

「艾葉莉塔。」黛卓說。芙林想起那具擴充亞體，那位局促不安的女演員。「如果你們的目的是毀了這場紀念晚會，那麼已經失敗了。」

「我們只是想見妳一面而已。」

「真的嗎？」黛卓往前靠近了一步。

芙林轉去看那個男人。此時的他正回頭望，神情冷淡，她覺得自己彷佛再次回到五十七樓的空中，看到他親吻那女人的耳朵。給妳一個驚喜，他說。她知道他一定他媽的說了那句話。然後她看到納粹親衛隊軍官的頭炸開，紅霧吹入近乎水平的風雪中。但那都只是像素的世界，並不是真的法國。陽臺上的男人正回頭看她，彷彿在這個當下，他整個心裡只看得到她這個人，而且他並不是某個住在佛羅里達的會計師。

「冷靜。」他沙啞的嗓音說。這句話如風颳過乾冷的山脊，沒有任何別的言語比得上，令她縮了一下。

他知道那是他造成的傑作，便微笑起來。

她看著維伏，不知道該說什麼，最後又轉回來望向那個陽臺上的男人。「你沒必要殺了全部人。」她說。

「真的嗎？真的不用嗎？」他覺得這話有點好笑。

「這只跟我有關，因為我看到了你把她鎖在陽臺外面。」

「妳的確看到了。」他說。

「除此之外沒有其他人。」

他抬起眉毛。

「所以，假如我現在回去，直接走到外面，走到停車場裡，你就不需要殺掉每個人。」

他似乎有點驚訝，皺起了眉頭，像是真的在考慮這個提議。接著他鬆開眉頭，笑了起來。「不行。」他說。

「為什麼不行？」

「因為妳已經在我們手上。這邊是，那邊也是。那邊的妳很快就會死，而妳現在穿的這副昂貴玩具就會成為我對這場荒謬插曲的紀念品。」

「你他媽爛人一個。」維伏說，聽起來並不生氣，反而像是剛得出這樣的結論，其實連他自己都有點訝異。

「然後你呀，」男人語氣欣快地對著維伏說。「竟然忘記自己不是以虛擬的形式在場。所以呢，你和我們的這位朋友不一樣，直接死在這裡就好。這就是你的結局。我會把你留給這些東西，下令它們把你打到只剩最後一口氣，再用醫療錠把你救活，然後繼續打你，再救你，持續重複，能撐多久就重複多久。」

接著她看到維伏不由自主轉頭望向那些機器女孩，它們紛紛長出更多對蜘蛛眼睛，一齊回望著他。

119 亨利爵士

奈瑟頓最後覺得盯著美智姬看似乎不是什麼好主意，他輕輕晃了晃金屬手銬裡的手腕。綁住他的約束裝置似乎嵌進椅子的花崗岩扶臂裡好幾百年，但他認為那是裝配工的成果，而此時他的手腕之所以能塞得進去，完全是因為裝配工暫時給了它們一點彈性，並稍加移動。不過在這個當下，這些手銬穩固如山。

他注意到，即便鬍子男剛許下承諾要讓美智姬不斷重覆毆打他至死亡邊緣，但他心裡想的卻都是裝配工和偽造出來的古物。也許他終於迎來自己的身心解離狀態，也許他下一刻就會開始放聲尖叫。他看著黛卓，她也正回望他，但視線卻穿過了他，向著上方移動，顯然是爬向四層樓高的玻璃屋頂。然後她打了一個呵欠。他覺得這個呵欠明顯無助他接下來的命運。他也抬起頭看向屋頂。這屋頂讓他想起艾許穿過的一條裙子，那感覺像是好多年前的事。眼前的場面幾乎像是為艾許量身打造，她處在其中應該會正常得不得了，簡直像是鄰家女孩。

「我希望你有想到要怎麼收拾這整個局面了，哈米德。」有個柔和且疲倦的聲音說。

奈瑟頓拉回他的視線，看到一位外表極為壯實的高大老人，穿著完美的切普賽戲服，大衣翩長，披著斗篷，手裡拿著一頂高帽。

「我覺得紐西蘭有點咄咄逼人了。」鬍子男說，陌生老人此時正從樓梯頂端往這裡走來。

「晚上好，黛卓。」陌生人說。「妳對過世姊姊的紀念悼詞裡提到她擁有許多優秀的品德，我認為實在非常動人。」

「謝謝您，亨利爵士。」黛卓說。

「亨利・菲什伯恩爵士。」奈瑟頓想起市政團代表的名字，旋即後悔自己把它說了出來。

市政團代表瞥了他一眼。

「我就不介紹你們認識了。」鬍子男說。

「很好。」市政團代表說道，轉頭看著芙林。「然後，雖然並非真的實體親臨，不過這就是我們所說的那位年輕女士？」

「是。」男人說。

「她對衣著的品味簡直糟糕透了，哈米德。」市政團代表說。「好了，今天對我們來說都挺累人的，所以趕快把事情辦完吧，我必須能夠向我們的投資者確認事情已圓滿解決。」

「你就是哈比。」奈瑟頓不可置信地看著鬍子男。「你就是島族的首領。」

市政團代表盯著他。「我對這傢伙完全沒有好感啊。哈米德，你今晚的表現看起來實在有點缺乏紀律。」

「我會連帶做掉這一個。」

市政團代表嘆了口氣。「請原諒我的急躁，我實在是累了。」他轉向黛卓。「先前和妳父親聊了一下，挺愉快的，和他說話總是令人感覺愉悅。」

「當你發現自己被看到後，為什麼不直接再換一個外表就好了？」奈瑟頓對著鬍子男說。「反正你有辦法先讓自己變成島族首領的樣子，現在又變成這樣。」

「這是在經營品牌，」鬍子男說。「是對形象的投資。投資者們看到的是我，而我就代表了產品。」他微笑地說。

「什麼產品？」

「將我創造的島嶼以各種方式化為獲利。」

「那個地方不也是屬於島族的嗎？」

「他們有些地域性的疾病，」哈米德・哈比面帶微笑，眼神晶亮。「而且對此尚無所覺。」

120 維斯帕遲立方體

「我很訝異亨利爵士也投資了這項計畫。」洛比爾用骨頭內的靜電說道。那感覺像是全身都在偏頭痛，而且這股偏頭痛還會講話。「看來他那些風流韻事給他帶來不小打擊，即使他都藏得很好。總是這樣的。」

「總是怎樣？」她問出聲了，忘記在場不是只有她和洛比爾，也忘記今天晚上即便身邊沒有其他人，也不應該和洛比爾說話。

「什麼怎樣？」哈比語氣凌厲地問道。

手腕處隱約傳來一陣溫暖。她低頭看見鐵手銬正碎裂、坍塌，彷彿本來就只是用乾燥的鐵鏽色滑石粉壓鑄而成。她右手腕下方的花崗岩也開始化作滑石粉，在她手指間碎成一條條突起的粉堆，塵土飛揚。接著，本來應該是椅子扶手的表面，在變為一堆白土的粉塵後，從中突然伸出了某個堅硬、光滑的東西：那把拐杖糖槍。它鸚鵡頭狀的握把向後頂住她大拇指的根部，彷彿是活的，渴望被使用。

「動手。」陽臺上的男人似乎發現不對勁，對著拿帽子的男人喊。她知道那是指叫國安部的無人機對冷鐵展開攻擊。「對你的人下令，就是現在。」

「給你一個驚喜。」芙林說。她彷彿又回到了珍妮絲的沙發，體內堆滿柏頓開給她的興奮劑，不過此時的她不再坐著，而是站了起來，舉高了槍，但那個應該是扳機的白色凸起物卻紋風不動。沒有槍聲。沒有任何事發生——

——接著那個陽臺男人的頭就掉了下來，而且不知怎麼搞的只剩頭骨，乾燥又棕黃，像是幾乎每一期《國家地理雜誌》看到的那種。他的身體從頂端開始塌陷，伴隨骨頭彼此碰撞、悶擊的噹啷，向內坍進他的衣服裡。他上半身每一寸柔軟組織都消失，隨後膝蓋一彎，再也支撐不住整個骨架。只不過一秒鐘的時間，她視野中最後僅存的他就只剩那雙手，完全沒受到這詭異情況影響。她看著手中的槍，槍管光滑得像剛被孩子舔過的糖，然後視線向下，觸及那顆棕色的頭骨，它落在地上，掉在那堆他剩下來的東西前方，腳、軀幹的下半部。它肯定把血液都封在裡面了，她想，接著想起在牛津街緣廊的林蔭底下，被切割的紅色磚塊上那道平滑的剖面彷彿剛切開的、新鮮的肝。一根棕黃色的骨頭從他黑色西裝的正面凸出，像乾燥的樹枝。「這樣也好，」靜電說：「反正法律上來說妳並不存在，就當他是意外致死了。」

機器女孩開始往她這邊衝來，但她右側的刷白石牆開始飄出煙塵，一大塊方形牆面坍塌，揚起大量塵土，黑色的牆洞中衝出一顆巨大的紅色方塊，往另一端撞去。那是個方形的、立方體的……之類的東西，嬰兒房會用的那種紅，看了歡欣愉快。她聽到機器女孩那看似陶瓷材質的外殼碎裂的聲音，從方塊和另一端的牆壁間傳來。方塊顫動著，掛在離地幾英尺高的牆上，像是被黏在那個地方，發出一種微弱的運轉聲，彷彿來自一輛距離非常遙遠的內燃機摩托車。接著它朝上彈出，退離牆面，機器人的碎片掉落石板地面。方塊又落下，用它八個頂點的其中之一站在地上，沒發出一點聲響。它停在那裡，靜止不動，平穩、鮮紅、不可思議。

「保全。」拿著黑色帽子的男人輕柔地說。「紅色。紅色。」

他是想要警告某人那個紅色的東西出現了嗎？

她的眼角餘光瞄到了維伏，他一定是發現他的手銬也碎化，正想跟著起身。「媽的維伏你坐好。」她說。他照做。

「嗨，亨利，」階梯的頂端傳出一個平穩、愉悅的男性嗓音。「抱歉我弄壞了你的車。」動力外骨骼從樓梯頂端的拱門下走出，巨大的肩膀上有個人造小人，就站在透明圓罩裡頭。雖然外骨骼的外表完全看不出有任何眼睛，它卻停下腳步，似乎正盯著拿帽子的男人瞧。

「紅色。」男人輕聲說道。

「抱歉我殺了你的司機和保全人員。」那個電視購物般的嗓音說，彷彿是在為減脂牛奶缺貨而道歉。立在單一頂點上維持平衡的立方體稍微轉動了方向，接著從其中一塊方形面板上出現一張快要蓋滿整個面板的臉。那是幾乎整張臉都要貼上鏡頭的洛比爾。「亨利爵士，想必您不會樂意聽到以下消息，」洛比爾的聲音已不再是骨頭中的靜電。「您的繼任者為長久以來的競爭對手與最大的眼中釘，馬奇蒙—賽曼馬福。市政團代表本質上就是個尷尬的職位，不過我認為，總的來說，直至這件事情發生前，您其實表現得相當優秀。」

高大的男人不發一語。

「但是私自密謀地產交易與開發計畫，再加資源開採？」洛比爾說。「為了完成這些目的，你居然還認為聽從哈比的命令去和其他人交涉是對的選擇？」

高大的男人一片安靜。

洛比爾嘆了口氣。「柏頓。」她說，並點了點頭。

動力外骨骼抬起它的手臂。那雙晒出詭異膚色的手已然消失，要不就是已戴上黑色機器手套，現在兩手都握成了拳頭。它右手腕的頂端有片小艙蓋翻了開來，彈出另外一把拐杖糖果槍。接著，它的左手腕也掀開了第二片稍微大點的艙蓋，從中伸出洛比爾的執法杖，飾有鍍金與刻有凹槽的象牙。柏頓顯然更擅長如何瞄準射擊目標，因為只一眨眼，那名高大的男人便完全化成了白骨。他空虛的衣著在喀啦喀啦聲中向下垂直掉落，黑色的高帽落在地上，滾了一個圈。

「所以我現在是要幹掉誰，」芙林說，讓其他人看到她手上還握有那把拐杖糖果槍。「才能讓你們派個人去解決斷根裡的狀況，去阻止他媽的國安部用無人機把我們全殺光？現在就去。拜託一下？」

「既然列夫和我能為你們帶來某種競爭優勢，那麼亨利爵士的死亡，也就代表他賦予你們對手的優勢已經消失。今天晚上，當亨利爵士一抵達這裡，我便假定他的罪刑確立，並擅自令此一判定產生效力。這樣的結果造成了影響力的轉移，隨後也間接讓國土安全部開始撤退，並撤銷了他們的命令。」

「靠，」芙林逐漸把槍放下。「我們得買進什麼東西才做得到這種事？」

「依我判斷，應該是海夫提賣場母公司的足量股份，」洛比爾說。「但我還沒收到詳細報告。」

「我們買下了海夫提集團？」

「是的，相當多的股份。」

「怎麼可能有人能買下海夫提？」那就等同說要買月球。

「我現在可以站起來了嗎？」維伏問。

「我想要回家了。」黛卓說。

「妳也只能回家了。」洛比爾說。

「我父親會對妳的行為非常生氣。」

「很遺憾，我必須說，」洛比爾說。「妳父親和我已經認識非常久時間了。」

此時，穿著司機制服的艾許出現在階梯口，後面跟著歐辛，身披黑色皮外套，腋下夾著手槍木盒。他走向芙林，眼睛直視拐杖糖槍管，小心不走到它所指的方向。他把木盒放在她那張椅子扶手鐵手銹本來的位置，打開盒蓋，小心翼翼拿走她手中的槍，將它放回毛氈凹槽中，再蓋上盒蓋。

「晚安了，魏斯特小姐。」螢幕畫面在洛比爾說完後隨即消失。

「現在，我們都該離開了。」艾許說，盯著黛卓。「除了妳。」

黛卓對她嗤聲冷笑。

「還有那玩意兒。」艾許說著，用拇指比了比那顆紅色立方體。突然間，巨大方塊不知怎地就把自己甩上空中，往上直衝，再朝旁邊飛去，在砰然巨響中，撞進第二層其中幾扇白色鐵條牢門裡，滅去數盞燈光。然後，它又在同樣巨大的噪音中把自己扔往反方向的另一端，翻了個筋斗、墜落下來，再次以單一頂點立在地面上。接著它開始旋轉，各個稜角紛紛在離黛卓下巴只有幾英寸的位置掃過，化成模糊的殘影。她站在原地，一動也不動。

「走了，」艾許說。「現在。」

於是他們又成一路縱隊走下階梯，歐辛跟在她身後。「康諾會對她做什麼？」她轉頭越過肩膀問他。

「我想是提醒她，凡事總有些潛在後果，」歐辛說。「或至少試著提醒一下。當然，不會傷到她一根寒毛。不然就是讓她記得多做點好事，她父親在美國可是個大人物。」

他們的上方響起了鐵條撞擊的巨大聲響。

121 諾丁丘

這裡有座公園，裡面堆滿從很久以前就開始收集的各種開挖機械，裝配工鑽進諾丁丘各個冰山一角般深邃洞穴的更深處，把它們全帶出來。開獎前的有錢人會將這些設備就地掩埋，因為在當時，把它們移出地底深處所需的成本，比直接遺棄在混凝土底下更高。就這樣，於開挖過程中犧牲的器械便如群聚在橋梁下的貓，越積越多。裝配工深入四處，尋找這些設備，並把它們帶到這座公園裡。而裝配工所使用的搬運方法，就與洛比爾之所以能從綁著擴充亞體的審問椅扶手中變出俄羅斯嬰兒車手槍，或能帶領康諾那塊恐怖立方體穿越新門的花崗岩地基直衝而上，是完全相同的。整個過程會用上如天文數字般大量的顯微層級裝配工，將被搬運體存在範圍內所有的物質粒子，由前至後、由上到下完全轉移。這能讓固體物質看起來像是穿過其他固體，哈比在伊甸池大廈之所以能踏進那道彎曲牆面，也是用了這樣的方式。

裝配工讓被救出的挖土設備圍成一個圓，每具都修復如新，高舉著前鏟和戽斗，烤漆與擋風玻璃放著閃耀晶光，成為這個地區孩子最愛的遊樂場。列夫也曾是其中之一。

而今，在返回列夫家的路途中，街道空蕩蕩，奈瑟頓正坐在吉爾裡途經此處，看到月亮鉤上了挖土機高舉的戽斗邊緣。

他看著芙林的擴充亞體。她已離開，回去確定冷鐵的每個人都安然無事，而他也焦急地想趕快回到戈壁大冒險，連上威輪，和她在另一邊碰面，去看那裡的情況如何。

洛比爾的印記在眼前出現。「你做得非常好，奈瑟頓先生。」她說。

「我什麼都沒做。」

「搞砸事情的機會比比皆是，而你避開了。想要獲取任何成功，這就是不可或缺的要素。」

「妳對哈比的假設是對的，還有土地交易也是。他為什麼要殺艾葉莉塔？」

「這點還不清楚。他們兩人已牽扯好一段時間，顯然也因此促成她妹妹加入。艾葉莉塔可能嫉妒他和黛卓間的親密關係，順帶一提，你和黛卓間的關係差不多在同時發展。姨媽最新的迭代分析顯示，她可能在考慮向沙烏地人告發哈比的行為，但也可能只是剛開始咀嚼這種想法。他們的家庭失和得荒唐。我在還是葛利夫那個年紀時就認識她父親了，他是岡札雷斯暗殺事件的共謀之一，所以我預計葛利夫應該很快就會因為這件事情和他交手。不過，在我們這個連續體中的他，是個交往緊密到根本不會為這類事情皺一下眉頭的人。我想她現在會需要用上一個好的公共關係專家。」

他們正轉進列夫家的那條街上。

「黛卓嗎？」

「芙林。」洛比爾說。「海夫提賣場的收購案在斷根裡已成新的媒體關注焦點，我們明天就來討論這件事，如何？」

「當然。」奈瑟頓說，皇冠便消失。

122
冷鐵奇蹟

當她張開眼睛，康諾還戴著頭冠，沒有人等著幫她拿掉她的，而柏頓的床已經空了。背景聲音嘈雜、亂得完全不曉得發生了什麼事，但接著她就聽到里昂那吵死人的蠢笑，便猜他們應該已經在開派對。她把頭冠留在枕頭上，坐起身，穿好鞋子，走到藍色防水布縫隙旁向外張望。

除了圍繞著病床區域外的地方，大部分藍色防水布都已撤掉，全拆下來，讓這間以前是兒童迷你漆彈場的加盟連鎖店面，又恢復成單一的巨大空間——至少瓦片牆裡擋住的這塊是這樣。所有的燈都打開，照得燦亮，人們坐在桌上、四處站立，喝著啤酒，彼此聊天。卡洛斯摟著塔科瑪，她臉上的表情像是隨時能大笑出來。在場的還有柏頓那些退伍軍人弟兄，她記得的那些人大多都在這裡了。有幾個她不認得，他們有的還穿著黑色防彈夾克，但沒有一個手裡還揣著犢牛，全都換成開了罐的啤酒。然後她看到布蘭・沃麥特，穿著牛仔褲和壽司糧倉T恤，老洪的圖案上橫過了一行「殺了我又怎樣」，用的是粗胖的塗鴉字體，故意寫得像是多餘顏料流得滿地（後來他們才發現，會有這行字是因為他在國安部根本還沒碰到鎮界前，偷偷跑去錄了一段抗議影片，而這段影片剛好在一個星期之後推了他一把，讓他被選為鎮議會的議長）。正在和布蘭說話的麥迪森高興到笑出那嘴老羅斯福的牙，背心插滿筆和手電筒，珍妮絲就站在他旁邊。珍妮絲看到芙林，馬上跑過來，給她一個大大的擁抱。

「真不知道妳怎麼做到的，但妳救了每個人的命！」

「不是我，」芙林說。「是洛比爾和其他人。葛利夫在哪？」

「在華盛頓特區，和國安部討論後續。講貼切一點的話應該是『要求』他們處理後續。湯米跟麥迪森說，葛利夫讓他們換了一個新的部長。」

「湯米人呢？」

「在這裡的某處，剛才還看到他跟梅肯還有艾德沃在一起。」珍妮絲四處望，沒看到他們三個中的任何一個，於是又轉向芙林。「他們找到皮克了。」

「屍體？」

「很可惜，這位藥師老屁股還活著。」

「在哪裡？」

「納索。」

「他在納索？」

「國安部最黑的禁飛黑名單，那才是他該待的地方。葛利夫一通電話就搞定。」珍妮絲喝了一大口手中的啤酒。「然後呢，看來妳哥終於還是被莎琳給迷住了。」

芙林沿著她的視線尋去，看到柏頓坐在一輛小小的電動代步車上，手裡拿著啤酒和莎琳說話，而她坐在桌子邊緣，彎身朝他靠近。

「他們是還沒進到亞當夏娃脫光光的階段啦，」珍妮絲說。「因為她不想讓他縫好的傷口又裂開。不過依我看那只是遲早。」

「柏頓的可愛小妹。」康諾的聲音從身後出現，她一轉身就發現他整個人歪坐在輪椅上，克洛維斯在後面推著。

「黛卓怎麼了？」她問康諾。

「大概跑去弄些新的刺青來好好紀念了吧？我還幫忙叫計程車送她回家耶。」

「你對她做了什麼？」

「罵到她狗血淋頭，弄出吵死人的噪音。但我覺得她對這些應該都是左進右出。」他看著珍妮絲。「給受傷的戰士來瓶啤酒？」

「馬上來。」珍妮絲說完就消失了身影。

「不過帕佛就可憐了。」芙林說。

「洛比爾之前要我一有機會就放手去做。那套西裝裡內建了類似飛鼠裝的功能，所以我其實不是盲跳。本來的計畫是，我們要在哈米德有機會出動國安部無人機之前就把他幹掉——不過最後沒這麼發展就是了。我猜這大概是我進不了空軍的原因吧。洛比爾訂了一個全新的擴充亞體還回去，另外又給了我一個。」

「Easy Ice。」梅肯朝她打招呼。他一手牽著艾德沃，另一隻手握著啤酒。

「梅肯，啤酒來給我喝一口。」康諾說。於是梅肯把自己的酒伸過來，斜著瓶子讓他灌了一嘴。康諾用手掌上剩下的手背擦了擦嘴巴。

接著她就看到了湯米，從建築物的正門那個方向，穿過以前漆彈坦克沙坑所在的位置朝她走來，滿臉笑容，彷彿她是某種奇蹟。

123
園區

星期三下午，她和安思立沿著堤岸區散步回來後，她就換上湯米最舊的那件郡警局襯衫，上面還縫著副警長的徽章。如今套在她的大肚子上，真是最舒服的東西了，而且感覺就像有他在身邊。或許他們已經開始變得有點像珍妮絲和麥迪森，一如兩人對彼此的影響。不過基本上，他每天穿的衣服都一樣，要麼是制服，要麼不是制服，而她至少還會有冷鐵的造型師幫她打點任何公開形象，只是得注意別讓他們老是要她穿一些「出自新銳設計師」之類的東西，那會把穿衣服本身變得像在工作。

她走進廚房，從冰箱倒了果汁，站在那裡就喝起來，然後如往常那樣想，他們當初到底是怎麼不靠裝配工蓋出這塊地方？他們把地點設在距離老家大約一百碼的地方，就是之前廢棄牧場所在的位置，而且看起來像是它從一九八〇年代就已存在此處。它看起來像是某個不富裕但還有點小錢的人，在長年維護保持下一點一點重新改建。他們在建造過程中完全沒有發出任何聲音，而且速度極快。湯米說這裡用了很多種不同的黏著劑，全都無毒，所以如果妳看到任何釘子頭，其實都不是真的釘子，只是故意讓它看起來像而已。不過她後來發現，當你能在某個無關緊要的東西上面花費這麼多的錢，其實也跟擁有裝配工沒有兩樣了。

他們用同樣的方式建了穀倉，但讓它的外表看起來像老家的房子那麼老。至少外表是這樣。那邊現在是梅肯和艾德沃的住處，也是他們製作所有特殊列印品的地方，冷鐵需要確保那些設備不會太早問世。從一開始，產業間諜就被他們視為最需要留意的重點之一，因為冷鐵的核心價值在於：他們握有這個世界的其他人都不曉得的製成技術。而且認真說起來，就連他們自己也才剛開始挖掘開獎後的這一波科技高峰。安思立說，要是一下子前進太多，他們終究會被這些瘋狂科技反噬，所以他們花的心力有很大部分是在減緩進步的幅度。有些時候，特別是懷孕之後，她會希望自己知道這個世界到底會走往什麼方向。安思立說他們也不知道這問題的答案，但至少知道有一個方向得盡力避開，所以就從這一點開始努力。

住在這裡讓她的生活有個重心。她認為，這個地方讓他們所有人都有了重心。他們有一項從未言說的默契：永遠不把這個地方叫做園區。這或許是因為他們不想讓任何人用這種角度去看它，但實際上，它就是。從這裡再過去一百碼左右，是康諾和克洛維斯的房子。柏頓和莎琳就住在鎮上，住在美國冷鐵大樓的住宿區裡。大樓位於列印所和壽司糧倉本來所在的街邊商場舊址，占據整個街區。老洪在對街轉角開了一間全新的壽司糧倉旗艦店，看起來就跟原來的店差不多，只是比較光鮮亮麗，而它旁邊還是開著一間海夫提列印所分店。芙林其實不想要他們把店名取成這樣，但莎琳說，永恆列印所聽來就不像是有跨國企業的命，加上她在併購過程中吸收了列印便，所以也需要幫所有舊的列印便店面換上新的名字。然後現在，即使必須和肉雜碎共用櫃檯，每間海夫提賣場裡都開了一家壽司糧倉。

她其實不太喜歡做生意。她猜，不喜歡的程度就跟莎琳喜歡的程度差不多。冷鐵的現值其實較少了——少非常多。因為當初俄羅斯娃娃一發生失誤、開始潰堤、失去亨利爵士財務模組的支持，冷鐵就開始撤資，著手讓經濟環境回到比較正常的狀態。雖然經過這一遭，正常的定義可能早已不同。但他們擁有的錢仍比任何人能夠理解的都多，或說多到讓人無法完整追蹤。葛利夫說這是好事，因為他們還需要用這些錢完成許多任務，而且就連他們自己也不曉得到底還有多少事情得執行。

她把空的果汁杯拿到水槽，沖乾淨，放到杯盤瀝水架上，看著窗外，視線沿草坡爬向他們建造停機坪的地方。那是為了讓費莉西雅來找她時，給海軍陸戰隊一號降落用。你在那個位置其實看不出任何設施，即使站在停機坪上也看不到，就連衛星也不知道它在那兒。那是以冷鐵層級的科學知識仿造另一邊的技術所打造。

通常，費莉西雅來的時候，她們會在廚房裡說話，而湯米會坐在客廳，和特勤局人員或任何他覺得有趣的人閒聊打屁。布蘭有時會趁費莉西雅在時從鎮上過來，通常與葛利夫一起，這時他們談的內容就會比較有條理，可能會關於如何大量囤積某種疫苗，好用來防範連他們都不曉得存在的疾病，或討論哪些國家適合設置噬菌體工廠，或交換他們對氣候變遷的意見。她第一次見到費莉西雅是在副總統安布羅斯得到血栓塞後不久，那次的經驗其實挺尷尬，半是因為費莉西雅談到她口中暱稱為瓦力的副總統時，語氣裡滿是那種真切又糾纏著痛苦的喜愛，另外一半則是因為芙林知道，當葛利夫給費莉西雅看過自己的國葬典禮影片，並解釋完是什麼事件導致這種結果，安布羅斯就死了。

瀝水架旁放著一罐寬口玻璃矮瓶，裡面裝滿康諾的舊腳趾、手指，還有一根大姆哥。早上時，他把這罐東西送給了蘿松妮亞的女兒弗若拉。那是梅肯早期印的重複測試品，是在還沒建出那座穀倉之前，他在舊的列印所裡，用別的地方印出來的列印機製作的。這天早上，弗若拉過來家裡玩，離開時忘記帶走。她把罐子裡的指甲都塗上不整齊的粉紅色。芙林看到那根拇指突然微微動了一下，他們最早印出來那幾批就是會發生這種問題。有時候，看著康諾打壁球，她會想起當初梅肯、艾許和歐辛花多短的時間就讓他習慣新的義肢。現在的康諾從來不曾脫掉那些複合型義肢，無論是哪個部位，他永遠穿著它們到處跑。不過他在線上還是擁有自己的新版帕佛。她也無法想像自己使用其他的擴充亞體。「才不要！」她在某次晚餐上提到這點，當時里昂這麼說。「那就像是整個身體都被換掉。」然後里昂告訴弗若拉，如果芙林懷上兒子，她會把他取名為法納[16]，而這件事讓弗若拉興奮地不停尖叫。

差不多該到草坡下方去和其他人吃午餐了。她母親、蘿松妮亞、弗若拉，還有現在住在她本來舊房間裡的里昂。他們後來發現蘿松妮亞的廚藝原來好得驚人，她和她某個親戚打算在原先農會銀行的店面開一間餐廳，麥迪森正在幫他們做內部裝潢的噴砂處理。餐廳之後賣的也不是什麼花俏的高級饗宴，但能讓大家有個新的選擇，不用老是吃壽司糧倉和吉米的店。里昂說，吉米的店實在不太可能發展成連鎖企業，但如果這件事真的發生，就代表在他們努力了這麼多之後，終究還是得開獎。

她的母親不再需要氧氣瓶了，她所有的藥物都已交由冷鐵製造，而且是為她專門配製。除此之外，她設想其他人也會需要藥品，因此買下了強安藥局。他們依照芙林的建議將利潤比例縮減一半，此舉立刻讓它成為全國最受歡迎的連鎖品牌。若說在全世界也最受歡迎，說不定也不為過。

她拿起寬口瓶往外頭走去，連門都不用鎖，便逕自走下他們在兩棟房子之間踏出來的小徑。現在，連這條路都開始變得像是存在已久。

剛才和安思立在堤岸區散步時，她告訴她，自己有時會擔心他們是否太自以為是，也許最終，只是建立了自己版本的竊賊世家。而安思立說，這不只是個好問題，更是不可缺少的自省，是他們每個人都該時常記在心裡的疑惑。因為，無法想像自己能夠做出邪惡之事的人們，在和另外某些已身在其中而無需想像的人打交道時，反而會處於巨大的劣勢。安思立說，妳絕不能去相信那些人的本質與我們不同、是特別的，或者認為他們是被某種非人、低下或根本為他物的存在所汙染，這種想法永遠都是錯誤。這讓芙林想起母親曾對柯貝爾．皮克下的評語。她說邪惡並不獨特，邪惡剛開始只是一些平凡又半吊子的小過錯，只是在學校裡會犯的那種小問題，但要是我們給它足夠的成長空間，不管那個空間怎麼來，它都會長成更巨大的版本。因為長大了，造成的結果也更可怕，但其根本就是最普通的卑劣人性累積而成的重量。安思立說，這道理即使在那些最惡劣的怪物身上也依然適用，因為她自己就曾伴在它們身邊走了很長一段路。她說，芙林可能會覺得她在倫敦的工作，看起來就像在身懷劇毒的巨大動物之間當一名病患看護，但事實並非如此。

「沒什麼比他們更像人，親愛的，」安思立用年邁的藍色雙眼看著泰唔士河，這麼說道。「一旦我們忘記這一點，就是完全走錯了方向。」

⓰ 法納（Fauna）和弗若拉（Flora）兩個名字分別源自於掌管動物與植物的羅馬神祇 Faunus 和 Flora。英文中的 fauna 和 flora 兩個字除了能做為名字外，也取其衍伸義，指特定地區或時期所呈現出的動物相與植物相，為常放在一起的一組詞彙組。

124 普特尼

和瑞妮住在一起有點像是在身上植入認知束。他一邊這樣想，一邊下床，低頭看著她。但在很多方面來說，這都比植入那東西好太多。例如，他以前從來沒注意過她有雀斑，也從來沒注意到它們散布的範圍如此廣泛，或者，他也從來不知道，原來自己喜歡雀斑。現在，他用絨毛被的一角蓋住他最愛的幾顆雀斑，走去浴室刷牙。

他還沒開始刷，她的印記就出現了。「怎樣？」

「咖啡。」她說。他其實可以聽到她在臥房說話的聲音，根本用不著電話。

「我刷完牙馬上就去跟咖啡機報到。」

「不要，」她說。「樓下那間假報攤裡有一個真的義大利人在賣。我要喝他的濃縮咖啡。」她故意讓這句話的語調聽起來很色情。「我要他沖出來的那層油脂。」

「那打給他。」

「你毀了人家的工作前途，逼得我不得不辭掉人人羨慕的政府職位，最後還讓我被紐西蘭的祕密政府付錢找殺手追殺，現在居然不幫人家買杯像樣點的真人手沖咖啡？我還要一個可頌，對面那家店的。」

「好啦。」奈瑟頓說。「讓我先刷牙。不過我要聲明，整個故事應該這樣說：我把妳從那些暗網找來的紐西蘭人手中救出來，帶來這裡，讓妳受到英國的祕密政府保護。雖然那些紐西蘭人也算不上政府殺手就是了。」

「咖啡油脂。」她說，語氣充滿睡意。

他刷著牙，想著洛比爾之前如何把她弄出加拿大，入境英格蘭，最後他們兩個又是如何入境同一張床。這其實也不是第一次，但絕對是他第一次在沒喝醉的狀態下發生這件事。他也想起在那晚纏綿之後，隔日便迎來了可謂兩人漫長職業生涯遇過最尷尬的早晨，他在那個早晨坦承了自己對芙林的好感。或說對她的擴充亞體，或者也可能是兩者都有。瑞妮倒是明白地指出一點，畢竟現在她——芙林——也成了他的客戶，他怎麼還沒學會和客戶上床會有怎樣的後果，難道是嫌看的例證不夠多嗎？但芙林不是黛卓，他抗議。不過之前的那個你，瑞妮接著說，絕對是個非常不成熟的人，因為那個人竟然那麼幼稚，以為自己的情欲投射對整個世界真有什麼實質影響。然後她就把他拉回床上，開啟了另一種爭辯，雖然兩人的位置沒變，不過他想，他總算見識到她個人詮釋那些說法的方式了。後來芙林和湯米警長很快地成了一對，而他，就站在這裡，在蘇活區的某個晴朗午後，在他們新分租的公寓裡，穿衣穿褲，準備下樓到街上，並且一如往常心懷感激，那個打算在這個區域實施切普賽式扮演區的計畫沒有真的實現。

梅肯的印記出現時，他正要離開麵包店。「請說？」

「如果我們讓你那個小傢伙飛到法蘭克福，你能夠對德國的公關團隊做簡報嗎？明天早上十點，你們那邊的時間。」

「它現在在哪？」

「在開羅的跑道上，淨空了，隨時可以起飛。芙林在這個半球專用的亞體已在巴黎，如果她也有空，就讓你們兩個一起簡報。」

「好啊，聽起來不錯。還有別的事嗎？」

「沒了。烤肉你會來吧，這個星期天？」

「會，用威輪。」

「你很怪耶維伏，我聽說你幫你女朋友也弄了一組。」

「到時候我們兩個都會到。」

「算了，如果你想把這種頻寬窄得要死的旅行變成某種戀物癖的話，」梅肯說。「也是你家的事。」

「只要在我們這裡待久一點，」維伏說。「你也會開始知道那種東西的好，簡直放鬆。」

「我可吃不消。」梅肯笑呵呵地說，印記緊接著消失。

點了兩杯雙倍濃縮外帶之後，奈瑟頓提醒自己明天要去普特尼。下午兩點。這是他第二次回診。如果出太陽，他們可以一起騎腳踏車過去。他覺得德國公關那邊應該不會談太久。

要見到芙林了，總是讓人特別高興。

（下冊完）

致謝

我會想出將另一個連續體時空中的過往「第三世界化」的靈感，全部都要歸功於布魯斯・斯特林（Bruce Sterling）和劉易斯・雪爾（Lewis Shiner）合著的《鏡影中的莫札特》（*Mozart in Mirrorshades, 1985*）。不過在那本小說中，進行時空旅行的是人的實體，而且目的是為了開發而開採自然資源。我將這個靈感摻進模擬類型電玩遊戲、遙現技術和無人機，在我第一次和詹姆斯・格雷易克（James Gleick）碰面時，和他稍微提了一下這個摻混過的概念。碰面那時，我才剛開始寫這些東西，而它們最後成為了這本書（後來，他讓我注意到開頭那句威爾斯〔H. G. Wells〕的引言）。

我對切普賽街和新門的描寫，則都要歸功於凱特・科爾奎霍（Kate Colquhoun）的《布里格先生的帽子》（*Mr. Briggs' Hat, 2011*）。這本書將英國第一宗鐵路謀殺案靈活生動地記錄下來。

維伏所在的倫敦中有幾片地景的景色取材自《奇異時代》（*Fortean Times*）二〇一一年三月號中，伊提恩・吉弗蘭（Etienne Gilfillan）對約翰・福克斯（John Foxx）所做的一篇訪談。

尼克・哈卡韋（Nick Harkaway）曾在他位於漢普斯特德的花園中，向我說了幾則和倫敦市同業公會運作內情有關的事，聽得我毛骨悚然，那些僅可言傳的事實，是我得小心翼翼提醒自己不要去探聽的事。

〈屁眼小鎮〉（Buttholeville）是一首歌的歌名，作詞人是派特森・胡得（Patterson Hood）（我想，下標的人也是他）。

小說寫得越久，我越發對第一手讀者心懷感激。我太太黛博拉和女兒克萊爾理所當然都是我的第一手讀者，除了她們之外，這樣的人並不多。開頭那一百多頁，我曾經反覆重寫，每次的更動都不大，而保羅・麥考利（Paul McAuley）和傑克・沃梅克（Jack Womack）都被我用那些內容折磨過無數次。故事寫到中段時，奈德・博曼（Ned Bauman）和克里斯・中島—布朗（Chris Nakashima-Brown）都曾經耗時耗力幫我即興朗讀出來，做這件事雖然很麻煩，但永遠都彌足珍貴。詹姆斯・格雷易克和麥可・聖約翰・史密斯（Michael St. John Smith）也為我做過一樣的事，不過這次是一次讀到尾聲。西恩・克勞佛（Sean Crawford）、路易斯・拉普倫（Louis Lapprend）和神祕的V・哈諾（V. Harnell）則組了一支團隊，分工合作幫了我許多事。梅雷迪思・亞亞諾斯（Meredith Yayanos）徹徹底底地仔細審視過洛比爾探長這個角色，從幾個我幾乎一無所悉的問題中，為我探索出一條明確又清晰的通道。蘇菲亞・艾爾—瑪麗亞（Sophia Al-Maria）讀完了完整的初稿，就波斯灣未來主義（Gulf Futurism）這方面，為我在塑造哈米德這角色時提供了有力的協助。

馬丁・西蒙斯（Martin Simmons）建議我使用袋裝屋頂瓦片來描寫臨時防禦工事。

羅伯・葛雷安先生（Robert Graham）慷慨地為我提供必要的寫作硬體。

我的編輯與文學經紀人則一如既往，還是那麼出色。

謝謝你們每一個人。

——二〇一四年七月二十三日，溫哥華

翻譯後記：彷彿一個數項終於平衡了整個方程式

譯者　黃彥霖

以前都以為科幻小說比較接近大眾文學，理當擁有廣大的讀者群才是，不過後來聽從事出版業的朋友說了之後才知道，其實台灣算不上科幻閱讀風氣發達的地方。縱使如此，我知道仍有像是臺大科幻社、中華科幻學會這樣的社群，以及許多獨立的個人（例如科幻翻譯的大前輩卡蘭坦斯或是評論家馬立軒），不斷透過出版以外的各種管道分享自己在這個領域裡的心得、脈絡，讓有興趣的人知道哪裡還有哪些作品可以看。

好多年前第一次聽到吉布森的名字，就是在這樣的管道裡。那是一篇介紹吉布森成名作《神經喚術士》的文章，現在已經忘記名字的前輩仔細爬梳了吉布森的崛起過程，講述他如何與《銀翼殺手》、《阿基拉》一同在幾年裡拓展出整個賽博龐克次文類的疆域。你現在能在網路上找到的吉布森介紹文章想必更多了，或許細數他的得獎史，又或者稱頌他如何神預測未來科技發展云云。不過以閱讀經驗來說，這些都只是背景知識而已，我想應該沒有人在閱讀時會在腦中想這些才是；追根究柢，一位科幻作家之所以能得讀者喜愛，總得作品好看才行。

在翻譯這本書的過程中，我始終震撼於吉布森所展現的「精準」。這個特質也許會影響他的用字選擇，決定他如何掌握、呈現知識和角色，同時更顯現在他如何從看似散落各處的細節裡堆疊拼湊出更大的命題。

吉布森在書裡描述了兩個擁有許多「替代品」的世界，不斷提起「冒牌」這個概念。所謂的「假冒」就是讓表面與實質不對等，是刻意抄襲的複製行為。有時這樣的抄襲是不得不，例如芙林的手機，或者梅肯印的所有東西，甚至包括那些傳輸皇冠，反正只要可以用，是不是正牌又有什麼關係呢？所謂的「真品」一點好處也沒有，只是讓你繼續消費而已。但在奈瑟頓的世界裡，「仿造」代表的意義就不同了，他們假冒為的是獲得更好的生活品質，甚至是為了讓整個社會重返往日榮光（只不過有些人居心不良）。他們有假造的袋狼，有材質表裡不一的衣服布料，對奈瑟頓來說，說謊是工作，甚至是本能，掩飾太平讓鏡頭上好看就好；而無論是廢青列夫、公務員瑞妮或是姨媽簇擁之下的洛比爾，也全都得裝出不屬於自己的那一面。吉布森從各種角度列舉了仿冒的樣貌，敘說為何仿冒有時是種謊言，但同時也在這裡找出了兩個世界的交集：書中這群主角之所以假冒都是不得已的，他們套上冒牌的身分和手段是為了要在權力體制上鑽出一個漏洞，好從中開脫，去保護生活裡一小塊自由的選擇權。

隱私是這小塊自由的其中一部分，而隱私是權力的附屬品，這個道理即便在我們看來也是既弔詭卻又理所當然不過。網際網路曾被視為追求自由的工具，但不過一、二十年而已現在卻彷彿就要翻盤，曾經用來突破桎梏的工具成了另一種龐大的控制體系，讓人到處都得提防自己是不是又被竊聽了什麼。這是反烏托邦類科幻小說不斷演繹的重要元素，而吉布森在此又重新為我們示範了一次：等到時間來臨，連氣候變遷都會站在權力者的一方，除非我們有所作為，否則別奢望整件事會有放緩的趨勢。我們就像恐龍，或像袋狼，只有最能賺錢的那隻會活下來。

科幻迷人的地方在於如何轉化現實生活。每部科幻小說都是對我們當下生活的變形，調動某個變數、左轉四十五度、背對它或面對它。事實上所有的文學都是如此，所有藝術也都是如此。芙林所在的時間點在我們之後，但你可以從科技、社會現象、思考方式，清楚地推敲出他們與我們世界之間的發展脈絡，然後也能看到他們與再更未來的。

翻譯的閱讀不似純粹的閱讀，不能只是挖掘，還得考慮如何隱藏，而為了懂得怎麼隱藏，唯有先把所有細節都挖出來看才行。小時候玩電腦遊戲，手眼不協調，連馬利歐都過不了第二關，只能玩角色扮演型的，而我永遠都想把每條路都走過、打開每個櫥櫃，確定裡面到底有沒有東西。等到後來遊戲裡的世界越做越大，我的下場就是迷失在街道巷弄、草叢和廢墟民宅無主棄箱之間，全都想用滑鼠點過一遍，彷彿在測試遊戲製作者的極限。但吉布森確實有這個能耐。用他自己的譬喻去形容就是，彷彿一組俄羅斯娃娃，打開一個還有一個，讀到讓人疑惑「是這樣嗎……」，但他就是。敘述碎而平淡，因為準確而令人意猶未竟。

到頭來，就是迷人的閱讀而已，把東西擺在適當的位置，讓你將自己像螺旋一樣絞進去，每轉一圈便縮緊一點，每轉一圈都離正確看待整件事的角度更近一些。直到最後，一槍穿越林間空地，血霧在空中突然炸了開來，飄動，吹入風雪之中，彷彿一個數項終於平衡了整個方程式。

繆思系列 033

邊緣世界（下冊）
The Peripheral

作者	威廉・吉布森（William Gibson）
譯者	黃彥霖、白之衡
社長	陳蕙慧
總編輯	戴偉傑
責任編輯	林立文
行銷	李逸文
電腦排版	極翔企業有限公司
讀書共和國集團社長	郭重興
發行人兼出版總監	曾大福
出版	木馬文化事業股份有限公司
發行	遠足文化事業股份有限公司 地址 231新北市新店區民權路108之4號8樓 電話 02-2218-1417 傳真 02-8667-1891 Email: service@bookrep.com.tw 郵撥帳號 19588272 木馬文化事業股份有限公司 客服專線 0800221029
法律顧問	華洋國際專利商標事務所 蘇文生 律師
印刷	成陽印刷股份有限公司
初版	2019年11月
初版2刷	2022年11月
定價	新台幣580元（上下冊不分售）

ISBN 978-986-359-731-5

國家圖書館出版品預行編目(CIP)資料

邊緣世界（下冊）/ 威廉・吉布森（William Gibson）著；黃彥霖, 白之衡譯. -- 初版. -- 新北市：木馬文化出版：遠足文化發行, 2019.11
面； 公分. --（繆思系列；33）
譯自：The Peripheral
ISBN 978-986-359-731-5（平裝）

874.57 108016495